文春文庫

# 忍びの風

（二）

池波正太郎

本書は昭和五十四年に刊行された文庫の新装版です。

忍びの風（二）目次

# 忍びの風（二）

# 鳥居強右衛門

天正二年の年が暮れた。

甲賀・杉谷屋敷の廃墟は、依然として、深い沈黙につつまれている。

森の奥の〈隠れ家〉にも、人の気配が絶えた、ように見えるが……。

実は、島《しま》の道半《どうはん》の息子・十蔵が、この小屋をまもっている。

父の道半と於蝶《おちよう》が隠れ家を出てのち、十蔵は月に一度ほど、小屋を出て何処かへ行き、二日か三日ほど留守にすることがある。

これは、おそらく、於蝶たちとの連絡《つなぎ》をつけているのであろうが、しかし、於蝶も道半もどこへ姿を隠したものか……。

そして、天正三年となった。

去年の夏に、高天神《たかてんじん》城を落した武田勝頼は、その後、兵を天竜川まで進め、浜松城をうかがった。

だが、高天神攻めの激戦の後であったし、浜松にたてこもる徳川家康を攻めることを、

〈無謀〉

と、さとったものと見え、やがて、軍団をひきいて古府中《こふちゅう》（甲府）へ帰った。

家康も、いまのところ、

「手も足も出ぬ」

ありさまであった。

「いま、すこしの辛抱である」

と、織田信長がいってよこした。

それをたのみに、凝《じっ》と息をひそめているよりほか、仕様もないのである。

信長も、懸命だ。

伊勢・長島の一向宗徒の反乱を鎮圧したし、軍備をととのえることについては、

「そのうちに、そこもともおわかりになろうかとおもうが、自分はいま、急ぎに急いでいる」

と、信長は家康へ書状を送ってよこした。

軍備を、

（どのように、急いでいるのか？）

その、くわしい内容は、家康にもよくわからなかった。

家康は、三方《みかた》ケ原の敗戦以来、まことに慎重となっているし、去年は、浜松の北方十七里のところにある犬居城を攻め、これまた失敗をしている。

犬居城主・天野《あまの》景貫《かげつら》は武田の宿将であって、家康の攻撃をうけても、あわてることなく、折からの霖雨《りんう》になやむ徳川軍を見るや、城から打って出て、さんざんに反撃を加えたものだ。

徳川家康は、ひどい目にあってすごすごと浜松へ帰城した。

三方ケ原につぐ打撃であって、これがため家康は、高天神へ援軍を出す〈闘志〉をうしなってしまったのだ、と、いえないこともない。

犬居城は天竜川の上流、周智郡の山地にあり、この城を攻め落せば、天竜川沿いに南下して来る武田軍を、

「ふせぎとめることができる」

と、家康は考えた。

ふせぎ切れぬまでも、反撃の〈くさび〉を打ちこむことになる。

それが失敗した。

高天神を攻めとられたいま、家康の本城・浜松は、かたちの上でほとんど、

「孤立しかけている」

のである。

ところで天正三年の二月になると……。

またも武田勝頼が大軍をひきいてあらわれる、との情報が入った。

それをきいて、家康は、

「勝頼は、かならず、長篠《ながしの》の城を攻めとろうとするにちがいない」

といった。

長篠は、一昨年の九月に、家康が武田方から、ようやく攻め落した城であった。

地図の上で見ると、さしわたしにして浜松の北西約八里のところにある長篠城だが、三方ケ原の高地をぬけ、北三河の山々をいくつもこえて行かねばならぬ。

武田信玄が病歿する前に、大軍をとどめた三河の鳳来寺《ほうらい》は、長篠の北方三里のところにある。

家康としては、信玄が死んだ間隙に乗じ、

(必死のおもいで得た……)

前線基地なのである。

だからといって、家康自身が浜松を留守にして、長篠へ出向くわけにはゆかぬ。

いまの家康は、一刻も浜松を留守にできぬ。

目と鼻の先の高天神城を、武田軍にうばいとられてしまったからである。

あのとき、織田信長は、

「高天神は捨ててしまわれよ」

などといったが、家康にしてみれば、

（のどもとへ刃《やいば》をつきつけられたような……）

おもいがしている。

（やはり、なんとしても、高天神だけは手ばなすのではなかった……）

と、家康は悔んでいた。

武田信玄の大軍を追って、三方ケ原で決戦をいどんだときの闘志がいまの家康にはない。

「気が滅入《めい》る、気が……」

ひとり、つぶやきつつ、徳川家康は何度も爪を噛んだ。

これは、おもいなやむときの、家康のくせなのだ。

（なれど、なんとしても長篠だけは、武田にわたしたくない）

このことであった。

そこで、徳川家康は、

「奥平《おくだいら》に、長篠をまもらせよう」

と決意するにいたった。

奥平とは……。

あの鳥居強右衛門《とりいすねえもん》の主人・奥平九八郎信昌《おくだいらくはちろうのぶまさ》のことである。

五年前の姉川戦争のときは、まだ、

〈若殿〉

であった九八郎信昌も、いまは隠居した父・貞能《さだよし》の後をつぎ、三河の国・作手《つくで》郷の領主となっていた。

このとき、九八郎信昌は、二十一歳の若年であったが、

「骨の強い若者よ」

と、家康は、かねてから期待をしていた。

姉川のとき、徳川軍に参加した奥平父子は、その後、武田信玄の攻勢にたえかね、武田軍の旗の下へ入った。

だから三方ケ原のとき、井笠《いがさ》半四郎が武田勢と共に突進して来る鳥居強右衛門と再会したわけだ。

信玄が亡くなるや、

「いまこそ！」

と、奥平父子が徳川家康の下へ、

「もどりとうござる」

と、申し入れてきた。

奥平父子が、武田信玄の傘下《さんか》へ入らざるを得なかった苦衷を、家康は、

(よくわかる)

察知していた。

家康は、高天神の小笠原長忠よりも、奥平父子に好感をもっている。

これは、家康の〈好み〉というべきなのであろう。

どういうわけか、家康は小笠原長忠を、前から全面的に信用していなかったふしがある。

理由といっては、別にない。

ただ、虫が好かなかった、にすぎない。

さて、家康は、奥平父子へ、

「長篠の城へ入り、これをまもってもらいたい。わしは決して長篠を見捨てぬ」

と、いいきった。

これまで長篠に、家康は、きまった城主を置いていなかったのである。

家康はさらに、松平景忠を加勢としてさし向けてきたし、織田信長から送りとどけられた近江《おうみ》の米・二千俵のうち三百俵を長篠へわたしてよこした。

奥平信昌は、信長と家康を信ずることにきめ、長篠へ入った。

家来の鳥居強右衛門が、これにしたがったのはもちろんである。

奥平父子が、徳川方へ復帰するについては、若い九八郎・信昌の決断がものをいった。

信昌は、信玄亡きのちの武田家に、

(これ以上、したがうことは、わが家のためにならぬ!!)

と、見きわめをつけた。

隠居したばかりの父・貞能ははじめのうち、

「それは、まだ早い」

と、いっていたらしいが、

「いまのうちに、進退を決しなくては、徳川への忠義がなりたちませぬ」

と、九八郎信昌は熱心に説いた。

それは、そうなのだ。

武田と徳川を〈天びん〉にかけその勝敗がはっきり見えてから、

「勝ったほうへ味方しよう」

と、いったのでは、おそいのである。

これなら、だれにでもできることなのだ。

それよりも、

「いまは、武田軍に押しこめられているが、かならず近いうちに、三河の国は徳川家康公が平定するにちがいない」

と、見きわめをつけたからにはその家康が〈逆境〉にあるうち、

「味方をしておいたほうがよい」

のである。

それでこそ、徳川への忠誠がみとめられることになる。

ついに、奥平貞能も息子の信昌に説得された。

しかし、それをかたちにあらわすことは、なかなかにむずかしい。

なぜなら……。

作手《つくで》には、武田方の部将たちが兵をひきいてつめかけ、奥平父子のうごきを見張っていたからだ。

「どうも、近ごろの奥平父子の様子がおかしい。浜松へ、ひそかに内応しているのではあるまいか？」

と、武田方も感じはじめていたのであろう。

奥平父子は、先年、家康が長篠城をうばい返したときも、ひそかに情報を浜松へ送っていた。

そうしたこともあって、武田方も奥平父子には警戒をおこたらなかったのであった。

九八郎信昌は、

「こうなれば、作手の城を捨ててしまいましょう」

おどろくべき決断を下し、突如手勢をひきいて作手を脱出し、西方三里ほどのところにある〈竜山の砦《とりで》〉へ逃げこんだものである。

徳川家康は、このときの奥平信昌の行動を見て、

「九八郎は、たのむにたる男じゃ」

と、深い信頼をよせるにいたったのだ。

一説には……、

当時まだ、九八郎信昌は作手の城主になっていなかったという。

それなのに、徳川家康がひどく惚れこんでしまい、

「ぜひにも、長篠は、九八郎にまもってもらおう」

と、いい出したとか……。

そこで、九八郎信昌は、父の貞能を浜松の家康のもとへあずけ、長篠へ向った。

あずけるというよりも、これは一つの人質であった。

戦国の時代の〈常識〉なのである。

奥平信昌が、長篠城へ入ったのは、天正三年二月二十八日のことだ。

徳川の重臣の中には、

「それは、あぶない」

「なんと申しても奥平父子は、いったん、われらにそむき、武田方へ与《くみ》したものでござる。それをいま、長篠へ送っては……」

あやぶむ声も多かった。

長篠は、武田・徳川の勢力の分岐点なのだ。

つまり、

〈境い目の城〉

なのである。

境い目の城は、

「今日の味方が明日の敵」

となるのが常であって、

「いつまた、奥平は武田方へ寝返るやも知れぬ」

のである。

しかし、家康は、

「かまわぬ。九八郎にまかせよう」

いいきった。

九八郎信昌も、その家康の信頼の大きさに感動した。

身分は低いが、むかしから、いつも自分のそばにつきそっている鳥居強右衛門に、

「鈍牛《のろうし》よ」

と、よびかけ、

「こたびは、おれもうれしい。家康公のお心にこたえ、なんとしても、この城はまもりぬくつもりだ」

そういった。

「大丈夫でございましょうかな？」

と、強右衛門。

「なにがじゃ？」

「いざ、武田の大軍に、この城がかこまれたとき、浜松から援軍がまいりましょうか？」

「この城を武田にわたしてしもうたら、もはや徳川の立つ瀬も浮かぶ瀬もないではないか」

「なれど……高天神は、見殺しにされまいたぞ」

こういったとき、鳥居強右衛門は、高天神城の小笠原長忠につかえていた足軽・井笠半四郎のことをおもいうかべた。

(半四郎は、いまごろ、どこにおるのか……?)

であった。

高天神の城兵は、二つに別れ、一は武田軍へ、一は浜松の徳川へ引き取られた、と、強右衛門もきいている。

だが、一介《いっかい》の足軽にすぎない井笠半四郎の行方などだれも問題にしてはいないであろう。

主人と共に、長篠城へ入った鳥居強右衛門は、このとき三十六歳である。

姉川のころにくらべると、強右衛門は五人の寄子《よりこ》(家来の足軽)をもち、妻の加乃《かの》との間に、男女合わせて七人の子をもうけている。

戦さのないときの強右衛門は、寄子といっしょに肥料《こやし》をかつぎ、鍬《くわ》をふるい、泥と汗にまみれて百姓仕事をしていた。

奥平のような山国の豪族の家来には、彼のような〈農兵〉が多い。

妻や子たちの顔を、

（いまごろは、どうしているかな……）

と、おもいうかべぬ日はない強右衛門であった。

妻の加乃は、おなじ作手の清岳《きよおか》に住む黒瀬久五郎のむすめで、十七歳のときに、二十三歳の強右衛門と夫婦になった。

はじめは、

「わたしは、強右衛門どののところへ嫁《ゆ》きとうない」

と、加乃はいった。

当時、親たちのきめた縁談に、十七歳のむすめが反対するのは、めずらしいことだ。

加乃がきらったのは、強右衛門の容貌であった。

なにしろ、作手郷で、

「のろま牛」

といえば、強右衛門にきまっている。

才槌《さいづち》あたまの下に大きく張り出た額《ひたい》といい、その下にくぼんで見えるどんぐりのような眼といい、いかにも鈍重そうな巨体といい、ふとい鼻といい、

「どこをとっても取柄《とりえ》がない」

のが、鳥居強右衛門の風采であって、加乃も別に美女ではないけれども、

「黒瀬のむすめが、のろま牛の女房になったぞよ」

「ようまあ、おもいきったものだ」

なぞと、うわさをされることのほうが、いやだったのである。

しかし、父の久五郎は、

「このことは、強右衛門の父・角内《かくない》殿と、早うから取りきめてあったことじゃ。わしが、この眼で見こんだ聟《むこ》に不足はいわせぬ」

と、はねつけた。

黒瀬久五郎は何故か、強右衛門が好きであった。

こうして加乃は、いやいやながら強右衛門の妻になったのだが……。

半年ほどして、実家にあらわれた加乃に、父の久五郎が、

「どうじゃな？」

にやりとして、

「いまも強右衛門がきらいか？」

問うや、加乃が真赤になった。

「まだ、きらいか？」

「いいえ」

「好きになったというのかな？」

「はい」

「それ見ろ」

と、久五郎が得意満面になり、

「な、どうじゃ。わしの見こみに狂いはなかったであろ」

「は、はい」

「わしはな、加乃。強右衛門の父、角内とはむかしから親しい間柄じゃし、亡くなった強右衛門の母ごの人柄も、よう知っておる。あのような夫婦の間に生まれ、育てられた強右衛門が、どのような男か、見ぬでもわかる。わしは、可愛いお前の聟として、お前がしあわせになってくれとねごうていたからじゃ」

と、いったが、さらに、こうつけ加えた。

「なれど、強右衛門は人にすぐれた武勇があるともおもえぬし、才智に長《た》けているわけでもない。じゃから、武士としての立身出世については、わしもうけ合いかねる」

「出世なぞ、どうでも、かまいませぬ」

と、加乃は、長男を身ごもって、ふくらみはじめた自分の腹を、さも、いとおしげに見た。

加乃が嫁いで見て、おどろいたのは、先ず、鈍重そうな夫・強右衛門が妻の自分を非常に、いたわってくれたことであった。

その点、なかなかに神経がこまかいのである。

たとえば……。

加乃も〈農兵〉のむすめであるから、百姓仕事をよくわきまえているし、すくすくと育った体軀《たいく》も見事で、健康そのものだ。

嫁いですぐに、彼女は夫や夫の父と共に畑へ出て、はたらいたわけだが、おどろいたことには、畑から帰り、汗をぬぐって夕飯をすますと、

「加乃。ここへ来い」

と、強右衛門が呼び、

「さ、そこへ、うつ伏せになれ」

「……?」

どうもわからない。

夫の父・角内は、奥の部屋で、二人の様子をにこにことながめている。

恥ずかしかったが、いわれるままに、加乃は、うつ伏せとなった。

すると……。

夫の、大きな手が、加乃の腰をつかんだ。

「あれ……なにを」

「かまわぬ、じっとしておれ」

強右衛門が、なんと加乃の躰をもみほぐしにかかった。

畑仕事の労働に硬張《こわば》った妻の躰をマッサージしてやる夫。このようなことを加乃は人からきいたこともないし、もちろん見たことも経験したこともない。

実におどろいた。

おどろきは、毎夜つづいた。

強右衛門は、自分が戦争に出て行かぬかぎり、かならず毎夜、加乃の躰をもみほぐしてやる。

ありがたいやら、うれしいやら。

(作手の……、いや、諸国の、どこにいる女房でも、このようにしてはもらえまい)

加乃は、感動した。

「なぜ、このようにして下さる？」

問わずには、いられなかった。

すると強右衛門は、

「女房どのは、家の宝ゆえ、たいせつにするのだ」

こう答えた。

加乃の感動は強烈であった。

「うれしい……」

おもわず、夫の、ふといくびすじへ双腕を巻きつけ、濃い胸毛の密生した夫のふところへ顔をすりつけると、強右衛門が、

「なに、おれの父が母にしてやったことを、子供のころから見ているのでな」

ささやいてきた。

夫とは、妻をそのようにあつかうのが当然である、と強右衛門はおもいこんでいるらしい。

こうされて、妻が夫に愛情をもってむくいなければ、その女は莫迦《ばか》である。

加乃は全身で強右衛門を愛し、老父・角内につかえ、子を生み育て、畑仕事に精を出した。

夫婦になって十三年。

この夫婦は、いよいよ仲むつまじく、角内が四年前に病死をしたとき、

「ありがたや、ありがたや」

と、加乃に向って両手を合わせ、

「せがれも、おぬしのような嫁を迎えてしあわせなれど、わしもこのように、やさしい嫁にみとられて死ねるとは……まことに、うれしいぞよ」

両眼に泪《なみだ》をたたえ、何度も加乃に礼をのべたというから、加乃は加乃でいかによく嫁のつとめを果したかが知れよう。

鳥居強右衛門は、このように幸福な家庭をもったのだが、しかし、暮しは苦しかった。

たてつづけに子供が生まれるので、尚、苦しいのである。

強右衛門といえども、武士のはしくれであった。

暮しが苦しければ、出世をしなくてはならぬ。

出世するためには、戦国の世であるから戦場で〈手柄〉をたてねばならぬ。

だが加乃は、夫が主人と共に出陣するとき、

「死んではなりませぬ」

と、いった。

「手柄など、たててもらわずともかまいませぬ。手柄より、死別れしとうはありませぬ」

手柄をたてるためには〈生死〉をかけねばならぬのである。

だから強右衛門も、戦場へ出たからといって、決死のはたらきをなるべくしないことにしていた。

ところが、姉川の戦場では、妙に勇気がわき出し、若殿の九八郎と共に奮闘し、井笠半四郎の危急を救ったほどだ。

姉川から帰って来て、強右衛門は殿さまの奥平貞能に、

「よう、はたらいてくれた」

大いにほめられ、新しい土地をあたえられ、身分も上り、寄子も増えた。

これは強右衛門にとって、おもいがけない〈出世〉だったといえよう。

「あの、のろ牛が、な……」

「そりゃもう、姉川では、すさまじい戦いぶりじゃったそうな」

作手の人びとも、すこしは強右衛門を見直すようになったが、その後はどうも強右衛門、あまり、戦場で手柄をたてていない。

加乃からもくどいほどに念を押されているし、つとめて危険なまねはせぬことにしていた。

ことに、三方ケ原のときなどは、主人の奥平父子が、

「仕方なく……」

武田信玄に味方をしたのであるから、強右衛門の闘志もわいてはこなかった。

彼は、乱戦の中で大きな躰をすくめるようにしながら、戦死者をよそおい倒れてみたり、槍を抱えて小松原の蔭へ隠れたりして、危険をさけたものだ。

しかし、それから三年を経たいま、三河・長篠へ入城して見て、

（今度は、大変な戦さになろう）

と、おもわずにはいられなかった。

武田軍が、ここへ攻め寄せて来ることは、ほとんど、間ちがいないであろう。

浜松からの救援軍が到着するまで、奥平の将兵は、わずか五百ほどで城に立てこもり、武田の大軍を食いとめねばならない。

なにやら強右衛門は、肌が寒くなってきた。

長篠城では、将兵が昼夜兼行で城の内外の防備にとりかかっていた。

あたりの山林から、おびただしい木々が切り出され、はこびこまれた。

これらの木で〈乱杭《らんぐい》〉や〈鹿砦《さかもぎ》〉などがつくられる。

いずれも、これを土中へ埋めこみ、縄を張りめぐらして、敵の進路をさまたげるためのものであった。

竹も大量に切り出された。

これは〈虎落《もがり》〉とよばれる柵につくり、曲輪《くるわ》の外まわりへ張りまわすのだ。兵糧《ひようろう》の仕度は、すでに、ととのえ終っている。

近辺に散在して住む百姓や木樵《きこり》たちも、どこかへ逃げてしまった。

さいわいに、城内には女がひとりもいなかった。

奥平信昌たちは、

「籠城《ろうじよう》のために……」

この長篠へやって来たのである。

生活をするためではなく、戦うための城主として派遣されたのだ。女がいなくとも、ふしぎはない。

山ぶかいこのあたりに、春が来ていた。

芽吹いたばかりの樹々のにおいが、どこからもたちのぼり、小鳥の声がはれやかであった。

城兵たちは、そうした春のおとずれをたのしむ余裕《ゆとり》もなく、はたらきつづけている。

その日の午後……。

鳥居強右衛門は、城の北方の外郭である〈追手門〉のあたりで、足軽たちを指揮し、朝からはたらいていた。

追手門のまわりの土塁《どるい》を高く盛りあげ、この上に、塀をきずく作業をしていたのである。

たくましい上半身を裸にして、

「急げ、休むな」

と、声をからしている強右衛門のところへ、中年の足軽がひとり駆けて来て、

「強右衛門さま。お前さまを、たずねて来た者があります」

という。

「おれを……？」

「若い、旅の商人のようで……」

「わからぬな」

「すこし、びっこをひいておりますぞ」

「知らぬな、わからぬ」

「ともかく、会うてごらんなされませい。なんでも、作手の、お前さまの家をたずね、長篠へ城ごもりしているときいたのだそうで」

「おれの家へ……？」

「そう申しましたぞ」

「よし。会おう」

追手門を出て、強右衛門は足軽と共に北へすすんだ。

右手は、医王寺山という山で、山すその道の左側は崖となり、その下に寒狭川《かんさ》の渓流が泡を嚙んでいる。

「あの男にござる」

と、足軽が指し示すところを見た強右衛門は、

（や……？）

どこかで、見たことのあるような男だとおもった。

笠をかぶり、旅仕度をした若い男は背に小さな荷物を背負い、道ばたにすわりこんでいたが、

「おお……」

近づいてくる強右衛門に気づき立ちあがって、笠をぬいだ。

「あっ……半四郎ではないか」

「強右衛門さま」

まさに、井笠半四郎であった。

「おぬし。いったい、どうしていたのだ？」

駆け寄って来た鳥居強右衛門が、半四郎の手に杖が持たれているのを見て、

「足を……？」

「はい、高天神攻めの折に……」

「やはり、な」

強右衛門は、何も知らぬ。

半四郎が、小谷《おだに》城を攻めた織田信長の本陣を襲い、決死のはたらきをしたときの傷だ

とは、おもっても見ない。

それにしても半四郎は、よくも生きのびていたものだ。

「死にそこねました」

という声にも、実感がこもっている。

「高天神が落ちましたとき、強右衛門さまも御承知のように、小笠原家の人びとは二手に別れました。私も浜松へ、とはおもいましたなれど……なんにせよ、このような……」

いいさして、半四郎が双肌《もろはだ》をぬいで見せた。

強右衛門は、おもわず、

「あっ……」

低く叫んだ。

右の肩口に、槍の突き傷。

左の胸から脇腹にかけて刀傷。

そのほか数カ所に傷痕があるではないか。

「足だけではなかったのか……それにしても、よう、はたらいたものだな、半四郎」

「ま、このような躰では何もできませぬゆえ、しばらくは渥美《あつみ》の伯母のもとにいて、養生をしていたのです」

「そ、そうか……それにしても、よかった。よく、生きていてくれたな」

姉川のときは生死を共にして戦った半四郎のことだけに、強右衛門は泪ぐみさえして
よろこんでくれた。

「強右衛門さまに、おねがいがござる」

と、井笠半四郎が形をあらため両手を地についた。

「な、なんだ。そのようなまねをするなよ、半四郎」

「いや、ぜひにも……」

「おれはいま、知ってのとおりあの城へ殿さまといっしょに立てこもるのだ。武田の大軍は、かならず、ここへ攻め寄せて来ようし、いまのおれには、おぬしの役に立てるわけが……」

「いえ、そのことでござる」

「そのこと？」

「はい。私も長篠城へ立てこもって、はたらきたいのです」

「何だと……？」

「いけませぬか……？」

「なれど……急に、そういわれてもなあ」

「私とても、これまでは織田・徳川の御為に、はたらいてまいったのです」

「そりゃ、そうだ」

「いまさら、ほかのところで戦さ奉公をする気にはなれぬし……それに、私は強右衛門

さまと共にはたらきたいと、そうおもいつめ、渥美の伯母のところから出てまいったのです」

「そうか……」

鳥居強右衛門は、感動をした。

姉川以来、彼は、この若者には好感を抱いている。

兄弟のない強右衛門だけに、半四郎を見ると、

(どうも、弟のような……)

おもいがするのであった。

「そのようにおもってくれるのは、おれもうれしいが……なれど半四。高天神が落城したとき、小笠原は二つに別れ、城主の長忠公は武田方へ降伏し、いまは、武田の……」

「はい。ですから強右衛門さま。私は、浜松へおもむこうとしていたのです。その途中で、あなたのことをおもい出し、作手へまいった。そして、長篠籠城のことをきいて……」

「おれが女房どのにか」

「はい。それときいて、矢も楯《たて》もたまらなくなり、ここへまいったのです。どうか、いっしょにはたらかせて下さい」

「ふうむ……」

強右衛門は、熱誠のあふれている半四郎の顔を見つめていたが、やがて、

「よし」

ちから強く、うなずいた。

「おれが、おぬしのことを、殿へ申しあげてみよう」

「おねがい、いたします」

「だがな、半四。今度の籠城はいのちがけだぞ」

「かまいません。姉川でも、二人して戦いぬいたではありませぬか」

「そうだ。そうだったなあ」

「もう五年になります」

「早いものだな。おぬし、いくつになった」

「二十五歳になりました」

二十五歳といったが、いま、井笠半四郎は三十一歳になっている。

しかも、顔も体軀も若々しく見え、

「そうじゃ。姉川のときは、ちょうど二十だときいたことがある」

強右衛門が立って、

「ここで待っていてくれ」

と、いい、追手門の内へ駆けこんで行った。

奥平九八郎信昌はこのとき、本丸と濠《ほり》をへだてた西側にある〈弾正曲輪《だんじょうぐるわ》〉の防備工事の指揮にあたっていた。

「殿!!」

叫びつつ、駆け寄って来た鳥居強右衛門が始終を語るや、

「なるほど」

うなずいた奥平信昌は、

「お前と、それほどに親しい若者なれば、わしはかまわぬ。なれどこたびの戦さは強《きつ》いぞ。そのことを、よういうてきかせたのか？」

「いうまでもございませぬ」

「よし。つれてまいれ」

「ここへ……かまいませぬか」

「かまわぬ」

やがて、半四郎は信昌に引見された。

〈弾正曲輪〉の土塁と板塀の下に、武装の奥平信昌が立っているのを見て、

(これは……)

おもわず、半四郎は見とれた。

二十をこえたばかりの信昌は、黒の鎧《よろい》の上へ、白い練り絹の陣羽織をまとい、陽に灼けた精悍な顔に笑いをうかべ、

「お前が、井笠半四郎か」

といった。

信昌の歯が、かがやくように白く、くろぐろとした大きな双眸《ひとみ》がひたと半四郎を見まもり、

「足の傷は、もうよいのか」

と、きいた。

「大丈夫にござります」

颯爽《さっそう》たる奥平信昌が、足軽の半四郎に接する態度には何のこだわりもない。

半四郎は、

（この若さで……）

実に、すばらしい大将だ、とおもった。

スケールが、大きいのである。

（おれも、なまじ、忍びではなく、このような大将の下《もと》ではたらいていたら……）

ふっと、そうおもったりした。

「一人の加勢にてもたのもしい。骨は折れようが、たのむぞ」

信昌が半四郎へ、やさしい声でいい、

「強右衛門。よく、半四郎のめんどうを見てつかわせ」

「はっ」

「今日は、ゆるりと休ませるように……」

「心得ました」

強右衛門はいま、追手門のある〈服部曲輪〉の仮小屋へ寝起きしている。

そこへ、半四郎を案内した。

強右衛門の小屋は十坪ほどのもので、この中に、自分の寄子（奉公人）五人と、足軽十人の〈長〉として、強右衛門は起居していた。

「どうだ。おれが殿さまは、よい殿さまだろうが……」

「いかさま、感じ入りました」

「ときに半四。おぬし、作手のおれが家をたずね、女房どのに会うたそうな」

「はい」

作手には、まだ武田方の部隊が駐屯《ちゅうとん》している。

それで強右衛門は、妻子のことが気にかかってならないのであった。

武田方では、奥平家の領民なり脱出した家来の家族なりについて、むしろ、これを保護するかたちをとっていた。

いずれ長篠を攻め、奥平信昌が降伏すれば、奥平家のすべては、武田の傘下《さんか》にふくみこまれるわけだから、直接、戦闘にかかわりのない女や子どもたちへ害を加えるまでもないのである。

半四郎から、それをきいて、強右衛門はよろこんだ。

「ふむ、ふむ……では、女房どのも、子供たちも変りなく暮していると な」

「安心してよろしゅうござる」

「どうだ？」

「え？」

「おれが女房どのを見て、なんと、おもった？」

「親切にもてなし、ひそかに、一夜を泊めて下された」

「と、泊ったのか？」

「泊ったとて、私が、なにをするわけでもない」

「む。それはそうだ。なれど、女房どのは、またとなく美しいのでな……」

「はあ……」

と、こたえはしたが半四郎は、加乃が〈美女〉だとは、とうていおもえない。

百姓仕事で手足も顔も、真黒になっていた加乃なのである。

「肌が……肌がな、なめらかでな。抱きよせると、おれの肌が女房どのの肌へ吸いこまれそうになる」

「ははあ……」

「肉づきが、見事であったろう」

「それは、もう……」

加乃の肢体が堂々たるものであることは、半四郎もみとめざるを得なかった。

あれほどに豊熟の肉体をもつ於蝶でさえも、加乃にくらべると、たくましさにおいて、一段劣《おと》るといってよい。

夜になって、鳥居強右衛門が湯をわかしてくれ、

「躰を洗えよ、半四郎」

と、いってくれた。

「ぜいたくな……籠城をしようというのに、湯浴《ゆあ》みどころではありますまい」

「よいわさ。薪はいっぱいあるし、城の下を二つも川がながれているから、水もたっぷりとある。これで武田勢に取り囲まれてしまえば、川の水もつかえぬことになるが、いまのうちに、せいぜい躰を清めておくことだ」

「では、いただきます」

「おう、そうしろ、そうしろ」

夜がふけて、仮小屋で枕をならべてから、強右衛門は、しきりに高天神落城のときの様子を、半四郎に問いただした。

長篠城も間もなく、武田軍の来攻によって孤立することになる。

すべてが、高天神城のときと同じになる。

しかし今度は、徳川家康も高天神のときとはちがい、長篠をまもる奥平信昌へは、絶大な期待をよせていることが明白であった。

長篠が包囲されれば、すぐさま家康は、岐阜の織田信長へ援軍をたのむにちがいない。

そのとき、信長がすぐに出馬してくれるかくれないかで、

(この城の……いや、おれたちの命運は決まるのだ)

と、強右衛門はおもっている。

いや、それは城将・奥平九八郎信昌以下、五百の将兵すべてのおもいだといってよい。

とにかく織田軍が助けに来てくれなくては、徳川家康も浜松や岡崎の城を留守にして、こちらへ出陣するわけには行かない。

おそらく、今度も武田勝頼は二万に近い大軍をひきいてあらわれるにちがいないのだ。

「かならず、見殺しにはせぬ」

と、家康は奥平信昌に誓ったそうである。

信昌は、家康を信じきって、この長篠へ来た。

家来たちは、強右衛門同様に、

(もしや、今度も高天神のときのように、見殺しにされるのではないか……?)

その不安をぬぐいきれないのだが、信昌は一点の疑惑をも抱かず、さかんな闘志を燃やしている。

信昌の若々しい顔には、いささかのくもりもないのだ。

ところで、強右衛門から質問されても、半四郎は高天神落城を経験したわけでもなく、目撃したわけでもない。

けれども、そこは忍びの半四郎である。ここへ来る前に、高天神落城前後の、およその風聞は耳へ入れておいたのである。

杉谷忍びの於蝶と共に、織田信長の本陣を襲ったあの夜……。

井笠半四郎は於蝶と別れ別れになり、虎御前山《とらごぜやま》の山林の中で、織田方の忍びに発見され、必死に闘った。

こちらが一人きりではない、と敵におもわせるため、半四郎は自分がもっている忍者としての全精力をつかいはたした。

山林の闇の中で、半四郎は左足や肩、腹などに重傷を負い、あやうく逃げ道を絶たれかけたが、そのとき、山頂の本陣が大さわぎとなった。

於蝶が、信長の陣所を襲ったからである。

それと知って、伴忍《ともしの》びたちは動揺した。

このまま、半四郎ひとりを追いつめている間に、肝心の信長の身が危険となれば、一大事であった。

そこで、松尾藤七は、

「あとをたのむ」

と、いいおき、みずから五名の忍びを引きつれて、信長の陣所へ駆けもどって行った。

そのときまでに半四郎は、三人の敵を斬って倒していた。

半四郎を討つために残った忍びは四名に減った。

これが、半四郎のおとろえかけた闘志を、よみがえらせたことになった。

敵の忍びの中に、松尾藤七はじめ、二、三の伴忍びがいたことはわかったが、そのほかの忍びたちは、山中俊房の配下か、または別の忍びであったようにおもう。

いずれにせよ、半四郎は、

（おれが、この本陣へ忍び入ったとは、おもわれていない）

いまも、そう感じている。

もしも、半四郎だと知ったら、

（松尾藤七どのは最後まで、おれと闘いぬいたにちがいない）

のである。

猛然と押し包んで来た四人の忍びと、どう闘い、どう逃げたか……。

それからのことを、半四郎は、よくおぼえていなかった。

ようやくに山林から逃げ出し、織田の陣所へ飛びこみ、その混乱を利用して、ほとんど獣《けもの》のような本能がみちびくままに、夢中で逃げた。

織田の本陣は、相次ぐ混乱に動揺しており、その混乱を起したのが、たった二人の忍者の仕わざだとはおもってもいなかったろう。

浅井軍の奇襲だと感じた、その当初のおどろきは、最後まで尾を引いてい、

「夜討ちでござる。夜討ちだ」

血まみれとなって叫びつつ、陣所から陣所へぬけて行く武装の兵士を、敵の忍び（半四郎）だと気づく者は一人もいなかった。

そのとき井笠半四郎は、潜入して来た道を引き返したのではない。

虎御前山の西側へぬけ、高月川のながれに身をひそめた。

これが、よかったのである。

高月川は、小谷城の北方の山脈から北近江の平野へながれ、虎御前山の西南約一里のところで姉川と合し、琵琶湖へそそいでいる。

高月川を、半四郎は必死にさかのぼって行った。

これが、高月川だとはおもっていなかった。

(おれは、姉川のながれにいる……)

うしないかけている意識の片隅で、そう感じていたことを、半四郎はいまもおぼえている。

つまりは、それほどの重傷だったのだ。

出血もひどかった。

高月川へ飛びこみ、衣類を引き裂き、血どめをしたけれども、それまでに半四郎は躰力のすべてをつかい果していたともいえる。

そして……。

ついに、彼は川の中で意識をうしなった。

気がついたのは、三日後のことであった。

半四郎を救いあげてくれたのは、宇根《うね》の村の百姓・甚左《じんざ》という老人である。

「お前さまは、川岸へ這《は》いあがっていたわい」

と、後になって、甚左が半四郎へいった。

このあたりの村々は、小谷城の西側になるわけだが、主戦場となる場所でもなく、織田の部隊の陣所もないではないが、それは城攻めのとき、こちら側へ逃げ落ちて来る浅井の将兵にそなえてのものにすぎない。

「お前さまは、浅井さまの家来衆だの」

と、甚左は半四郎にいった。

半四郎は、こたえなかった。

こたえる気力もなかった。

「よし、よし……このおやじがきっと、かくまってやるぞ」

甚左は、いまにも落城せんとする小谷城主・浅井長政に同情をよせていた。

「えらい殿さまじゃ。くやしゅうてならぬわい」

と、いうわけだ。

小谷落城後も、半四郎は甚左の家に潜んでいた。

うごこうにも、うごけない。

事実、何日もの間、死線をさまよっていた半四郎なのである。

浅井方の落武者をさがしまわる織田の兵たちが、甚左の家へあらわれたことも三度ほどあった。

そうしたとき、甚左は半四郎を隠そうともしなかった。

「せがれが重い病いで、ここを立ち退くこともなりませなんだ。戦さが終ったときき、ほっとしておりまする」

と、甚左はいった。

織田の兵たちは、甚左のことばに、すこしのうたがいも抱かず、

「もう大丈夫だ。じいさんも安心をしろ」

むしろ、好意を見せていい、すぐに立ち去った。

約十五日の後に……。

甚左は半四郎をはこび出し、牛の背に乗せ、賤《しず》ケ岳《たけ》・南面の山を越え、琵琶湖に沿った道をめぐりまわって塩津《しおつ》に住む漁師・五介《ごすけ》の家へはこびこんだ。

五介の妻が、甚左のひとりむすめ・加津《かつ》であって、この夫婦には三人の子が生まれている。

加津を五介のところへ嫁にやり、甚左は、

「躰がきかなくなるまでは……」

といい、宇根の村で一人、暮していたのであった。

織田軍が小谷城を包囲したとき、万一のことを考え、甚左もいったんは塩津へ逃げて来たが、

「ちょと、様子を見て来る」

といい、宇根へもどって来た明け方に、井笠半四郎を発見したのである。

五介夫婦も、浅井びいきであった。

半四郎は、浅井方の兵士をよそおうことにした。

年が明けて、天正二年となっても、半四郎の体力はなかなか回復をしなかった。

塩津は、琵琶湖の北岸にあり、往古からひらけた邑《むら》であった。

京都から近江へ出て、琵琶湖を舟でわたり、塩津を経て山越えに敦賀《つるが》へ至れば、そこは日本海をのぞむ北陸となる。

さて……。

春がすぎるころ、半四郎はようやく歩行ができるようになった。

「もう大丈夫です」

半四郎は、なによりも於蝶の安否が知りたかった。

織田信長は、小谷城を落し、依然、健在であるからには、於蝶の襲撃も失敗に終ったと見てよい。

その失敗は当然、於蝶の斬死に通ずる。

（おそらく、死んでしまったろう）

と、おもいはしたが、そこは常人とちがい、忍びの者には〈奇蹟〉の恵みがいくらでもある。

現に、

（おれだとて、生きている）

なのであった。

半四郎は、塩津を出発した。

半四郎は杖をつき、百姓姿となって、ふたたび北近江へ取って返した。

すでに、浅井長政はほろびている。

北近江は完全に、織田信長のものとなり、落ちつきを取りもどしていた。

いま、このあたりを支配しているのは信長の重臣・木下藤吉郎秀吉である。

秀吉は、小谷攻めの戦功によって、

〈羽柴筑前守秀吉《はしばちくぜんのかみひでよし》〉

となり、近江・長浜に居城をかまえている。

秀吉は、長浜の城を強化すると共に、

「もはや、小谷のような山城には用もない」

といい、小谷城を〈廃城〉にしてしまった。

半四郎も、長浜へ出て見て、その城下町・建設の熱気がみなぎりわたっているのに瞠《どう》目《もく》したものだ。

市場《いち》がひらかれ、戦後間もない北近江へ、続々と人があつまって来ていた。

商人ばかりではなく、百姓たちも、明るい顔つきではたらいているのが、すぐにわかった。

どこできいても、

「今度の御領主さまは、えらいお人じゃ」

と、いう。

羽柴秀吉の評判のよさは非常なもので、長浜はむろんのこと、すこし大きな町には、遊女町が必ずあり、人が群れあつまるし、人があつまれば商いがおこなわれ、商いがおこなわれれば町も村も〈景気〉がよくなるのである。

（羽柴秀吉という人物は、よほどの男らしい）

このときはじめて、井笠半四郎はその存在を知ったわけだが、まさかに十年後に、この男が天下をつかみとろうとは、夢にも考えおよばなかった。

半四郎は、警戒をおこたらず、すこしずつ、七尾山の洞窟へ近づいて行った。

於蝶が生きているとすれば、あの洞窟の中に、

（きっと、手がかりが残っているにちがいない）

からである。

洞窟へ入ったとき、

（あっ……於蝶どのは、生きている……）

と、半四郎は直感した。

それはそうだろう。

あれから、於蝶が、小谷落城までの数日間、この洞窟に暮した痕跡が半四郎の眼にとらえられたからだ。

（あれから、たしかに、於蝶どのは此処へもどって来ている）

元気が出て来た。

半四郎は、夏がすぎるまで、七尾山の洞窟にこもっていた。

甲賀忍びがつかう携帯食糧も、たくわえてあるし、薬草もある。飛苦無《とびくない》も、火薬もあるのだ。

忍びにとって、これほど心強いことはない。

(いつかは、きっと、於蝶どのが此処へあらわれる)

と信じ、待ちに待った。

この間、半四郎の躰力はほとんど回復した。

夜がふけてから、七尾山の谷や森へ分け入り、半四郎は〈忍び〉としての鍛練にはげんだ。

しかし、左足だけは、どうも思うようにならない。

敵の忍び刀で斬りつけられたとき、肉を切られ骨を削がれたのがいけなかったらしい。

秋になって……。

半四郎は、もう待ちきれなくなり、旅仕度をして洞窟を出た。

そして、甲賀の杉谷屋敷へ忍んで行ったのである。

伴《とも》太郎左衛門を裏切った井笠半四郎にとって、甲賀へ姿をあらわすことが、

(どれほど危険なことか……)

それは半四郎自身が、いちばんよく、わきまえていることであった。

（だが、いまのおれには、杉谷屋敷の焼跡をたずねるよりほかに、於蝶どのの安否をさぐる手がかりはない）

のである。

生まれ育った、なつかしい甲賀の地を、半四郎は夜の闇の中に見た。

半四郎は、杉谷屋敷の空堀を越え、焼きはらわれた屋敷内へ入った。

このとき、於蝶は島の道半をともない、杉谷屋敷の奥深い隠れ家を発し、どこかへ去っていた。

けれども、道半の息子・十蔵が〈隠れ家〉の留守をしていたはずだ。

十蔵は、屋敷内へ踏みこんで来た半四郎を見ていない。

半四郎も、〈隠れ家〉を発見できぬまま、杉谷屋敷を去った。

半四郎は、夜ふけに此処へ着き翌日いっぱいをすごしたが、ついに隠れ家の所在をつきとめることができなかった。

（なれど、於蝶どのは生きている……）

七尾山の洞窟にあった創薬《きず》をつかったらしいことや、食糧が減っていたことをおもい合わせても、あれから一度は、於蝶が洞窟内へもどって来ていることは、たしかなのだ。

（もし、生きているとすれば……織田信長に刃向うことをやめる於蝶どのではない）

と、半四郎はおもった。

そして、そのおもいが、半四郎を長篠城へみちびいたことにもなる。

甲賀を去ってのち、井笠半四郎は旅商人に姿を変え、岐阜の城下や岡崎、浜松などの様子をさぐった。

高天神の近辺をさぐりまわり、落城前後の模様をたしかめたのもこのときであった。

その結果、於蝶や島の道半と同じように、

(武田勝頼公が徳川家康を討ちほろぼす機《とき》は、いまをおいてない)

と半四郎はおもった。

いまの家康は、まことに苦しい。

武田軍が甲斐の国から伊那の山間を越え、東海の地へ進撃して来るのを、前線で食いとめることができない。

かろうじて、浜松・吉田・岡崎の三城に立てこもり、これを死守するよりほか、道はないのだ。

すでに武田軍は高天神城をわがものとし、家康の本拠ともいうべき浜松のすぐ目の前へ〈くさび〉を打ちこんでしまっている。

(今度は、長篠だ)

半四郎は、そう見きわめをつけた。

(於蝶どのも、どこかに生きてあれば、きっと、おれと同じおもいにちがいない)

のである。

高天神を敵にゆだねた徳川家康にとっては、先年うばい返しておいた長篠城が唯一の前線拠点なのだ。

だからこそ、武田勝頼も、

「このつぎは、ぜひにも長篠をわが手に」

と、決意をかためていよう。

長篠が武田方のものとなれば、ここに、徳川家康は完全な武田軍の包囲をうけることになろう。

そうなれば、駿河・三河の武将・豪族たちも、信玄亡きのちの武田軍が、かつての威風を名実ともに取りもどしたことを知るであろう。

（長篠をうばい返したとき、武田勢は、いっきょに浜松へ攻めこむだろう）

半四郎は、そうおもうと、忍びの血があやしくさわぎはじめてきた。

（於蝶どのも、長篠へ目をつけ、長篠において忍びばたらきをし、蔭ながら武田勝頼公のおんために闘うつもりなのではあるまいか）

このことであった。

長篠の近くの作手《つくで》には、奥平家につかえる鳥居強右衛門がいる。

奥平家は武田方にくみしているはずだから、もしも強右衛門へたのみ、奥平の兵士にでもなれれば、いちおう、半四郎の活動に必要な土台を得ることができる。

そうおもって、作手をたずねると、奥平家は作手を脱出し、徳川方へ寝返り、長篠城へ立てこもったというではないか。

（それならば、それでよし）

半四郎にとっては、どちらでも同じことなのである。

そして半四郎は、おもいのほか簡単に、鳥居強右衛門の口ききで奥平勢の兵士となれた。

長篠へ来ている奥平の将兵の中には、姉川へ出陣したものがすくなくない。

けれども、だれ一人、半四郎の顔を見おぼえてはいなかった。

当時、小笠原家の一足軽にすぎなかった半四郎だし、特別に親しくしてくれた強右衛門以外、半四郎へ関心をもっているものはなかった。

半四郎のほうでは、見おぼえのある顔を何人か見出している。

奥平と小笠原の陣所は同じであったし、記憶力の強い忍者の眼は、一度見た人の顔を決して忘れるものではない。

長篠へ来た翌日から、半四郎は兵士の武装に身をかため、城の防備工事にはたらきはじめた。

鳥居強右衛門の組下に入れられた半四郎へ、

「こうして、お前と二人そろってはたらけようとは、おもいもかけぬことだったな。おれも何やら元気がわいてきたぞ、半四」

と、強右衛門は上きげんなのである。

半四郎は、

（おれが城内にいるとなれば、はたらきやすい。外から攻めかけて来る武田勢を、城内

へみちびくことはわけもないことだ）

と、考えていた。

荷物の中に忍ばせてきた飛苦無などの〈忍び道具〉は、土中に埋めて隠した。

ともかく、強右衛門がこちらを信じきっていてくれるので、すべてがやりやすい。

（おれが武田方のために忍びばたらきをしていることを知ったら、強右衛門どのは、なんとおもうだろう）

毎日、純真な強右衛門の友情とあたたかい人柄に接するたび、半四郎は、かすかな動揺をおぼえずにはいられなかった。

それにしても、於蝶と再会したことにより、三方ケ原で小笠原部隊を離脱したことから、半四郎の運命は大きく変ってきた。

あのまま、小笠原家にいたら、頭領、伴太郎左衛門の新しい指令によって、いまごろは徳川や織田のためにはたらいていたにちがいない半四郎であった。

四月に入ると、

「武田軍が古府中を発した」

との、間者《かんじゃ》の報告が長篠へもたらされた。

いよいよ、籠城である。

奥平の将兵は、あわただしく準備を急いだ。

半四郎はすでに、この城の内外をくわしく見とどけていた。

# 長篠城

信州の諏訪《すわ》湖に近い辰野駅と、木曾・赤石の両山脈にはさみこまれた伊那盆地を走りぬけて、愛知県・豊橋市をむすぶ国鉄・飯田線は、かつての武田軍の進路を、略《ほぼ》しめすものといってよい。

いま、豊橋市から飯田線に乗り、三河と遠江《とおとうみ》の山間へ向って約一時間も行くと、〈長篠城〉という小駅がある。

すぐ目の前に、かつての長篠城址がのぞまれ、城郭は見る影もないが、地形は往時をほうふつとさせるにじゅうぶんである。

城は、寒狭《かんさ》川と大野川が合流する地点の、切りたった崖の上にかまえられていた。二つの川はここで合流して豊川となり、豊橋へながれ、渥美《あつみ》湾へそそいでいる。

崖の高さは五十メートル余。

下に渦を巻いてながれる川の幅も約五十メートル。

長篠城の〈本丸〉は、寒狭川寄りの崖上にあり、ここが奥平信昌《おくだいらのぶまさ》の総指揮所となったわけだ。

本丸の東に〈野牛曲輪《やぎゆうくるわ》〉という一郭があり、この曲輪が、ちょうど二つの川の合流点の崖上にある。

野牛曲輪には、野牛門とよぶ城門があって橋がかけられ、川をわたって対岸へ通じていた。

武田軍来攻ときいて、この橋は焼き落された。

野牛曲輪と本丸を、北面から抱きかかえているのが、帯《おび》曲輪とよばれる〈二の丸〉で、そのとなりに〈三の丸〉と〈瓢丸《ひさごまる》〉の両曲輪がひろがってい、搦手門《からめてもん》がある。

〈本丸〉の両側に、弾正曲輪・服部曲輪とつづき、その北端に、追手門があった。

長篠城は、ひらいた扇のかたちをしてい、その要《かなめ》にあたる個所に〈本丸〉と〈野牛曲輪〉があり、右に〈三の丸〉と〈瓢丸〉、左に弾正・服部の両曲輪がひろがっているのだ。

高天神城よりもスケールは小さいが、小勢をもって籠城するとなれば、長篠城のほうが、はるかに有利であろう。

いま、私どもが城址を見ても、絶好の地形を利用したこの城の堅固さを、容易に知ることができる。

「城のうしろ（北面）は山地だからな。武田勢は、どうしても、崖の下の川をわたって攻めかけて来よう。これは、なかなかむずかしいぞ」

と、鳥居強右衛門が半四郎にいった。

強右衛門の自信は、いざ籠城となると、にわかにふくれあがってきたようである。

それというのも、総大将・奥平九八郎信昌の闘志がすばらしいものであって、それが五百五十の将兵を、大いにちからづけたからだ。

武田勝頼は、約二万（一万七千ともいわれる）の大軍をひきい、信州から三河の足助《あすけ》へあらわれた。

武田軍は、足助から作手へ移動し、さらに吉田、二連木の方をおびやかしつつ、四月二十一日に至って、長篠を包囲した。

この武田勝頼のデモンストレーションを横眼でにらみつつ、徳川家康は、凝《じっ》と身うごきもしない。

しかし、家康は、

「武田軍来攻」

の第一報を、すぐさま、織田信長へ向けて発した。

ともあれ、

（織田殿の返事あるまでは……）

どうにもうごけぬ家康なのである。

武田勝頼は、長篠へ着陣するや、すぐさま、城内の奥平信昌《おくだいらのぶまさ》へ軍使をさし向け、自分のことばをつたえさせた。

「信昌殿よ」

と、勝頼は、早くも勝ちほこっているかのようにいう。

「千にもたらぬ兵では、とてもその城をまもりぬけるものではない。そこもとがちからとたのむ徳川も織田も、先年の高天神落城の折と同様、とても後詰《ごづ》めはしてはくれぬ。このことがわからぬのか」

長篠城は、びっしりと武田方の軍旗に取りかこまれていた。川をへだてた対岸に、おびただしい軍勢が陣を張り、林立する槍の穂先が初夏の陽ざしをうけて、無数に光り、きらめいているのである。

「こ、これで大丈夫なのか……？」

「徳川は、ほんとうに約束をまもって、われらを救いに来てくれるのか？」

「それは、あれほどに殿と御約定《やくじょう》なされたのだから……」

「いや、あぶない」

「今度も、高天神のときと同じだ」

奥平の兵たちは、息をのんで武田方の落ちつきはらった軍容を見まもっていた。

勝頼は、いう。

「信昌殿よ。そこもとは、わしを裏切り徳川家康に味方をした。まことに武士にあるまじき仕様である。

なれど、いまこのとき、いさぎよく城を開けわたすなら、わしは怒りはせぬ。すべてを忘れ、またわたしの味方として重く用いようではないか、どうじゃ。よう考えて見よ。そこもとは、わしを裏切らぬというあかしをたてるため、弟・仙千代丸《せんちよまる》をわしにあずけてあることを忘れはすまい。そこもとが、どうあってもわしにそむくといわれるなら、仙千代丸のいのちはない。そのことを、よくよくわかっていような」

そうだ。

そのことはすでに、奥平信昌が、よくよく考えぬいたことであった。

奥平信昌は、父・貞能《さだよし》と共に武田家へ従うことになったとき、弟の仙千代丸を〈人質〉として武田勝頼へさし出していた。

仙千代丸はいま、古府中（甲府）の武田の本城にいるはずだ。

奥平父子が作手を脱出し、徳川家康のもとへ入ったとき、

「仙千代丸を殺すべし」

と、武田方の重臣たちは、勝頼に進言をした。

だが、勝頼は、

「ま、いましばらくは待て」

と、こたえた。

これは、今度の長篠攻めのことを考えてのことであった。

仙千代丸を殺してしまえば、奥平父子は完全に、徳川方のものとなってしまう。

いざというとき、仙千代を切札につかい、奥平父子をふたたび味方につけようとのおもわくが、武田勝頼にあったのだろう。

しかし、仙千代丸のことについては……。

「奥平の家をまもるためじゃ」

「まことに、ふびんなれど……仙千代丸には死んでもらいましょう」

と、奥平父子は決意をかためている。

可愛い我子、実の弟を見殺しにしてまで徳川家康をたのんだ奥平父子の見通しは、まことにおもいきったものといえよう。

現在、武田に対して劣勢をきわめている徳川へ賭けたのである。

それだけに……。

奥平九八郎信昌は、よほどに徳川家康を信頼していたといえる。

信昌は、三年前の三方ケ原において、

「なんとしても三河武士の意地を見せねば、気がすまぬ」

決然として起ちあがり、武田信玄の挑戦に応じたときの家康が忘れきれない。

あのとき、奥平父子は武田軍に属していたのだが、

「家臣たちを先に逃がし、最後までふみとどまり、みずから槍をふるって、武田軍の追撃をふせがれたときの徳川殿は、まことに古今無類の勇将であった」

のちのち、奥平信昌はこういって、家康をほめたたえている。

さて、武田勝頼が降伏をよびかけたのに対し、奥平信昌は、

「城はわたさぬ、と勝頼公に申されよ」

と、軍使にいった。

次の日。

またしても、勝頼から、

「おもい直したが、身のためであろう」

と、さそいをかけてきた。

信昌は、きっぱりと、これをはねつけた。

二度も、降伏の誘いをはねつけられた武田勝頼は激怒し、

「仙千代丸を、はりつけにせよ!!」

と、命じた。

この命令をもって、使者が古府中へ馳《は》せつけ、仙千代丸はただちに処刑された。

一説には……。

前に奥平父子が寝返ったとき、勝頼はすでに、仙千代丸を三河の門谷というところで〈はりつけの刑〉に処していたともいう。

そのくせ、仙千代丸をおとりにして降伏をすすめたところ、すでに弟の死を察知していた奥平信昌は、

「武田の大将ともあろう身が、つまらぬ小細工をするものだ。わしが信玄公亡きのちの武田家を見かぎった理由が、これにてようわかったであろう」

と、家臣にもらしたとか。

仙千代丸の件については、読者諸賢の想像におまかせしたい。

奥平信昌は、武田の大軍にかこまれても平然としていて、

「米が四百俵もある。この米を食いつくさぬうち、徳川殿が後詰めをしてくれよう」

と野牛曲輪の櫓《やぐら》へのぼり、眼下の、川をへだてた対岸をびっしり埋めつくした武田軍を、にこにこしながらながめているのだ。

井笠半四郎は、この若い武将をながめ、感嘆せぬわけにはゆかなかった。

どこに感嘆したかというと……。

あくまでも徳川家康を信じきって、みずから、この苦境へ飛びこんできた奥平信昌の肚《はら》のすわり方に、

（これは大きい。人物が大きい）

こころをうたれたのである。

高天神の先例もある。

家康をどこまで信じられるか、わかったものではない。

半四郎自身、

（とても、徳川は出て来まい）

とおもっているのだ。

どう見ても、奥平信昌という人物が、

〈ばかもの〉

ではないだけに、ひたすら家康へ身をまかせた信念の強さにおどろきもし、感動したのだ。

五月に入るや、武田勝頼は一万の兵を長篠へのこし、みずから一万をひきいて吉田(豊橋市)へ向かった。

徳川家康は、すでに浜松から吉田の城へ移って来ている。

勝頼がいなくなっても、長篠城は依然、一万の武田軍に包囲されているので、身うごきもできなかった。

約二十倍の敵なのである。

残った武田軍は、悠々と城をかこみ、攻めかけて来なかった。

それが、城内の兵たちに不気味な感じをあたえたようだ。

「落ちついているのう」

「勝頼公は吉田へ攻めて行かれたらしい」

と、かつては武田家へ臣従していた奥平の兵だけに、勝頼を敬まってよぶ者もすくなくない。

「これは、やはり、いかぬぞ」

「いかぬとは？」

「おもっても見ろ。この城を身うごきもさせずにおいて、尚も勝頼公は徳川を攻めておらるる。ちからが余っているのだ」

「なるほど……」

「しかし、徳川はさておき、織田信長公が軍勢をひきいて、こなたへ……」

「さて、どうかな」

「やはり、若殿は事をあやまったのではないか……」

「いや、おれも、そうおもえてきたわい」

「考えてもみろ。この長篠の城は、もと武田の城だったのだ。ゆえに城内の様子は、すっかり敵に知れわたっておる」

「しかも二十倍の敵だ。総がかりで押しつめてきたら……」

「とても、ふせぎ切れまい」

兵たちは、不安らしい。

しかし、大将の奥平信昌は依然として、勇気にみちみちた姿を兵たちの前へあらわし、微笑を絶やさずにいる。

信昌は、朝になると〈本丸〉の櫓へのぼり、武田軍のうごきから眼をはなさなかった。

食事も、櫓の上でとるのである。

「若殿は、たのもしい。そうはおもわぬか？」

と、鳥居強右衛門が半四郎にきいた。

「うむ。お若いのにえらいものです」

「そうおもうか、おぬしも……」

「おもいます」

半四郎が、そういっただけで、強右衛門は安心するらしかった。

やはり彼も、不安なのである。

強右衛門は、半四郎をふくめた組下の兵十七名と共に、二の丸の帯曲輪をまもっていた。

五月八日の夜ふけに……。

井笠半四郎は、二の丸の仮小屋から、そっとぬけ出した。

籠城の最中《さなか》であるし、城内の警戒は、まことにきびしい。

だが、半四郎にとって、これほどのことで〈忍びばたらき〉が邪魔されることはなかった。

なんといっても半四郎は、味方の兵士として城内に入っているのである。

初夏になってはいたが、山峡の城だけに夜の闇は冷える。

その闇にとけこみ、半四郎は難なく、本丸へ入って行った。

本丸内に、城主の居館がもうけられている。

戦国の城主が住み暮すにふさわしい、質素だが、がっしりとした骨組の居館であった。

武装を解き、肌着ひとつの上から墨流しをまとった半四郎は、居館の床下へもぐりこんだ。

板敷きの広間の一隅の床板が口をあけ、そこから彼は這いあがって来た。

広間には、だれもいない。

大廊下に立つ番兵の影が、蠟燭《ろうそく》の灯にゆらめいているだけである。

奥平信昌は奥の一室にいて、まだ、ねむっていなかった。

小さな机の前にすわりこみ、身じろぎもせず、沈思しているのだ。

信昌の若い顔が十も二十も老《ふ》けこんで見えた。

銅製の燭台《しよくだい》に燃えている蠟燭の灯りが、信昌の横顔をわずかに浮きあがらせていた。

信昌は、かたく唇を嚙みしめ、何ものかの重圧に堪えようとしている。

これは、自分との闘いであった。

武田家を裏切り、作手を脱出したとき、父の奥平貞能は全面的に賛成をしたわけでない。

それを、

「私におまかせ下さい」

と、信昌が熱心に説きふせたのである。

「武田が負けてから徳川へ下るのならば、だれにでも出来ることです。いま、このとき、徳川家が苦しいときに味方してこそ、のちのち、われらのためになるのでござる」

この自分のことばを、ようやくにうけ入れてくれた父・貞能は、いま〈人質〉のかたちで、徳川家康の手もとへ引きとられている。

(こうなれば、最後の最後まで、この城をまもるのだ)

そうはおもっても、信昌ひとりで、それができるわけはない。

家来たちが、

「こうなっては、とても、まもりきれませぬ。いさぎよく武田方へ降参いたしましょう」

と、いいたててきたとき、信昌としては、彼らをなっとくさせるだけのこたえを出せないと、進退きわまってしまう。

戦国のころの、奥平家のように小さな武将の家では、すべての責任が〈殿さま〉の肩へかかっている。

〈殿さま〉のむりな命令なぞ、家来たちが、きくものではないのだ。

現に……。

奥平父子が作手を脱出したときも、四百ほどの家来たちは、

「そのように、ばかなまねができるか、殿は好きになされ。われらは作手に残り申す」

といい、それまでのように武田方の支配下に居残ったのである。

だから、

「最後まで城を……」

と、いかに〈若殿〉の奥平信昌が叫んだところで、家来たちが、

(これ以上はむりだ)

とおもうなら、これを押しとどめることはできない。

それほどに、戦国の〈主従関係〉というものは、きびしいものなのだ。

籠城、わずかに半月。

それで、早くも兵たちは動揺しはじめた。

(なぜ、おれを信じてはくれぬのか……)

信昌は、くやしかった。

さいわい、いまのところ、奥平家の重臣たちは、不安を顔にあらわしていない。

それだけが、信昌のたのみであった。

沈思する信昌の姿を、井笠半四郎は天井の上から見つめていた。

厚い天井板を、すこしずらした隙間へ、半四郎は眼をつけている。

信昌の顔と姿を、ななめ上から見下しつつ、

(やはり。な……)

半四郎は、この若い殿さまに同情をした。

(それにしても、こうした姿を信昌公は家来たちの前で、気《け》ぶりにもあらわさぬ。よほどに精神《こころ》の強い人なのだな)

それにしても、

(信昌公は、早まったな)

と、おもわざるを得ない。

長篠も高天神同様の運命を迎えるにちがいない、と半四郎はおもっている。

(あ……?)

天井裏で、半四郎は緊張した。

信昌の居室の外の廊下へ、大きな黒い影がのっそりと浮いて出たのを見たからだ。

奥平信昌も、すぐ気づいて、

「何者だ？」

声をかけた。

「強右衛門にござる」

こたえて、人影が板敷きの居室へ入り、両手をつかえた。

まさに、鳥居強右衛門である。

(もしや、おれのことに気づいたのではあるまいか……?)

半四郎が二の丸の小屋からぬけ出したとき、強右衛門はぐっすりと寝入っていたのだ。

それなのに突如、この夜ふけに本丸の殿さまのもとへあらわれたのは、

(ただごとでない)

と、半四郎はおもった。

(おれのいないのに気づいて……おれを怪しんだものか……?)

であった。

久しぶりの〈忍びばたらき〉だけに、半四郎は自信をうしないかけた。

鳥居強右衛門は、手にした竹製の水筒をさし出し、

「酒《ささ》のまれませい」

ささやくようにいった。

「なんじゃ、この夜ふけに……」

「酒を……」

「おう」

水筒をうけとり、奥平信昌が口をつけた。

「おねむりになれませぬか？」

と、強右衛門。

「お前こそ、ねむらなんだのか？」

と、信昌。

「はい」

「なぜ、ねむれぬ？」

「ねむれぬ理由《わけ》でござるか？」

「そうだ」

「殿と同様にござる」

「なに……」

「若殿……いや、殿。おこころのうち、お察し申しあげます」

ずばりと強右衛門がいった。

平常〈のろ牛〉などとよばれている彼にしては、ずいぶんと、おもいきったことをいい出したものだ。

強右衛門は、信昌の胸の底に沈んでいる苦悩を、

「お察し申しあげる」

と、いったのである。

身分は低い強右衛門ながら、若殿の信昌が幼少のころから、そばにつきそっていたので、こうした遠慮のない態度が自然に出るのであろう。

信昌も、気にしていない。

「よい。かまうな」

と、いった。

「なれど……」

「お前は気がかりなのか？」

「は……」

「この城が落ちるとおもうのか？」

「さて……」

強右衛門は、あたまをかきかき、

「わかりませぬが、なんとなく落ちそうで……」

と、こたえた。

正直きわまる。

信昌が笑い出した。

率直な強右衛門のことばに、笑いをさそわれたらしい。

「どうだ。兵士たちは落ちついておるか？」

「さて……」

「どうなのだ？」

「落ちついている、とは申せませぬ」

「ふむ……」

「これほどの大軍にかこまれていては、むりもござらぬ。それにこの城からは、あまりにも敵の姿が、よう見えすぎまする。見ていて呼吸《いき》がつまりそうになり申す」

「困ったの」

「はい、困りまいた」

「なればというて、どうなるものでもないぞ」

「はい」

こうした主従のやりとりに、天井裏の半四郎は、おもわず微笑をさそわれていた。

正直で率直な強右衛門も好もしいが、それをまた怒りもせずにうけいれている若い主人の度量も、

(えらいものだ)

あらためて、感じ入ったのである。

「お前も、のめ」

と、奥平信昌が水筒を強右衛門へわたし、

「その酒、どこで仕こんでまいった」

「作手を出てまいるとき、妻がわたしくれまいたものでござる」

「ようも、これまで残っていたな」

「三日に一度、なめてすごしておりまいた」

「これは悪いことをした」

「かまいませぬ。酒のんで、ようねむって下されませい」

「そのために、来てくれたのか」

「はい」

「かたじけない」

城中に、酒はあるが、これは城主だとて勝手にのめるものではない。

「では、これにて……」

腰をあげた鳥居強右衛門へ、

「待て」

と、信昌が、

「お前は落ちついたか？」

「いえ、落ちつきませぬ。いささかなれど……」

「こわいか？」

「はい」

「おれもこわい」

と、信昌がはっきりいった。

「なれど強右衛門。城主たるおれが武田勢をこわがっていたなどと、みなに申してはならぬぞ」

「うふ、うふ、ふ、ふふ……」

おかしげに笑い出しつつ、奥平信昌がいうのへ、強右衛門も声を合わせて、
笑いながら、

「申しませぬとも」

と、いった。

「よし、行け」

「ぐっすりと、おやすみなされませい」

「お前も、な……」

「はい、はい」

強右衛門の巨体が廊下を去って行くのを見て、半四郎は天井板を合わせ、急いで立ち去ることにした。

広間の天井へぬけ、飛び下り、また床下へもぐって、居館の外へ出た。

本丸と二の丸の間の濠《ほり》に番所があり、番兵が三人いる。そのうちの一人が槍を立てて、あたりを見張っていた。

半四郎は、手にした小石を彼方へ投げつけ、その音に振り向いた番兵の視線の死角を風のようにくぐりぬけた。

半四郎が二の丸の仮小屋へもどると、まだ強右衛門は帰っていなかった。

小屋の中は板敷きで、その上へ兵たちが枕をならべ、ねむりこけている。

彼らの汗くさい体臭といびき声が、小屋の中に充満していた。

半四郎は、強右衛門のとなりの場所へ、身を横たえ、眼をとじた。

間もなく、強右衛門がもどって来た。

「や、半四郎。もどったな」

声をかけられ、半四郎が、

「どこへ行ったのです？」

「ちょいと、な……」

「私が出て行くときは、よく、ねむっておいでしたが……」

「そうとも。おぬしは、どこへ行っていた？」

「ねむれませんので、外へ……弾正曲輪の濠端へ行き、あたまを冷やしていました」

「ほ。そうか……」

いささかも、強右衛門は半四郎をうたぐっていない。

（なんという、よい男なのか……）

半四郎は、この男と、この男の主人を裏切り、武田軍のためにはたらこうとしている闘志が、くじけてしまいそうになってきた。

「強右衛門さまは、どこへ？」

「おれも、おぬしと同じだ。ねむれないので、本丸につめている古い友だちと語り合うて来た」

「酒のにおいがしますな」

「友だちが、ふるまってくれてな」

「それは、よかった」

「おぬしにも、すこし、分けてもらって来た」

といい、強右衛門が先刻の竹の水筒を半四郎へわたしてよこした。

「そっとのめ、一口だぞ」

「かたじけない」

「うまいか」

「はらわたへ、しみ通るようです」

「もう、こっちへよこせ」

「はい」

「さ、ねむろう」

「ねむりましょう」

横たわると、強右衛門は眠気がさしてきたらしい。

「久しぶりの酒で、酔うた……」

ねむそうな声で、

「半四。さ、何も彼も忘れて、ねむろうではないか」

「そうしましょう」

「む……ふむ……」

くちゃくちゃと口を鳴らした強右衛門が、ためいきのように、

「おれが殿は、好《よ》い殿だわい」

と、つぶやき、すぐにねむりはじめた。

その夜から三日目の明け方になって……。

長篠城にたてこもる将兵は、けたたましい太鼓や鉦《かね》の音に夢をやぶられた。

吉田城を攻めていた武田勝頼がまたも、長篠へもどって来たのであった。

これで、敵は四十倍の大軍となった。

武田勝頼は、吉田の城に立てこもっている徳川家康を、なんとか外へ引き出したいと考え、いろいろに手段をつくしたらしい。

このとき、吉田城の徳川軍の兵力は約五千。

武田軍は一万であったから、二倍の兵力ということになる。

「これなら、戦って敗れると決まったわけではないぞ」

と、徳川家康は久しぶりに奮然となった。

三方ケ原のときは、武田信玄と三倍の兵力を相手に戦った家康だけに、

「よし。打って出よう」

命令を下した。

岡崎の城にいる長男の信康も援助してくれるだろうし、

「運を天にまかせよう」

という気もちになった家康を、

「まだ、早うござる」

と、水野忠重が強くいさめた。

「決戦なら、いつにてもできる。ここは、勝頼のさそいに乗るべきではない」

というのだ。

で……。

結局、家康は忠重のことばにしたがい、出撃命令を撤回したのである。

しかし、吉田城の町口へ肉迫した武田軍を、徳川方の武将が奮戦して追い退けた。

これは、小戦闘ながら激しいもので、両軍の接戦はすさまじいものがあったという。

徳川家康は、懸命にこらえて、城を出なかった。

いくら、さそいをかけても出て来ないので、武田勝頼もあきらめざるを得ない。

本格的に吉田城を攻め落すつもりなら、しかるべき兵力と、長期にわたる戦闘を覚悟しておかねばならぬ。

だが、いまの武田勝頼は、それだけの準備をととのえて出て来たわけではない。

本命は、あくまでも長篠城を攻め落すことにある。

そこで勝頼は、

「もはや、これまで」

と、兵をおさめ、長篠へ取って返したのである。

武田勝頼は、五月十日の夕暮れに長篠の近くまでもどり、夜に入ってから、ひそかに包囲軍と合した。

そして、十一日の明け方。

突如として戦旗をかかげ、全軍に鬨《とき》の声をあげさせ、自分がもどって来たことを、長篠城内の奥平勢へ知らしめた。

これは、籠城の将兵をおびやかそうとしてのことだ。

たしかに……。

城兵たちは動揺した。

「やはり、だめか……」

「徳川公は吉田城へこもったきり、出て来ないのだ」

かたずをのむうちに、

「武田勢が、うごき出したぞ」

と、野牛曲輪の見張り櫓から、声があがった。

なるほど、川面にたちのぼる朝靄《あさもや》をついて、対岸の武田陣地から、たくさんの竹束を積んだ筏《いかだ》が三つほど、こちらへ近づいて来る。

「来たぞ！」

城内に〈ほら貝〉が鳴りわたった。

奥平九八郎信昌は、青竹の指揮杖をつかみ、みずから、野牛門へあらわれ、

「かねての指図のごとくいたせ」

「あわてるな」

と、命を下した。

武田軍の意図はわかっている。

川をわたって筏を近寄せ、竹束を野牛門のまわりへ積みかさね、これを土台にして城門へ兵を取りつかせようというのだ。

野牛門は、大野川と寒狭川の合流地点にある。

橋を焼きはらったあとの川岸へ高い塀をもうけ、柵を打ちこみ、敵襲に備えてあった。

この岸辺へ、見る見る武田軍の筏が接近して来る。

野牛曲輪へ、城兵たちがつめかけ、奥平信昌の命令を待った。

近づいて来る筏に対して、

「まだ、まだ……」

信昌は、見ているものがいらだつほどにこらえておいて、川岸へ寄った筏から、

「それっ……」

武田の兵が、どしどしと積みこんだ竹束を川岸へ投げはじめたとき、

「いまだ！」

信昌が指揮杖を打ち振った。

野牛曲輪の上の木立ちや、崖の間にかくれていた城兵たちが、いっせいに矢を放った。

「うわっ……」

たちまちに、筏の上の武田兵が矢をうけて、川へ落ちこみはじめた。

新しい筏が、またしても川面へあらわれた。

対岸の武田陣から、鉄砲が鳴りはじめた。

城兵を威嚇しようというのだろうが、効果はない。

そのうちに……、

筏ばかりか、川を泳ぎわたって野牛門へ迫る武田兵たちが見えてきた。

城内から射出すおびただしい矢が、川面へ吸いこまれ、敵兵を刺した。

二つの筏の一つが、ようやく川岸へ着き、二十名ほどの敵兵が野牛門へせまって来た。

野牛門が内側からひらいたのはこのときであった。

奥平勢、約五十が槍をそろえ、

「わあっ……」

川岸へあがったばかりの武田の兵士へ突きこみ、突きまくった。

「早く、つぎの筏を寄せろ」

「この機をのがすな!!」

と、武田勢も必死に迫って来たが、なにしろこちらは高い城の上から矢を射る、大石を投げこむ、というわけで、泳いで来る武田の兵たちのほとんどが、川へ沈んだ。

武田の陣地から鉦《かね》の音が鳴りはじめた。

「引きあげよ」

の合図であった。

武田勢は、いっせいに退却した。

川岸へあがった兵の半数は、城兵に討《と》ちとられた。

城兵は野牛門へ入り、門の扉が堅く閉ざされた。

戦闘は、一刻（二時間）で終った。

「勝頼は、われらをさそい出そうとしたのだ」

と、奥平信昌が家臣たちにいった。

「先ず、小手しらべ、といったところだろうな」

けれども、この戦闘で、一名の戦死者もなく武田勢を追いはらった城兵たちは、

「さんざんにやっつけたな」

「ああ、よいこころもちだ」

急に闘志がわいてきたし、意気もさかんになった。

武田勝頼は〈小手しらべ〉をして、かえって敵の闘志をかきたててしまったことになる。

「この城は、たやすく落ちぬぞ」

「こうなれば、やれるところまでやってのけようではないか」

城兵たちに、活気がみなぎって来た。

奥平信昌は苦笑し、

「敵が、川をへだてた野牛門のみから攻めかけて来るのなら、この城は兵糧が絶えぬかぎり落ちるものではない。なれど、そうはまいらぬ。勝頼は二度と、川をわたって攻めかけるようなまねはすまい」

と、いった。

翌十二日。

武田勝頼は寒狭川を迂回《うかい》して渡り、その〈本陣〉を医王寺山に移した。

勝頼は長篠城・西方の高所から城を見下すかたちになったわけだ。

この本陣から北、東へかけて……つまり、城の背後の山すそへ、びっしりと武田軍がつめかけたことになる。

こうなると、川の対岸の武田軍を上から見おろしている城兵の〈有利〉は、まったくうしなわれてしまった。

武田軍の三分の二が、城のある台地へ押しつめて来たからである。

残る三分の一の武田勢は、依然川をへだてて〈野牛門〉を中心に城内のうごきを監視していた。

また、勝頼は、長篠城を大野川をへだてて見下す南方の〈鳶ノ巣山《とびのすやま》〉や、久間《くま》、中山など数カ所に〈砦〉をかまえた。

「さて、半四郎」

鳥居強右衛門は、城の外郭ともいうべき〈瓢丸《ひさごまる》〉を守備することになったとき、

「今度、敵が攻めかけて来たら昨日のように、うまくはまいらぬぞ」

と、いった。

瓢丸の外には、大野川にそそぐ濠が一部分あるだけだ。

北面の、山すそに面した一帯は土塁でかこみ、これに高い板塀をめぐらし、その内側に柵をたてまわしてある。

その要所に兵を配置したのだが、武田軍の攻口はこの場所ばかりではない。

川をへだてた南面は別として、城の三方を包囲されつくしている。

その、約四十倍の敵に対して、こちらは、わずか五百の兵を三方へ振り向けなくてはならぬ。

（ちからずくで、押しこまれたら、どうにもなるまい）

と、半四郎は考えた。

攻めよせる武田軍を有利にみちびくため、

（城内から、おれが手を貸してやりたい）

などと考え、鳥居強右衛門をだまして奥平の一兵士となった井笠半四郎であったが、

（こうなれば、もはや、おれが何することもないではないか……）

苦笑が浮いてくる。

奥平信昌は、主だった家来たちをあつめ、

「諸方をまもる兵は、太鼓、鉦《かね》、ほら貝などの合図によって、自由自在に走りうごき、押し寄せる敵へ立ち向うように」

と命じ、その合図の方法をめんみつに打ち合わせ、将兵に徹底させた。

# 攻　防

十二日の、武田軍が包囲の陣形を完全にととのえ終った、その夜ふけのことである。

武田勝頼の本陣に近い、医王寺山の山すその一角へかまえられた柏木市兵衛《かしわぎいちべえ》の陣所で、五名の黒い影が市兵衛を囲み、密談にふけっていた。

柏木市兵衛は、武田軍の一部将であるが、行軍のさいは、いつも先鋒をつとめ、武田忍者を諸方にはなちつつ前進をする。

五十をこえた、ものやわらかなこの部将は、武田家のためにはたらく忍びの者のすべてを統轄しているといってよい。

だが、市兵衛は忍者でもなければ、忍びの術に精通しているわけでもなかった。

市兵衛の下にあって、忍者たちをたばねているのは、杉坂《すぎさか》十五郎という伊那忍びである。

伊賀や甲賀で、それぞれ、忍びの術が発達したように、信州・伊那の里に、むかしからつたえられた忍法をつかう忍びの者を、

〈伊那忍び〉

という。

杉坂十五郎はその一人で、五十に近い彼は亡き武田信玄が若かったころから、父・勝《かつ》右衛《え》門《もん》や配下の忍びたちと共に武田家へつかえ、父亡きのち十五郎は武田の忍者を一手にうごかし、みずからも忍びばたらきをつづけてきている。

いま、柏木市兵衛と杉坂十五郎を中心に、寄りあつまっているのはいずれも武田の忍者であった。

「この城を落とすに、三日でよいと、殿はおおせられた」

と、柏木市兵衛が、

「なれど、堅固な城よのう」

「さようで」

杉坂十五郎が、うなずいた。

痩せて小さな十五郎の外面は、なんの変哲もない老人に見える。

だが、武田軍の戦歴の裏面における十五郎の活躍は、すばらしいものであったそうな。

亡き信玄も、

「十五郎には一国一城も惜しゅうない」

と、いったほどである。

武田勝頼は、長篠を包囲するにあたり、

「こたびは、高天神のときのような手間ひまはかけておられぬ。なれど屹度《きっと》城は攻め落とせ」

と、命令を下していた。

これは、高天神のときにくらべて、織田信長が救援に駆けつけてくる可能性が、

〈強い〉

と、勝頼は見たからであろう。

武田の忍びたちは、いま、吉田城にいる徳川家康が何度も、使者を岐阜の織田信長のもとへさし向けていることを、さぐり出している。

家康としては、

(一日も早く……)

信長が出陣してくれぬと、

(立つ瀬も、浮かぶ瀬もなくなってしまう)

という心境であった。

長篠の奥平信昌を、

(見殺しにする)

ばかりではない。

見殺しにすることによって、今度こそは、武田軍の包囲網につつまれ、身うごきができなくなってしまうのである。

信長も、そのことは、じゅうぶん承知している。

家康を捨てることは、武田の強兵が自分の背後へせまることになるのだ。

ここまで事態が切迫しているからこそ、

(信長出陣の可能性が強い)

と、武田勝頼はおもっているのであろう。

けれども、たとえ信長が出陣したにせよ、それが長篠落城まで、

(間に合うか、どうか……?)

であった。

先に高天神をうばい、今度、長篠を〈わがもの〉としてしまえば、

(東海は、わしのものじゃ)

と、勝頼は考えている。

だからこそ、長篠落城を急いでいるのだ。

「おそいのう……」

と、柏木市兵衛が杉坂十五郎へ、

「あの二人、大丈夫か?」

「はい」

十五郎は、ちから強く、

「あの二人は、松尾藤七と同じ甲賀忍びではござるが、藤七のように寝返りはいたしませぬ」

「おぬしが、そう申すなら……」

「松尾藤七は、伴太郎左衛門が家来でござる。その太郎左衛門の指図によって、どちらへもうごきまするが……あの二人は、二人きりの甲賀忍び。姉川の合戦に、織田信長の首討たんとして、討死をとげた杉谷与右衛門が家来にて、その杉谷忍びは、いまやあの二人のみ、と申してもよいほど……」

十五郎がいいさしたとき、

「二人がもどりまいた」

と、陣所の外の番兵の声がきこえた。

五人は、陣所の戸口へ、いっせいに視線を向けた。

黒い影が二つ……。

音もなく、陣所の内へながれこんで来た。

その二つの影は……。

杉谷忍びの於蝶と、島の道半だったのである。

二人とも、厳重な忍び装束に身をかためていた。

「いかがじゃ、城内の様子は？」

と、柏木市兵衛が於蝶へ、

「本丸まで忍び入ったのか？」

「いいえ……」

於蝶は、かぶりをふって、

「おもいのほかに、備えがきびしゅうござりまして」

「そうであろうな」

「また、本丸をふくめて城内の様子を、あらためてさぐりとるまでもございますまい」

「もっともじゃ。長篠城は以前、われらが城の一つであった」

「この城は、瓢丸と服部曲輪をこちらの手にうばい取ってしまえば、あとはわけなく攻め落せましょう」

「なるほど」

すると杉坂十五郎が、

「於蝶どの。明日、殿は城へ御仕かけなさるが……瓢丸と服部曲輪と、どちらへ攻めかくるがよいとおもうな？」

「はい。いままで、道半どのと二つの曲輪内へ忍び入り、さぐり見てまいりましたが……」

「ふむ、ふむ」

「服部曲輪には、なんと申しても濠《ほり》をめぐらしてありますゆえ、なかなか……」

「やはり、な」

「瓢丸は、塀と柵のみでございます」

「高いな」

「はい」

「どう、攻める？」

「鈎の手の御用意は？」

「む……百ほどはあろう」

鈎《かぎ》の手とは〈忍び道具〉の一つで、これに綱をむすびつけ、高所へ投げて引きかけ、綱を手《た》ぐって登行《とうこう》するためにも用いられる。

於蝶が考えていることは、鈎の手を塀へ引きかけ、綱を引いて塀を倒してしまうがよい、ということなのだ。

「それにしても、百では不足でございましょう」

「倒れるかな、あの塀が……!!」

「外から見たほどには、堅固ではございませんでした」

「ほ……そうか、そうか」

「ともあれ、あの塀を引き倒さぬかぎり、なかなかに押しこめますまい。もっとも、塀の内の櫓《やぐら》や、柵の中から矢を射かけ、鉄砲も撃ちかけてまいりましょうが……ここは恐れずに、瓢丸を攻むることにちからをあつめ、無二無三に押し寄せるが、もっとも早道かとおもわれまする」

と於蝶が断言した。

「いかが、おもうな？」

と、柏木市兵衛が杉坂十五郎へ問いかけた。

「さよう……」

十五郎は、しばらく考えたのちに、

「それがしも、於蝶どのが申すことに同意でござる」

そうこたえた。

「よし。では、さっそく御屋形《おやかた》（勝頼）へ申しあげてまいろう」

市兵衛は、すぐさま立ちあがった。

従者をしたがえた柏木市兵衛が、医王寺山の武田本陣へ去ったあとで、

「杉坂さま……」

と、於蝶が、

「鈎の手が百ほどでは、とても足りませぬ。城内でも、あの高塀には控え柱をつけてありますゆえ、これへ綱をむすびつけて持ちこたえようとするにちがいありませぬ」

「ほう……控え柱をな。念の入ったことじゃ」

「奥平信昌という大将、若年《じゃくねん》ながら、まことによく行きとどいておりまする」

「さよう」

「鈎の手を今夜のうちに、あと二百ほど、つくらせておかねばなりますまい」

「わかった」

杉坂十五郎が配下の忍びに、

「急げ。鈎がなければ鹿の角でもよい。ともあれ鈎縄を二百、夜が明けるまでにつくれ」

と、いいつけた。

その忍びが出て行ってから、何か考えていた於蝶が、

「牛の用意もしておかねばなりませぬな、杉坂さま」

といった。

〈牛〉とは、丸太づくりの枠のようなもので、これを塀の外へいくつも積み重ねて行き、塀よりも高くする。

そうしておいて、この上へ武田の兵が上り、塀の内へ矢を射かけたり鉄砲を撃ちこんだりするのである。

「牛の仕度が要るかな……？」

杉坂十五郎は、

（それほどのことをせずとも、瓢丸へは何とか攻めこむことができるだろう）

と、おもっていたらしい。

意外な顔つきになった。

「杉坂さま。私が道半どのと城内へ忍び入って見まするに、奥平の兵たちは見張りの者をのぞいていずれも高いびきにて、ぐっすりと、ようねむりこんでおりまする」

「ふうむ……」

「こなたの城攻めを迎え、城内の兵は肚をすえ、落ちついております。これは昨日、野牛門を攻めました折、見ごとに寄手を追いはろうたので、威勢があがってまいったものとおもわれます」

「なるほど……」

杉坂十五郎は、於蝶の進言をきき入れ、

「牛の用意をしておけ」

と、配下の忍びに命じた。

やがて……。

柏木市兵衛が、武田勝頼の本陣からもどって来た。

勝頼は市兵衛の進言をいれ、

「よし。では先ず、瓢丸をむりやりにも攻め取ろう」

といい、寄手の配置を、

「夜が明けぬうち、ひそかに移せ」

と命じ、さらに、

「なれど、瓢丸へ仕かけるのは明日の夜ふけがよい」

と、いったそうである。

「これをどうおもうな、十五郎」

「さよう。御大将の申さるること、もっともかとおもわれます」

大軍の夜襲は、混乱をみちびきやすい。

それはたしかなことだが、しかし一方では、暗闇の中をいっせいに攻めかけて来る武田の大軍に、城兵たちが異常な圧迫感をおぼえることもたしかであった。

武田勝頼の意図も、

（そこにある）

と、見てよいだろう。

於蝶も島の道半も、賛成であった。

「二人とも疲れたであろう、ゆるりとやすんでもらいたい」

と、杉坂十五郎にいわれて、於蝶と道半は、柏木の陣所の一角にある仮小屋へ引き取った。この仮小屋を武田軍では〈忍び溜《だま》り〉とよんでいる。

「いよいよ明日じゃ、道半どの」

と、於蝶が筵《むしろ》の上へ身を横たえつつ、

「この城は、いずれ落ちようが……やはり、気にかかることがある」

「何が、でござる」

「織田信長のことじゃ」

「後詰めに出て来ると、おもわれるかな？」

「わからぬ。なれど、こたびは、信長も家康のたのみを、きき入れぬわけにはゆくまい」

「たとえ出て来たにせよ、それまでには長篠の城は武田のものとなっていようわえ」

「岐阜の信長のうごきを、武田忍びは、さぐっているのだろうか？」

「そこはぬかりはあるまい。杉坂十五郎殿のなさることじゃ」

「私も、そうはおもうているのだけれど……」

いいさして於蝶が、

「こんなときに、半四郎がいてくれたら……」

ためいきのように、つぶやいたものだ。

「死んだ男のことを、考えて見てもはじまらぬことでござる」

と、島の道半は、これも嘆息をもらし、

「それにしても、手が足りませぬわえ」

「いかにも……」

「われらは、武田忍びに加わっておることゆえ、好き勝手なまねができませぬからな」

「好きなことをするには、もう二人三人の手がほしい。それも、私たちのいうままにうごいてくれる忍びの……」

「さよう」

「井笠半四郎なら、一人にてもよいのだけれど……」

「また、それを……」

道半が、好意のこもった舌うちを軽く鳴らした。

「それほどに、男の肌が恋しゅうおざるかな？」

「なにを、ばかな……」

「この道半が、いますこし若ければ、お相手をつとめても、よろしゅうござるのだが……」

「なにを、つまらぬ」

「ふ、ふふ……」

「いかがでござろうか……」

「え？」

「わしのせがれの十蔵を、ひとり前の男にしてやって下さらぬか」

「ほ、ほほ……なるほど。十蔵ならば、はなしは別じゃ」

「いやはや、こう老いぼれては島の道半も形無しじゃわえ」

「それにしても十蔵は、すこしもあらわれぬ」

「いかさま」

道半の次男・十蔵は、いま岐阜へ潜行している。

織田信長の動静をさぐっているのであった。

これは、武田忍びとは別に、於蝶が十蔵へ命じた〈忍びばたらき〉なのだ。

道半と共に、こうして武田軍の陣中にあって、長篠攻めを助けている於蝶であるが、十蔵からの報告しだいによっては、

（いま一度、隙あらば、信長を襲うてくれよう）

と、決意をしている。

それにしても、杉谷忍びは十蔵をふくめて、三人きりなのだ。

なんといっても、手が足りないのである。武田忍びの指図のままにうごくよりほかに仕方はないのだ。

「十蔵の身に、もしや間ちがいでもあったのでは……？」

「なんの。さほどにせがれも底ぬけではござるまいよ。忍びとして仕込むところは、わしが仕込んでござるゆえな」

「これは道半どの。わるかった」

「なんの、なんの。於蝶どのの口のわるさには、道半なれておりますわい」

十三日の朝が来た。

長篠城内から、武田軍の諸陣地を見わたすと、立ちならぶ戦旗のありさまは、前日と同じであった。

「うごかぬな」

と、奥平九八郎信昌は、本丸の櫓《やぐら》の上に立ち、

「攻めて来る様子もないが……」

いいさして、口をつぐみ、沈思にふけった。

戦旗は前日のままに立てならべてあったが、武田軍は、夜が明けぬうちに移動を終えていたのである。

すなわち……。

武田勝頼は、その主力を瓢丸の北面の山林の中へかくし、

「夜に入るまでは、いささかもうごいてはならぬ」

厳命を下していたのだ。

その兵力の移動までは、見きわめることができなかった奥平信昌だが——。

「これは、夜ふけてから攻めかけて来るにちがいない」

そう断定し、

「そのつもりにて、太鼓、鉦などの合図を間ちがえぬように、兵たちへ念を入れておけい。そして、手すきのものは躰をやすめ、夜戦《よいくさ》にそなえておくのだ」

と、いった。

「のう、半四郎」

と、鳥居強右衛門が、

「殿は、夜戦になると申されたそうだが、何とおもうな」

「私も、そうおもいます」

「では、どこから攻めかけて来るだろう？」

「さて……」

「服部曲輪からか……それとも瓢丸の搦手門を破ろうとするかな？」

「わかりませぬなあ……」

そうこたえたが、半四郎は、

（やはり、瓢丸へ攻めかけて来るだろう）

と、直感した。

服部曲輪は、南が寒狭川の高い断崖の上にあるし、武田の本陣と向い合うかたちになっている追手門のまわりも、地形が複雑で、守りやすく攻めにくいところなのである。

それは、奥平信昌も同じおもいであったらしい。

日が暮れかかるころに、

「瓢丸の備えをきびしくいたせ」

と、命令を下した。

「若いのに、大したものだ」

半四郎は、奥平信昌の指令がいちいち道理にかなっているのを見て感心をした。

（さて、いよいよ城攻めとなったわけだが……このおれは、いったい、どうしたらよいのか……？）

おもえば、苦笑が浮かぶのみなのだ。

どうも、この長篠へ来て、なつかしい鳥居強右衛門と起居を共にするようになってから、

（なんとしても、武田軍の味方をして、この城を落させてしまおう）

という闘志が、うすくなってきている。

それに半四郎は、城将である奥平信昌が、わずか二十一歳の若さで、老熟の武将もおよばぬ指揮ぶりを見せるのに、すっかり、見とれてしまった。

（おれは、この殿が大好きに……）

なってしまったのである。

（これで、於蝶どのでも武田勢の中にいるというのなら、内と外とで連絡《つなぎ》をつけ、おもうぞんぶんに忍びばたらきをしてくれるのだが……）

と、半四郎はおもう。

（なれど、於蝶どのは、もう、この世の人ではない、と思ってよいのだ）

織田信長の本陣へ、単身で斬りこみをかけ、そのまま消息を絶った於蝶にくらべて、信長は健在なのだ。

とすれば、

（やはりあのとき、於蝶どのは斬死《きりじに》をとげたにちがいない）

半四郎が、そうおもうのは当然であった。

夕暮れに、なまあたたかい雨がふり出したが、夜に入ってやんだ。

奥平信昌は、要所要所に篝火《かがりび》を燃やさせた。

「火を絶やすな」

と、いう。

これも大軍の寄手に対して、

「大胆きわまる」

ことであった。

(若いのに、豪胆な……)

と、またしても半四郎はうれしくなってくる。

雨はやんだが、重苦しく雲がたれこめてい、月も星もない。

武田軍が〈瓢丸〉へ殺到したのは、子《ね》の刻(午前零時)すこし前であった。

城外の闇に、ひとしきり鉄砲の音がひびきわたったかと思うと、

「わあっ……」

押し寄せて来た武田の兵士たちが、瓢丸の高塀へいっせいに鈎縄を投げつけた。

鈎を塀へ引きかけ、綱をにぎった武田勢が、

「えい!!」

「おう!!」

「えい!!」

気合声を発して、高塀を引き倒そうとする。

「それっ」

と、城兵の奥平勢も、高塀の内側にむすびつけてあった綱を控え柱にくくりつけ、これをふせぎにかかった。

鳥居強右衛門は、三の丸の巴門《ともえ》に詰めていたが、

「それっ。行くぞ!!」

大声を発して配下の兵を引きつれ、大野川に沿った瓢丸の通路へ駆けこんだ。

川の上の断崖上にもうけられた通路だけに、武田軍も側面から攻撃することができない。

このほかにも瓢丸には、柵や虎落《もがり》にかこまれた通路が三つほどある。

奥平九八郎信昌も、本丸から三の丸へあらわれた。

巴門の上の櫓に駆けのぼった奥平信昌は、

「走り櫓を、早く、早く」

と、叫んだ。

〈走り櫓〉というのは、丸太づくりの簡単な櫓であって、下に車がついている。

高さは、瓢丸の塀よりも高い。

これを押して行けば、どこへでも移動が出来るようになっていた。

信昌は〈走り櫓〉を十余もつくらせておいた。

おもうところへ〈走り櫓〉を移動させ、この上に兵があがって外の敵を射る。撃つためのものであった。

鳥居強右衛門も〈走り櫓〉の一つをまかされていた。

「それ、急げ。早く、早く」

強右衛門は、兵に〈走り櫓〉を押させ、瓢丸の北端へ出た。

「半四……半四郎はいるか」

「ここに……」

「どこだ」

「あなたのそばにいるではありませんか」

「お、そうか、そうか」

と、強右衛門も昂奮しきっているのだ。

「強右衛門さま。あわててはいけません」

「む、大丈夫だ」

すぐ目の前に、高塀が見えた。

兵たちは控え柱の綱に取りつき、

「はなすな!!」

「しっかり、つかんでいろ」

はげまし合いつつ、外からの武田勢が鈎縄で塀を引き倒そうとするのを、必死に防いでいる。

塀の控え柱は、しっかりとしていた。

武田勢が全力をこめて鈎縄を引いても、なかなかに倒れない。

もしも控え柱がなかったら、武田勢は雪崩《なだれ》のごとく瓢丸へながれこんでしまったろう。

「早く、走り櫓を……」

強右衛門の声に、櫓が高塀の手前二間のところまで押し出された。

「だれか、上へあがれ」

と、強右衛門がわめいた。

だから、
鳥居強右衛門は、鉄砲も弓矢も不得手であった。

「だれか、櫓へあがって矢を射ろ」

といったのであった。

「半四郎、たのむ」

強右衛門にこういわれたとき、井笠半四郎は、もう何も彼も忘れてしまった。

強右衛門と共に闘うことだけがあたまにあって、

「おう!!」

するすると〈走り櫓〉へ駈けのぼった。

外の闇が、武田勢でふくれあがっている。

半四郎は、

「矢を、もっと運べ」

叫ぶや、矢をつがえて射はじめた。

たてつづけに五本の矢が武田勢の中へ吸いこまれ、

「わあっ……」

「ぎゃっ……」

悲鳴がきこえた。

あっという間に、五本の矢が切ってはなたれたのである。

下で見ていた強右衛門も兵士たちも、この半四郎の早わざには瞠目した。

半四郎は、左手に弓の握りをにぎっている。

このとき、弓の握りといっしょに四本の矢をにぎってしまい、矢の走り羽を上へ出しておくのである。

そして、一本の矢を射るや、すぐさま弓と共に握っている矢をつがえて射るのだ。だから早い。

もっとも、早く射るためには相当の習練を必要とする。

「早く、矢を……」

「よし」

兵の一人が、矢の束を櫓の上へ運んだ。

またしても、恐るべき半四郎の矢が、たてつづけに敵へ射こまれた。

武田勢が、一度に乱れたった。

城内の走り櫓が、瓢丸の諸方へ押し出して行き、矢を放つ。まるで、おもしろいように敵が射倒されてゆく。

武田勢は、ひるんだ。

武田勢の〈牛〉が引き出されたのは、このときであった。〈牛〉も〈走り櫓〉と同じようなものである。

これを塀の際まで押し出し、上から射たり撃ったりしようというのだ。

こうなると、牛が勝つか走り櫓が勝つか、というわけだ。

それと見て奥平信昌が、

「瓢丸の篝火を燃やせ」

と、命を下した。

城内で篝火を燃やすというのは危険なことなのだ。

敵に、こちらの劣勢を見やぶられてしまう。

このことは前にも、重臣たちが、奥平信昌へ、

「そのようなことは、なりませぬ」

強く、おしとどめたことがあった。

そのとき信昌は、

「火をたいて城内を明るくするのは、おれがおもいきわめたことだ。いかにあざむいても、敵は、われわれのちからを知りつくしている」

といい、重臣たちのことばをはねつけたのである。

そしていま、尚も火勢を強めよと信昌は命じた。

兵士たちが、通路を駆けまわって、篝へ薪を投げこむ。

「それっ、鉦を鳴らせ」

信昌の声に、巴門のあたりで鉦が鳴りはじめた。

武田勢の〈牛〉が、いくつも高塀の向うへあらわれた。

〈牛〉の櫓の上に、武田の兵が立ち、鉄砲や弓矢をかまえているのが、火の明りではっきりと見えた。

そのときであった。

「撃て!!」

奥平信昌が、青竹の指揮杖をふるった。

いつの間にか、鉄砲隊が瓢丸の前面へ押し出してい、これが、いっせいに〈牛〉の上の武田勢へ射撃をかけた。

奥平勢の鉄砲の数は、五十そこそこであったが、それでも瓢丸いっぱいに銃声がひびきわたり、武田の兵が〈牛〉の上からもんどり打ってころげ落ちるのが、はっきりと見えた。

「ふうむ……」

井笠平四郎は、うなった。

若い奥平信昌の、することなすことが、あまりにも見事だったからである。

しかし……。

このあざやかな反撃にも、限度があった。

敵は、射られても撃たれても、しゃにむに押しつめて来る。

ついに……。

瓢丸の西寄りの一角が破られてしまい、

「うわぁ……」

武田勢が鬨の声をあげて、なだれこんで来た。

そのときの奥平信昌の指令が、またよかった。すこしも瓢丸の守備にこだわらず、

「夜が明けてからでは、兵を本丸におさめることがむずかしくなる」

といい、ただちに瓢丸にいた将兵のすべてを三の丸へ収容せしめた。

この戦闘で城内の兵の死傷者は約六十。それにくらべて武田勢は七百に近い死傷者を出したのである。

奥平勢は〈三の丸〉へ引き退き巴門を堅く閉じた。

かくて……。

瓢丸は一夜のうちに、武田軍の手に落ちた。

奥平信昌としては、

（それは、かねて覚悟の前のこと）

であった。

扇形にひろがっている長篠城の外郭を、五百の兵で守りきれるわけがない。

しかし、一夜の戦闘ではあったが、敵の死傷者はこちらの十倍にのぼった。

それだけでも、成功といえる。

奥平信昌の適切な指揮ぶりには寸分の隙もなかった。

武田勝頼は、自軍の死傷があまりに多いので、

「奥平の小せがれめ。憎いやつじゃ」

苦笑を浮かべようとしたが、その笑いが硬張《こわば》ってしまったそうである。

これに反して、瓢丸を敵にゆだねた奥平勢は、

「おもしろいように、敵をやっつけたな」

「殿は、お若いのに大したものだ」

「おれたちを、いち早く三の丸へ引き入れて下された」

「それはな、おれたちのいのちをたいせつにおもうて下さるからじゃ」

かえって、闘志がわきあがってきたのである。

十四日の朝になると、武田軍は瓢丸へ続々と入りこみ、塀をこわし、曲輪内の柵や虎落を取りのけはじめた。

城内の兵たちも、一息入れ、腹ごしらえをした。

ところで、瓢丸が奪取されたとなると、そのとなりの服部曲輪はもちろん危険であった。

「今日は、服部曲輪へ攻めかけて来ような？」

鳥居強右衛門が、にぎりめしをほおばりつつ、半四郎に、

「こうなると、ねむるひまもないわい」

と、いった。

「さて……」

半四郎は、くびをかしげた。

「さて……とは何だ？」

「昨夜の、殿さまの見事な采配《さいはい》を、いまあらためておもい出しているのです」

「それが、どうした？」

「強右衛門さま。私は、服部曲輪で戦さにはならぬ、とおもいますが……」

「敵が攻めかけて来ぬ、というのか、そんなばかな……」

「いや、攻めかけてはまいりましょうが、殿は、その相手になりますまい」

井笠半四郎の推測は、適中した。

昼前に、奥平信昌は、

「服部曲輪の兵を、すべて弾正曲輪に引き退かせよ」

と、命じた。

このとき武田勝頼は、ふたたび川をへだてた対岸から筏を出し、野牛門めざして攻めかけて来たのである。

勝頼は、

「野牛門を攻め、敵がそちらへ気をとられているすきに、服部曲輪へ攻め込もう」

という作戦であった。

ところが奥平信昌は、武田軍の野牛門攻撃が開始されると同時に、服部曲輪の兵を弾正曲輪へ収容してしまった。

服部曲輪へ攻めかけた武田勢は、昨夜の激しい抵抗のことを考えて、

「今度も大変だぞ」

と、覚悟をきめて攻めかけたが、城兵は相手にせず、戦うこともせず、さっさと弾正曲輪へ引き退き弾正門をとざしてしまった。

(……?)

武田勢は、気ぬけしてしまったようだ。

武田勝頼が、

「小わっぱめ、憎いやつ」

また、いった。

こちらのさそいに乗らず、奥平信昌は兵力の消耗を考えて、おもいきりよく兵をおさ

めたのが気に入らない。

「かくなれば、目にもの見せてくれよう」

勝頼は、野牛門への攻撃を中止させると共に、

「日が暮れるまでに、かならず三の丸と弾正曲輪を攻め落せ！」

と、厳命を下した。

武田軍は、猛然として攻撃にかかった。

奥平信昌は、約一刻（二時間）ほど、二つの曲輪で防戦につとめたが、いたずらに戦って兵力をうしなってはいけないと考え、

「引き退け」

と、命令を下し、両曲輪の兵を〈本丸〉と〈二の丸〉へ収容してしまった。

これで、長篠城の外郭のすべてが、武田軍の手に落ちたことになる。

四百余の奥平勢は〈本丸〉と〈二の丸〉と〈野牛曲輪〉に追いつめられた。

二の丸と本丸は、深い濠に囲まれてい、濠にかけられていた橋はすべて焼きはらってしまった。

この濠を突破して、本丸へ攻めこむためには、一日や二日ですむことではない。

こうして、城の外郭いっぱいに武田軍がなだれこんで来るのを見ると、なにしろ四十倍の兵力であるから、

「すさまじいな」

「呼吸《いき》が、つまってくる」

城兵たちの顔色が、変わってきた。

井笠半四郎も、

（これは、もう保《も》たぬな）

と、おもった。

高天神のときの攻防については自分の目でたしかめたわけではない半四郎だが、

（おそらく、十日は保つまい）

そう直感をした。

高天神のときとは兵力も、くらべものにならぬほど貧しい。

また、高天神の山城を攻め取るには、どうしても下から上へ攻めのぼらねばならなかった。だから武田軍も苦戦をした。

長篠城も、断崖と川をへだてた南面から攻めこむのは、なかなかにむずかしい。

だが、医王寺山から攻めるときは、むしろ長篠城を見下すかたちになる。

武田の大軍が二日のうちに、城の外郭を攻め落したのも、こうした地形の有利があったからだ。

（この城をまもるためには、やはり、一万の兵がいなくてはならぬ）

と、半四郎はおもった。

その大きな兵力で、北、東、西の三方の山地をかためることにより、はじめて長篠城

は、

〈堅城〉

となるのだ。

それなのに、いま、この城を守る兵は五百に足りない。

「のう、半四郎」

さすがに、鳥居強右衛門も青ざめてきて、

「徳川家康公は、何してござるのだ。やはり、助けに来てはくれぬのだろうか？」

「織田信長公が大軍をひきいて来てくれぬかぎり、家康公は、こちらへはまいれますまい」

「ふうむ……」

「このように、とじこめられてしまっては、外の様子は何ひとつわかりませぬな」

「そのことよ、そのことよ」

「むろん、徳川からの急使が、何度も岐阜の信長公のもとへ駆けつけてはおりましょうが……」

「そうであろうか。どうも、こころ細い気がする。おれたちは、高天神のときのように見捨てられているのではあるまいか？」

「さて……」

強右衛門の不安は、城兵すべての不安となってきている。

井笠半四郎は、

（よし。今夜、おれは、この城を脱け出そう）

と、考えはじめている。

こうなってしまえば、なにも半四郎が味方しなくとも、武田軍は長篠城を完全に攻め落すことができよう。

昨夜、半四郎は瓢丸で、何人も武田の兵を射殺した。

あのときの奥平信昌や鳥居強右衛門を見ていると、われ知らず、城兵の味方をしたくなってしまったのだ。

だからといって、

（このまま、籠城をしていて、奥平勢と共に討死をするのも、ばかばかしい）

ことにちがいない。

（強右衛門どのを見捨てて去るのは、どうも気がすすまぬが……）

さりとて、強右衛門へ、

「いっしょに逃げましょう」

と、すすめるわけにもゆかぬ。

第一、強右衛門をつれてでは、武田軍の囲みの中をくぐって逃げきれるものではない。

忍びの術を知らぬ巨体の強右衛門は半四郎の、

（足手まといになる）

ばかりなのだ。

忍びの半四郎だとて、城を脱出するのは〈いのちがけ〉なのである。

夕暮れと共に、城内の緊張は異常なものとなってきた。

本丸の濠ぎわの土塁に、鳥居強右衛門は配下の兵たちと屈《かが》みこんでいた。

幅六間の濠の向こうに、武田軍がひしめいている。

「いよいよ……最後のときが来たらしい」

強右衛門が泣きそうな声で、

「もう、女房や子たちにも会えないのか……」

と、ささやいてきた。

半四郎は、こたえない。

そのとき、夕闇の中から権左《ごんざ》という兵士があらわれ、

「強右衛門さま」

よびかけてきた。

「権左か。なんだ?」

「いま、殿さまや御重臣方があつまって、いろいろ相談をしているようでござる」

「そうだん?」

「はい。御重臣の方々は、殿さまに、この城を武田方へ開けわたし、武田方の味方につくがよいとすすめておられるそうで」

「まことか？」

「はい」

「そうなれば、おれたちのいのちも助かるわけだな」

「助かります、助かります」

と、権左が興奮していった。

# 使　者

本丸の、城主・居館の大広間において軍議がひらかれたのは、

「ぜひとも……」

という重臣たちの要望があったからだ。

城主の奥平信昌は何度も、

「その必要《よう》はない」

これをはねつけたが、重臣たちは承知をしなかった。

重臣たちは、

「むだな籠城を、これ以上してみたところで、どうなるものではない」

「いまは、いさぎよく武田方へ降参したほうがよい」

「やはり、徳川や織田なぞ、たのみにはならぬ」

という意見らしい。

これは、かねてから彼らが胸におもい、口にものぼせていたことなのである。

これまでは〈若い殿さま〉につき従って来たのだけれども、

「この上は、もはや、がまんがなり申さぬ」

と、いうわけだ。

奥平次郎左衛門、同久兵衛、同但馬《たじま》など、奥平一族の重臣たちから見れば、若い奥平信昌は、

(子供のように……)

見えもし、おもえもするのだ。

こういう年長の親類たちを、ここまで引張って来た奥平信昌の苦労はなみなみならぬものであったにちがいない。

夕闇は、夜の闇に変じつつあった。

城をかこむ武田軍が、ほら貝を鳴らしたり、突然、攻め太鼓を打ったりして、城兵をおびやかしはじめた。

(今夜も、きっと攻め寄せて来る)

城兵たちの顔は、青ざめている。

昨夜、瓢丸で戦ったときの闘志が、どこにも見られなかった。

このとき……。

「組頭以上の者はすべてあつまれ」

との命令が来た。

奥平信昌の命令なのである。

「何事かな？」

鳥居強右衛門が腰をあげて、

「半四郎。いっしょに来てくれ」

といった。

「私が……かまいませぬので？」

「そっと、おれの傍についていて、軍議の様子をきいてくれ」

「はい」

強右衛門は、半四郎を何かとたよりにしている。

半四郎を、高天神落城のときの経験者だとおもいこんでいるし、半四郎のいうことが、いちいち適中するからであった。

強右衛門と半四郎が居館の大広間へあらわれたのは、それから間もなくのことだ。

広間から廊下にかけて百名に近い家来たちが、ぎっしりとつめかけていた。

強右衛門は、半四郎に目くばせをし、廊下の隅へ大きな体をきゅうくつそうに折り屈《かが》めた。

板敷きの大広間は異様な緊迫にみち、つめかけた家来たちの汗と脂にまみれた体からたちのぼる臭気が、むんむんとたちこめている。

いまにも雨が落ちて来そうな空模様だし、初夏とはいっても山峡の長篠は夜になると冷えこむ。

外に出ていれば、むしろ肌寒いほどなのだが、大広間の人の人いきれと熱気に、強右衛門はたちまち汗をかき、

「暑苦しいな」

そっと、半四郎へささやいた。

奥平一族の重臣で奥平周防《すおう》という老臣が立ちあがり、正面にすわっている〈殿さま〉を、いま、しきりに説得しているところであった。

「もともと、それがしは、大殿や殿が作手の城を捨てて、徳川方へ味方したときから、これはあぶない、と何度も申しあげたはずでござる。それを、ここまでつき従ってまいったのは、大殿や殿を、一族として見捨てきれなかったからでござる」

五十をこえた奥平周防は、若い主の信昌へ容赦もなくいいつのった。

「たとえ、信玄公が亡くなられたとはいえ、武田の勢力は、いささかもおとろえてはおらぬ、と、あれほど申しあげた。それを殿は、おとりあげにならず、ついに……ついに、今日の仕儀となったのでござる」

他の重臣たちも、

「さよう」

「織田や徳川に、われらを救う手だてがあるものか」

などと周防のことばに賛意をあらわし、塔坂《とうさか》半兵衛という家臣が、突立って、

「降参をするのなら、いまでござる。いまなれば、殿をはじめ、われら一同、無事に城を出て、武田方へ味方ができ申そう」

と、いいはなった。

これを、だれもとがめようとはせぬ。

戦国の殿さまと家来の問題というものは、これが当然のことなのであった。

主も家来も、はっきりと割り切った〈利害の関係〉の上に成り立っているのである。

これまで沈黙をしていた奥平信昌は、屹《きっ》と顔をあげた。

「いますこし、おれにまかせてくれぬか」

と、信昌がいった。

凛々《りんりん》として、気魄《きはく》にみちた声であった。

半四郎は息をのんで、人びとの肩ごしに、若い殿さまの顔を見まもった。

いまの奥平信昌に、これほどの気力が残されていようとは、

(おもいもかけぬ……)

ことであったからだ。

「徳川殿が、この長篠を……いや、このおれを見捨てておかれようはずがない」

信昌が立ちあがり、ざわめいた家来たちへ両手をひろげ、

「ま、きけい」

と、叫んだ。

鳥居強右衛門は、汗をぬぐうのも忘れ、身をのり出していた。

「よいか。みなもよく承知のごとく、この長篠が落ちれば、三河・遠江の国々のほとんどは、武田の手につかみとられることになろう。徳川が武田にやぶれるとき、東海の地はすべて武田のものとなる。

そうなれば……そうなれば、いま一歩で、天下をつかみかけている織田殿は、たちまちに、うしろから武田の攻めをうけることになるのだ。よいか、ここのところを、よく考えてもらいたい」

そういう信昌へ、

「いわれるまでもござらぬ。そのようなことがわからいでか」

「高天神のときも同様にござる。いずれにせよ、徳川や織田は武田勢に手も足も出ぬのでござる」

家臣たちが、怒鳴りつけるように反駁《はんばく》する。

「だまれ」

さすがに信昌も色をなして、

「おれのことばが終るまで、だまってきけぬのか」

と、叱りつけ、

「なればこそ申すのだ。徳川殿というよりも、織田殿が、われらを見捨ててはおかぬ」

大広間にひびきわたるような声でいった。

大広間に、沈黙が行きわたった。

だからといって一同が、信昌のことばになっとくをしたわけではない。

不満の沈黙であった。

強右衛門が、半四郎の腕をつかみ、

「殿の気張りは大したものだな」

と、いった。

半四郎は、うなずいた。

おそらく、奥平信昌の胸の底には、暗い絶望の影がひそみかくれているにちがいない。

いますぐに降伏すれば、武田勝頼はよろこんで、これを迎えるにちがいなかった。

しかし、これから武田軍の総攻めがおこなわれ、そのときになって、

「もうだめだ」

と、降伏することになると、大分に条件がちがってくる。

最後まで抵抗した結果、だめだから降伏するというのなら、城主である奥平信昌は、それなりの責任をとらねばならない。

すなわち、信昌は腹を切り、自決することによって、家来たちを武田方に引き取ってもらわねばならぬ。

どうせ降伏するのなら、はじめに武田勝頼が、

「城を開けわたして、われに味方をせよ」

と、よびかけてきたとき、いさぎよく降伏するのが、もっとも有利なのである。

だが、

(いまでもおそくない)

と、重臣たちは考えている。

外郭の曲輪で一戦《ひといくさ》しただけだし、しかも服部曲輪は戦うことなく敵の侵入をゆるしているのである。

降伏した者に対して、これをあたたかく迎えるというのが、信玄以来の武田の軍法であった。

武田勝頼は三十をこえたばかりで、父・信玄ほどの偉大さはない。血気と勇気にみちあふれた大将である勝頼は、いさぎよく降伏した敵を迎える態度のさっぱりとしていることは、高天神落城の折のことを見ても、よくわかる。

だからこそ重臣たちは、一時も早く降伏すべきだ、と信昌にすすめているのだ。

「殿……」

奥平久兵衛が、ひざをすすめ、仁王立ちとなって一同を見まわしている信昌へ、

「なれど、このままでは到底、ふせぎ切れますまい。十日……いや七日とはもちこたえられませぬぞ」

と、おだやかにいいかけた。

信昌が、はっきりとうなずくのを半四郎は見た。

強右衛門もそれと見た。視線を半四郎へ向け、かすかにくびを振って見せた。

「それとおわかりなのに、何故、戦おうとなされます？」

と、久兵衛。

「それは……」

「それは？」

「よいか、久兵衛。われらは、この城にたてこもって、すでに二十余日。城の外のことは、何も耳に入らず、眼にとめることもできないでいる」

「さよう。それがどうなのでござる？」

「われらが、こうしている間に織田殿や徳川殿が、どのようにうごいているか、それもわからぬ」

「それが、どうなのでござる？」

「おれは、武田勝頼が、何やら攻めを急いでいるようにおもわれてならぬのだ」

と、奥平信昌は、空間の一点を凝視しつつ、

「これはもしや……もしや、織田・徳川が、われらを救わんとして、うごきはじめているからではないか……なればこそ勝頼は、攻めを急いでいるのではないか……」

「ばかな……」

奥平周防が、

「殿は、あまりにも織田と徳川を、買いかぶりすぎておられる」

と、わめいた。

「この期《ご》におよび、みれんでござろう」

激しく信昌をなじる声が起った。

鳥居強右衛門が、半四郎の腕を引き、

「半四……」

「え？」

「なるほど、殿にそういわれて見ると……たしかに、武田勢は攻めを急いでいるような気もする。どうじゃ？」

「なんとも、申せません」

「そうか、な……おれは、殿の申されることにも、一理あるような気がせぬでもない」

「それは、たしかに……私たちには外の様子がわかりません。徳川や織田がうごいているやも知れませぬが……それが間に合うか、どうか……」

「うむ、そうだな……たしかにそうだ」

うめくようにいい、強右衛門が顔を伏せた。

がっかりしたのか、と思い、半四郎が強右衛門の横顔をのぞいて見ると、強右衛門の眼が大きく見ひらかれ、光りが凝《こ》っているのである。

鳥居強右衛門は何やら一心に、考えふけりはじめたようだ。

「いざともなれば、おれが腹切って、みなを武田方へ引きわたそう。どうか、それまでは戦いぬいてくれい」

またしても、奥平信昌の大声がきこえた。

その声は前よりもむしろ、信念にみちてきているようにもおもわれる。

強右衛門が顔をあげ、信昌をにらむように見た。

「よし。こうなれば、殿のおもいのままにいたそう」

と、いい出した重臣もいる。

若い信昌の、ねばり強い説得と闘志に感動したらしい。

「なに、殿と共に死ねばすむことよ」

と、豪快にいいはなったのは一族の奥平土佐《とさ》であった。

信昌は、ちからを得て、

「おれは、徳川や織田が、この城を……いや、この奥平九八郎を何と見ておるのか、それが知りたい。それを知らずして腹を切るはなんともくやしゅうてならぬ」

と、いったものである。

「何度も申すことだが……」

奥平信昌は、自分に同意する重臣もあらわれたので、ここぞとおもったらしく、

「われらは敵にかこまれ、蟻一匹も外へ這い出せぬ。ゆえに……よいか。ゆえに、外の

ことは何もわからぬのだ。この城ひとつに押しこめられたまま、武田か徳川かと弁じたてていてもはじまらぬ。な、そうではないか。もしやすると、織田・徳川の援軍が、この城へ向けて進みつつあるやも知れぬ」

一気に、一同を説きふせてしまおうとした。

「いまさら、何を申される」

「もはや、籠城はむだでござる」

反対派の重臣たちがいいつのるのへ、信昌を支持する奥平土佐が、

「だまれ、殿の申されることにも一理あるではないか」

「これは、土佐殿のおことばともおもえぬ」

「なんじゃと……」

大広間が騒然となった。

「待て!!」

奥平信昌が両手をひろげ、必死の声をふりしぼり、

「まだ、おれのいうことがある。きけい。きいてくれい」

ざわめきがやむ。

なにしろ信昌の音声《おんじょう》は、すばらしく大きいし、よくひびきわたるのだ。

「だれか、おらぬか」

と、信昌がいった。

「だれか、この城を這い出る一匹の蟻となってくれる者はおらぬか」

大広間が、しずまり返った。

信昌は、なにをいい出そうとしているのか……。

「だれか、おれの手紙を、岡崎に在る父上へ……そして徳川殿へ、とどけてくれる者はないか」

大広間が、水を打ったようになった。

「おれが行けるものなら、行きたい」

信昌が沈痛な口調になり、

「なれど、この九八郎信昌は長篠城をあずかる身だ。もしものことあらば責任《せめ》を負うて腹かっ切らねばならぬ。おれは行けぬ、おれの代りに、城をぬけ出し、岡崎へ駆けつけてくれる者はおらぬか」

だれも彼も、白けきった顔を見合わせるのみであった。

鳥居強右衛門は両手にあたまを抱えこみ、板敷きの上へうずくまってしまった。

「う、うう……」

半四郎の耳に、強右衛門の低いうめきがきこえた。

「おらぬか……だれも、おらぬか」

奥平信昌が、背のびをするようにして、大広間の隅々にまで視線を走らせた。

だれが見ても、この命令が〈いのちがけ〉であることは、いうまでもない。

だれもが、

（とても、いかぬ）

と、おもい、

（この十重《とえ》二十重《はたえ》の包囲《かこみ》をぬけて、岡崎へなど行けるものではない）

と、考えている。

だが、井笠半四郎は、

（おれなら、やってのけられよう）

その自信はある。

岡崎にいる徳川家康の耳へも、長篠城が、このような苦境におち入っているありさまはとどいていないはずだ。

むろん、武田の大軍に包囲しつくされていることは知っていようが、おもいもかけぬほど急激な、そして猛烈な武田軍の攻撃により、長篠城の外郭のすべてが攻め落とされたことを、家康が知るはずはないのである。

家康は、

（まだ、十日や二十日は、もちこたえてくれるであろう）

などと、考えているやも知れぬ。

織田信長も、同様に考えていないものでもない。

だから、決死の密使を城から出し、いまの籠城の模様を徳川家康の耳へ入れると同時

に、徳川・織田の両軍が、

（いま、どのようにうごきはじめているのか……長篠の奥平勢の苦戦をなんと考えているのか——援軍を出してくれるつもりなのか出せぬのか、あきらめてしまっているのか……）

このことを、はっきりと突きとめねばならぬ。

そうすれば、城将・奥平信昌の決意も、たちどころにきまる。

それがもっともよい。

よいのだが、むずかしい。

半四郎の忍びの血が、すこしずつ、熱くなってきた。

（おれが、やってのけてくれようか……）

であった。

そうなると半四郎は、はじめの目的から大きく外れてしまうし、徳川・織田や奥平信昌のために、

（いのちがけのはたらきをする）

ことになってしまうのである。

もっとも半四郎は、長篠へ入城して以来、信昌と強右衛門の人柄に魅せられ、われにもなくはたらきつづけてきている。

（おれも、どうかしている……これではもう忍びの者とはいえない。このようなおれを

見たら、於蝶どのはどのような顔つきになるだろう……それにしても、やはり於蝶どのは死んだ、と、おもいきわめねばならぬのだろうか……）

半四郎が、ぼんやりと於蝶のおもかげを追っているうちに、大広間のざわめきが、また大きくなってきはじめた。

信昌へ味方をする重臣たちも、密使脱出の件については、まったく自信がもてぬのである。

多くの家臣たちは、すべての責任を〈殿さま〉の奥平信昌へ押しかぶせるつもりらしい。

それが当然なのだ。

現代の政治家たちがしているような、なまぬるいことでは、戦国のころの〈殿さま〉がつとまるものではないのだ。

〈殿さま〉たるものは、いのちがけなのである。

〈殿さま〉が味方をした徳川家康が約束をまもらず、まだ、長篠へ駆けつけてはくれない。

そうなると、殿さまが自分の家来たちへ〈うそ〉をついたことになる。

だから〈殿さま〉のほうが悪い。殿さまは一命を捨てて責任をとらねばならない。

〈殿さま〉は、すこしの失敗もゆるされないのである。

これは、どこの大名の場合でも変りのないことで、家来と領民を、あやまりなくみちびいて行けないものは〈殿さま〉ではない。

奥平信昌の顔が、さすがに青ざめてきた。

自分が、可愛い弟の仙千代丸を犠牲にしてまで、（家と領国とをまもるために、徳川殿へ味方をしたことが、すべてむなしいものとなる）

ことが、どうしてもあきらめきれなかった。

大広間のざわめきの中で、井笠半四郎ひとりが、この切迫した風景にそぐわぬことをおもいうかべている。

山梔子《くちなし》の花のような於蝶の肌の香りや、うす汗にぬれて光っている豊満な乳房や眉の円味《まるみ》や、濃い腋毛などが、つぎからつぎへ、半四郎の脳裡に浮かびあがってくるのであった。

鳥居強右衛門は、あたまを抱えたまま、身じろぎもしなくなっていた。強右衛門は強右衛門で、別のことを考えていた。

作手に残してきた妻の加乃《かの》や子供たちのことか……そうではない。

強右衛門は、いま、五年前の姉川戦争に、当時は十六歳の〈若殿〉だった奥平信昌と共に出陣したときのことを、おもいうかべていたのであった。

（あの、姉川の戦さの折の、徳川家康公の戦いぶりは、まことにすさまじいものであったな）

いまさらに、そのことを強右衛門は強く感じる。

自分の同盟者である織田信長のために、家康は小兵力をもって死物狂いの苦戦をつづけ、一歩も退こうとはしなかった。

そして、ついに織田軍を勝利へみちびいた。

三方ケ原のときも、

(そうだった……)

なのである。

あのとき、奥平家は、武田信玄の軍団に加わっていたのだが、その武田の大軍を物ともせず、徳川家康は、

(わが領国の主は、おれだ)

という一念に燃え、押し出して来たではないか。

三方ケ原では大敗した家康であるが、のちにはかえって、諸方の大名や豪族の信頼を得る結果となった。

(おれが殿さまも、その一人なのだ)

強右衛門は、あたまを抱えていた両手をおろし、これを堅くにぎりしめた。

(あの、徳川家康公は、簡単に人をあざむくような殿さまではないはずだ。この長篠を武田に攻め取られたら、自分がどのようにあぶないか、それをわきまえていぬお人ではない。まして、もし、殿さまやおれたちを見捨てたなら、徳川家康公は大うそつきにな

ってしまう。天下の人びとは二度と、家康公を見返りはすまい。そのことは、だれよりも……）

だれよりも、徳川家康自身がわきまえていることであった。

「おらぬか……だれも、おれのたのみをきいてくれる者は、おらぬのか」

奥平信昌の、血がにじみ出るような声が頭上にきこえた。

井笠半四郎が、於蝶との思い出をやぶられ、夢からさめたように顔をあげたとき、となりの鳥居強右衛門が、いきなり突立った。

（あ……!?）

半四郎は、あわてた。

何故、強右衛門が突然に立ちあがったのか、とっさには半四郎もわからなかった。

「ああ……強右衛門か」

彼方で、奥平信昌が叫ぶように、

「強右衛門。行ってくれるか」

人びとの眼が、強右衛門へ吸い寄せられた。

強右衛門の満面に血がのぼり、真赤になっている。

強右衛門が強くうなずき、

「それがし、やってみましょう」

と、いいはなった。

意外な男が、名乗り出たものではある。

「あの、のろ牛が……」

「この役目がつとまろうか、あの強右衛門に……」

家来たちのささやきが、きこえはじめたとき、

「よし」

奥平信昌が、

「強右衛門。たのむ」

と、いってよこした。

信昌の両眼が、ぎらぎらと光っていた。

信昌にしても、

(よくぞ、名乗り出てくれた)

というよりは、

(よく、その気になれたものだ)

むしろ、おどろいていたらしい。

この武田軍の包囲を突破することは、百のうちの一つほどの可能性しかないのである。

平常においても戦場に出ても、す早いはたらきをしたことがない強右衛門が、その可能性を現実のものにすることができるか、どうか……。

いや、のろまの強右衛門が出て行ったら、百に一つの可能性も消えてしまうにちがい

あるまい。

半四郎が、強右衛門へ何かいいかけようとしたとき、まわりにいた強右衛門と同じ身分の武士たちが、あたまを寄せ合い、

「よせ、よせ」

「とても、出来るものではないぞ」

「女房や、可愛い子どものことを、忘れたのか」

あわただしくささやきかけ、押しとどめようとした。

すると……。

鳥居強右衛門は、同僚たちの手を振りはらい、

「ごめん下され」

かわいた声をかけて、大広間の人びとの中へ割って入り、奥平信昌の方へ近づいて行った。

強右衛門の両眼はひたと信昌へ向けられてい、かたわらにいる半四郎を、見返ろうともしなかったのである。

このとき、強右衛門はおそらく、半四郎のことも、妻や子たちのことも忘れ去っていたに違いない。

「強右衛門。まいれ」

と、奥平信昌がいい、大広間から出て行った。

それにつづいて強右衛門の、のっそりとした後姿が廊下の向こうへ消え去るのを、人びとは呆気《あっけ》にとられて見送っていた。

半四郎は、ためいきを吐いた。

おもっても見ないことになってしまった。

（いったいどうして、この城を脱け出すつもりなのか？）

その方法が、信昌や強右衛門に見出せるかどうか、なのである。

奥平信昌は、奥の居室へ入るとうしろからついて来た鳥居強右衛門に、

「ま、すわれ」

やさしくいった。

「はい」

「よくぞ、名乗り出てくれた」

「は……」

強右衛門は、躰中が火のように燃えていた。

こうなったら、

（退くも引くもできぬ）

のである。

「何か、のぞみがあれば、えんりょなく申せ」

と、信昌がいったのは〈恩賞〉のことについてである。

強右衛門は、決死の使命を果さねばならぬ。

もし、自分が死んでしまったとき、

(あとに残された妻や子たちの身の上を、どうしてくれるのか?)

このことを、前もって〈殿さま〉にきいておかねばならぬ。

それでなくては、

(安心をして、死ねるものではない)

のである。

さらに、

(もし、生きてもどったときはどれほどの恩賞《ほうび》を下さるのか?)

このことも、きいておくべきことであった。

戦国の時代の主人と家来との間は、このように、はっきりとした男同士の約束によってむすばれていたのである。

信昌が、

「のぞみをいえ」

と、いい出たのも、そのことをよくよくわきまえていたからだ。

強右衛門は先ず、

「私めが死にましたるときは、わが息子を、ひとり前の武士として取り立てて下されたい」

といった。

当然のことである。

そのほかにも、信昌の問いに応じて、いろいろとのぞみを申し出たが、後になって見ると、よくおぼえてはいなかった。もともと、恩賞を目あてに、この役目を買って出たのではない。

二十一歳の若い主人が、徳川と織田にかけている期待と信念に、強右衛門が共感をおぼえたからなのである。

それに、いざとなると危険な役目をだれも買って出ようとはしないのが、強右衛門にはなさけなかった。

「だれか、おらぬか？」

と、眼を血走らせていいかける殿さまに、家来たちはこたえようともしなかった。

強右衛門が孤立した信昌をこれ以上、見ていられなかったのも事実である。

恩賞のとりきめが終ると、奥平信昌は、

「酒をもて」

と、次の間にひかえていた小姓へ命じた。

「強右衛門。それにしても、よう引きうけてくれた」

「いえ……」

「うれしかったぞ」

「はい」

「引きうけてくれた理由《わけ》をききたい」

「それは……それがしも、殿と同じように、徳川家康をたのみにおもうておりますゆえ」

「そうか、そうであったか」

「しかも……」

「しかも？」

「あのように、老臣の方々が反対をなされる中で、殿がおひとりで、その御胸のうちにある決心を変えようとなさらぬ強《きつ》い御様子を見て、それがしも岡崎へ駆けつけ徳川勢のうごきをこの眼でたしかめたい……そう思うたのでござる」

「おう、おう……」

信昌はひざをすすめ、強右衛門の手をつかみ、

「かたじけない。よう、そこまで思いつめてくれた……」

といった。

あたまをたれている強右衛門のえりもとに、何か落ちてきた。

これは、信昌の熱い泪だったのである。

「殿……」

強右衛門も、胸がいっぱいになった。

(よかった。名乗り出てよかった)

と、あらためておもった。

強右衛門は、心も躰も、この若い主人と、

(一つになった)

ような気がした。

そこへ、小姓が酒の仕度をしてあらわれた。

「さ、のみかわそう」

「はい」

信昌が酌をしてくれた。

強右衛門は、酒の味もよくわからなかった。

「殿！」

「なにかな？」

「もしも、それがしが死に果てましたるときは、妻や、わが子たちの行末を……」

「いま、お前と約束をしたではないか。安心をせよ。おれは、このいのちにかえても屹と引きうけるぞ」

「まことでござりますな？」

「まことじゃ」

そのとき、侍臣の一人が次の間へ入って来て、

「鳥居強右衛門が組下の足軽にて、井笠半四郎と申す者が、お目通りをねがっておりまするが……」

と、いった。

半四郎は、すぐに、居室へ入ることをゆるされた。

「おお。お前か……」

信昌は半四郎を見おぼえていた。

「なんの用じゃ？」

「はい」

半四郎は両手をつかえ、

「私めを、強右衛門さまのお供につけて下されますよう」

「ならぬわ」

と、いったのは強右衛門である。

「おれがゆるさぬ。お前は城内にいて戦ってくれ。お前の弓は大したものだ」

「なれど……」

「いかぬ。ゆるさぬ。おれ一人でよい」

すると、信昌も、

「強右衛門のみでよい」

と、いった。

井笠半四郎の本体を、二人が知っていたら、同行をゆるしたにちがいない。

しかし、一介の足軽にすぎぬ半四郎が同行することを、強右衛門も信昌も、

(足手まといになる)

と、考えたのであった。

ことに強右衛門としては、いのちがけの役目へ、半四郎をまきこむことなど、とうてい考えられぬ。

半四郎も二人に拒絶されて、

「仕方もございませぬ」

と、あきらめたが、

「強右衛門さまは、どのようにして、城をぬけ出されるおつもりですか?」

問われて強右衛門が、

「はて……」

奥平信昌を見やって、

「そのことでござる。まだ、考えてはおりませなんだ」

と、いった。

さすがの信昌も、そこまで考えていなかったらしい。

「武田勢の囲みの手うすな場所は、どこであろうか……」

地図をひろげ、喰い入るように見つめるのへ、半四郎が、

「おそれながら……」

「申すことあらば、申せ」

「先ず、強右衛門さまは、このあたりの百姓姿になることがよいとおもわれまする」

「なるほど」

「ぬけ出るのは、本丸の不浄口《ふじょうぐち》から出るのが、よいのではござりませぬか？」

不浄口とは便所のことである。

長篠城・本丸の不浄口は、大きな穴を深く掘り下げてある。

上から落ちる大小便は、この穴を通って、城の崖下の寒狭川へ落ちこむ仕掛けになっていた。

# 烽火

間もなく、井笠半四郎は居室から去った。

そのあとで、奥平信昌は、岡崎城の徳川家康と、その手もとに引きとられている父・奥平貞能へあてて、密書をしたためた。

この〈密書〉は、うすくて丈夫な紙へ細字でぎっしりとしたためられ、これを細く巻きかためて一本の箸ほどになった上へ蠟燭の蠟をたらし、尚も固めた。

これは水にぬれても、中の密書がそこなわれぬためである。

巻きかためられた密書は、強右衛門が着る百姓着のえりの中へぬいこめられた。

すっかり、百姓の姿になった鳥居強右衛門が、

「では、行ってまいります」

と、信昌の前へ両手をついた。

武士の姿よりも、このほうがむしろ、強右衛門にはぴったりと似合っている。

強右衛門が身につけたものは、密書のみではない。

烽火《のろし》の道具を一揃《ひとそろい》。これを竹筒に入れ、上から蠟でおおったものを腰へむすびつけた。

それに短刀を一つ。これは、ふところ深く差しこんである。

こうした姿で、強右衛門は本丸の不浄口へあらわれた。

重臣たちと共に、奥平信昌も強右衛門をかこむようにしている。

「強右衛門。たのむぞ」

と、信昌が万感のおもいをこめて、いった。

「はい」

強右衛門は、不敵に笑った。

夜ふけの闇の中に、強右衛門の丈夫で白い歯が浮いて見えた。

ふしぎに、恐怖感がない。

(やってのけられそうだ)

と、強右衛門は自信をもちはじめてきている。

それというのも、井笠半四郎が不浄口から脱出することを、進言してくれたからだ。

とにかく、城をぬけ出すこと自体がむずかしかったのだ。

(不浄口から、とは、おれも気づかなかった。それにしても半四郎は、うまいことを考えついてくれたものだ)

あたりを見まわしたが、半四郎はいなかった。

「殿。よもや、この不浄口の穴から、それがしが糞《くそ》だらけになって川へ落ちようとは、武田勢も考えてはおりますまい」

強右衛門はさらに声を低めて、

「井笠半四郎がことを、お忘れ下さいませぬよう」

と、奥平信昌へささやいた。

とにかく、鳥居強右衛門の全身には精気がみなぎっていた。

（あの、清岳《きよおか》の鈍牛《のろうし》が……）

と、重臣たちが、呆然と、強右衛門の顔を見まもるうちに、

「では、これにて……」

奥平信昌に一礼するや、強右衛門は、不浄口の穴のふちから下へたらした綱へ手をかけ、巨体を穴の中へ沈めて行った。

「臭い」

穴の中へ顔が隠れそうになったとき、強右衛門が大声にいい、一同の顔へにやりと笑いかけた。

その笑顔のまま、強右衛門の顔が穴に消えた。

不浄口のまわりに寄りあつまった人びとのためいきが、まるでどよめきのようにきこえた。

強右衛門は、綱をつたって穴の底へ下って行きながら、

（臭い、臭い。これは、たまらぬ）

もう笑顔どころではなかった。

鼻をさす強烈な臭気に、呼吸がつまりそうになる。

穴の底には、城兵の大小便がたまっている。

一定のところまでたまった大小便は、寒狭川に面した穴から外へながれ出す仕掛けになっていた。

「う、うう……」

ついに、強右衛門は糞便《ふんべん》の中へ下半身を落としこんだ。

（鼻が、もぎとられそうな）

おそろしい臭気であった。

胸のあたりまで糞便につかりこんだ強右衛門が、両手をのばし、糞便を掻きわけるようなかたちで、向うに見える穴をめざして足を運んだ。

その苦しさは、言語に絶した。

穴は二坪ほどある。すぐ向うに見える穴にたどりつくのに、強右衛門は十里も歩いたように感じた。

糞便はどろどろに重く、おもうように足がすすまないのだ。

ようやく……。

強右衛門は、寒狭川に面した穴へ顔を出すことを得た。

冷たい外気を、胸いっぱいに吸いこんだとき、

（生き返った……）

と、おもった。

川面は、穴とすれすれのところにあった。

両腕にちからをこめ、糞便の中から躰をぬきあげた強右衛門は、しずかに寒狭川のながれの中へもぐりこんでいった。

月も星もない空から、急に、雨がたたきつけてきた。

（しめた!!）

強右衛門は川面へ浮きあがって、この驟雨《しゅうう》をよろこんだ。

この強い驟雨で、対岸の武田陣地の篝火《かがりび》も、半分は消えてしまうであろう。

強右衛門は、川底へもぐっては川下へ泳いで行った。

呼吸が苦しくなると川面へ浮きしずかに息を吸いこむ。

そしてまた、もぐる。

強右衛門の強健な肉体は、あくまでも堪えた。

雨は、いよいよ激しい。

この豪雨の中を、まさかに、不浄口から城をぬけ出した奥平の家来がいようとは、武田方も思いおよばなかった。

寒狭川と大野川の合流点まで泳いで来た強右衛門は、二つの川がながれこむ豊川へ入った。

まだ、川の両岸には武田軍がいる。

油断はできなかった。

しかし、さいわいの豪雨で、陣営の篝火の大半が消えてしまったので、それだけでも強右衛門は、

（うまく行きそうだ）

勇気百倍となった。

敵陣が遠退くにつれ、強右衛門は川面へ浮きあがり、抜手を切って泳ぎはじめた。

豊川の川幅はひろい。

こうなると、岸辺の人が見てもわからぬ。

一里ほども泳いだろうか。

（もうよいだろう）

おもいきって、豊川の西岸へ泳ぎついた。

このあたりにも、武田勢の見張りが出ているはずであった。

いささかも、気をゆるめることはできない。

雨は、やんでいた。空が白みかけてきている。

岸へ這いあがって、

(さて……いよいよ、これからだぞ)

鳥居強右衛門は冷えきった躰をがくがくとふるわせ、立ちあがった。

そのころ……。

長篠城内から、井笠半四郎の姿が消えていた。

早くも半四郎は、強右衛門が不浄口の穴へ入る前に、本丸を脱け出していたのである。

半四郎がしてのけた方法は、まことに大胆きわまるものであった。

本丸と、すでに武田勢が攻めこんでいる弾正曲輪をへだてている幅六間の濠《ほり》がある。

半四郎は闇にまぎれて本丸の濠の淵へ来るや、いきなり鈎縄を投げた。

一度で、鈎が弾正曲輪の石垣へ引きかかった。

ぐいと引いてから、半四郎は縄を両手につかみ、われから濠の中へ身を投げこんだのである。

半四郎の躰は、弾正曲輪の石垣へ宙釣りとなった。

(よし)

縄を手ぐって、難なく弾正曲輪へ這いあがった。

音もなく這いあがった半四郎の眼の前に、武田の足軽二人が槍を抱えて立っているではないか。

見張りの兵たちは、こちらに背を向け、何やら語り合っていた。

と……。

半四郎は、すこしもあわてず、この二人へ声をかけた。

「御苦労だな」

振り向いた二人の兵は、まったく半四郎を怪しまなかった。

「おう」

「冷えるな」

と、こたえてきた。

「うむ、夏ともおもわれぬ」

と、半四郎がうけて、

「では、ごめん」

ゆっくりと歩き出した。

こうなると、甲賀忍びの井笠半四郎だけに、することなすことが堂に入ったものだ。

あの小谷攻めの折に、於蝶と二人きりで織田信長本陣を襲ったときから、半四郎はひとまわり忍者として大きく成長している。

よほどの忍びでも、あれだけの大胆無謀な襲撃をしてのけた経験はない、といってよいだろう。

いざとなったときの肚のすわり方が、以前の半四郎とはまったくちがってきているのだが、そのことに彼自身は気づいていない。

人間というものは、自分のことがそれとわからぬものだからだ。

自分自身が気づかぬうちに、人は変化してゆく。

こうして、井笠半四郎は武田軍の足軽になりきって、堂々と弾正曲輪をぬけ、服部曲輪を通りすぎ追手門から外へ出た。

出たときには、

(これほど、うまく行くとは……)

さすがに半四郎も、全身のちからがぬけて行くようなおもいをした。

もとより、捨身の行動だったのである。

半四郎が追手門を出て、前面の山林へ駆けこんだときに、雨が叩いてきた。

(さて、どうする?)

山林の土にすわりこみ、一息入れながら、半四郎は自分に問うてみた。

城をぬけ出したのは、

(どちらにせよ、おれはもう、この城に用はない)

と、おもったからである。

(だが、強右衛門は、うまく脱け出せたろうか?)

おもえば、半四郎が強右衛門に脱出の方法を教えてやったのも、彼と奥平信昌へ、

(好意の眼)

を向けていたからだ、といえよう。

もしも、強右衛門に同行をゆるされたとしたら、半四郎は、また別の方法をとったに

ちがいない。

山林の中で、半四郎は足軽の武装をぬぎ捨てた。布に包んでおいた衣類を身にまとい、はじめて長篠へあらわれたときの姿になったのである。

雨がやんだとき、半四郎のこころは決まっていた。

（先ず、雁峰峠《がんぽう》へ……）

であった。

首尾よく城をぬけ出したとき、鳥居強右衛門は雁峰峠へのぼり、烽火を打ちあげることになっている。

その烽火を、長篠城の人びとが見れば、

（強右衛門が、うまくぬけ出したぞ）

大いに勇気づけられることであろう。

さらに強右衛門は、奥平信昌へこういっておいた。

「もしも、織田・徳川の援軍が来るときは、三日後に、ふたたび雁峰峠の頂上で烽火を二度、打ちあげまする。また、もし援軍が来らぬときは、烽火を一度、打ちあげることにいたします」

うまく城を出られても、城内へふたたびもどることはむずかしい。

武田軍の包囲の中を帰還するのは、とてものぞめぬことであった。

烽火によって、報告をするよりほかに、方法はないのである。

強右衛門が這いあがった豊川の岸辺から雁峰峠までは北西一里半、それも山道であった。

さいわいに、雁峰峠には武田の陣地もない。

豊川のながれに沿って、どこまでも南下して行ったほうが、岡崎へ着くのは早いわけなのだが、烽火を打ちあげる場所がない上に、武田軍の見張りもきびしい。

そこで、わざわざ山地へ入りこみ、山道づたいに岡崎へ駆けつけようというのだ。

(いまごろは強右衛門どの、うまく川から這いあがったかな?)

そうおもうと、井笠半四郎は、

(矢も楯《たて》もたまらなく……)

なってきた。

さて、十五日の朝になると、雲が風に吹きはらわれ、青空がまぶしくかがやき、陽の光りもにわかに夏をおもわせる強さになった。

鳥居強右衛門は、道もない山林の中を獣《けもの》のように進んでいた。

強右衛門の頑強な肉体が、こうなるとものをいう。

木の枝を折り、切りはらいつつ彼は前進した。

雁峰峠の山すそへ出るまでは、武田軍の番所が諸方にもうけられているから、すこしの油断もならなかった。

陽がのぼるにつれて、強右衛門は汗まみれとなり、その汗と共に糞尿のにおいが猛烈に発散する。

（あれだけ、川を泳いで来たのに、まだ臭い。これはどうも、たまらぬな）

顔をしかめながら、それでも強右衛門は、いよいよ元気になった。

城をぬけ出したことによって、

〈百に一の可能性〉

が、五分五分になったといってよいだろう。

やがて……。

強右衛門は、雁峰峠の登りにかかった。

だれにも見とがめられてはいない。

まるで、

（夢を見ているような……）

おもいであった。

（うまくゆくときは、こんなものなのか……）

と、妙に気ぬけがする。

それでも懸命に神経をくばっていたものだから、雁峰峠の頂上に立ったときは、

（疲れた……）

一瞬だが、強右衛門は目がくらみそうになった。

だが、一休みする間もなく、強右衛門は烽火の仕度にかかった。

烽火は、艾《もぐさ》に獣類の糞《ふん》をまぜ合わせたもので、これを竹筒に入れ、その上から油紙と蠟をつかって水気をふせいでおいたのだ。

火をかけると、烽火は勢いよく煙をふきあげた。

青空高く、烽火があがるのを見とどけ、

「これで、よし」

うなずいた強右衛門は、にっこりと笑い、峠を下りかかった。

雁峰峠の烽火は、まさに長篠城から見えた。

一睡もせずに、本丸の櫓《やぐら》の上に立ち、西の空を見つめつづけていた奥平信昌が、躍りあがって、

「見よ、烽火があがった。強右衛門が、見事、ぬけて出たぞ」

歓喜の叫びを発した。

少年のおもかげが、どこかに残っていそうな若々しい信昌の頰に、感動のしるしが一すじの糸を引いてながれ出た。

「よう、ぬけ出てくれた。よう……」

鳥居強右衛門のはたらきへ、信昌は、おのれの人生のすべてを賭けていたのだ。

しかし、老臣の中には、

「使者が一人、城をぬけ出たところで何になろう。万に一つ、たとえ援軍が来るにして

もじゃ。その援軍が着かぬうち、もはや、この城は落ちてしまうわい」

と、つぶやいた者もいたのである。

さいわいに、この日。

武田軍の攻撃はおこなわれなかった。

なにしろ、強引な猛攻をかけつづけて、おもいのほかに死傷者を出しただけに、武田軍も手をゆるめたのであろう。

「もはや、これまでじゃ」

と、武田勝頼も見きわめをつけ、

「あと一息で城は落ちる。先ず今日は、兵をやすめておけ」

そういった。

ところで……。

強右衛門が雁峰山の頂きからあげた烽火を、武田軍も気づいていた。

（何ごとか……？）

報告を受けた武田勝頼は、すぐさま、

「柏木市兵衛をよべ」

と、命じた。

「なにごとでござりましょうや？」

あらわれた市兵衛も、烽火のことを耳にしたばかりであった。

「すぐさま、忍びの者をさし向け、さぐらせよ」

「かしこまった」

「織田、徳川がうごき出したという合図なのか、どうもわからぬ」

「さようなことはござりませぬ。岡崎からこなたへかけて、われらが手の者が、いささかの油断もなく見張っておりますれば……」

「うむ、うむ」

「すぐさま、見とどけまする」

「急げ」

「はい」

市兵衛は陣所へもどり、杉坂十五郎に相談して、

「だれをさし向けよう」

「おまかせ下され」

と、十五郎は五人の忍びの者をえらんだ。

三人が伊那忍び。

二人が甲賀・杉谷忍びの於蝶と島の道半である。

五人の忍びたちは二手に別れ、雁峰山へ駆け向った。

於蝶は、むろん、道半と組んでいた。

さて……。

雁峰山から空へ立ちのぼった烽火を、すぐ間近かに見た者が二人いた。

この二人は、杉坂十五郎配下の伊那忍びで、与兵衛《よへえ》と万蔵《まんぞう》という壮年の男たちである。

与兵衛と万蔵は、遠く美濃《みの》の国へ出張《でば》っていて、岐阜の織田信長の動静をさぐっていたものだ。

それがいま、長篠の武田本陣へ引き返して来たのであった。

雁峰山の山すその道を、そのとき二人は矢のように走っていた。

「あっ……烽火だ」

叫んで、万蔵が立ちどまった。

「おう、まさに……」

与兵衛も万蔵の腕をつかみ、

「あの山のあたりには、われらの陣所、番所もないはずだな」

「いかにも」

「おぬし、行って見てくれ。おれは一足先に御陣所へ駆けつける」

「よし、わかった」

「気をつけろ、万蔵」

「大丈夫だ」

万蔵が、雁峰峠の山道へ駆けのぼって行くのを見送ってから、与兵衛は長篠を目ざして走り出した。

与兵衛の面上にただよっている緊張は、ただごとでない。

万蔵は、一気に山道を駆けあがった。

忍びの者の脚力である。

ましてこのあたりは、味方の武田軍の勢力の内であったから、万蔵は全速力で、雁峰峠の頂上へつながる尾根道へ出た。

出たとたん、

(あっ……)

万蔵は、投げられた毬《まり》のように、尾根道の左側の木立へころげこんだ。

尾根道の彼方から近づく人の気配を感じたからだ。

万蔵は、ふところの革袋から五本の手裏剣《しゅりけん》を抜きとり、左手につかみ、そのうちの一本を右手に移した。

尾根道を、雁峰峠の方から走って来たのは、鳥居強右衛門であった。

強右衛門は勇躍し、足の速度を早めていた。

奥平家が領していた作手は、北西の方一里のところにあったし、山を二つほど越えれば、妻や子の待つ村へも出られる。

このあたりの地形について、強右衛門は、

(夜の闇の中でも走れる)

ほどに通じていたのである。

尾根道の木立に息をひそめていた伊那忍びの万蔵は、駆けて来る強右衛門を見るや、

(怪しいやつ)

と、直感した。

万蔵は、

(あの男が通りすぎたとき、うしろから手裏剣を、腰と足に投げつけ、身うごきがならぬとなったとき、おれが飛び出し、捕えてくれよう)

と、おもった。

殺すのは、わけもないことだが、何やらいわくありげな男ゆえ、捕えて武田本陣へ連れて行こうと考えたからだ。

鳥居強右衛門が、たちまちに近づき、万蔵が隠れている目の前を走りすぎた。

(いまだ!)

と万蔵が半身を起し、右手の手裏剣を強右衛門の背後から投げ撃つ姿勢になった。

転瞬……。

ぴゅっ……と、風を切り裂いて何かが飛んで来て、万蔵の喉《のど》もとへ喰いこんだ。

喉元から、血が疾《はし》った。

「う……」

悲鳴もあげず、万蔵は、投げ撃とうとした手裏剣を投げ得ぬまま仰向けに転倒している。

そのようなことに、すこしも気づかず強右衛門は、この場から遠去かって行った。

伊那忍びの万蔵は、もう息絶えていた。

万蔵の喉は、甲賀の手裏剣〈飛苦無《とびくない》〉によって叩きやぶられている。

夏の陽の光りをうけた尾根道へ、どこからともなく男がひとり、あらわれた。

井笠半四郎である。

「あぶないところだったな、強右衛門どのは……」

つぶやいた半四郎が、にんまりと笑った。

半四郎も雁峰峠へ登る途中で、烽火のあがるのを見た。

(やったな、強右衛門どの……)

おもわず半四郎は、

「よくやった」

声に出していったほど、興奮《こうふん》したものだ。

つまりは、それほどに鳥居強右衛門への親愛の情が、いつしか半四郎の胸の底に、はぐくまれていたのであろう。

とにかく、一時も早く、強右衛門の姿を見たかった。

半四郎は峠の頂上へ向わず、山腹の林の中をななめに走り出した。

頂上から尾根道を下って来る強右衛門を、先に待ちうけるつもりであった。

伊那忍びの万蔵を見かけたのは、そのときである。

（怪しい男……）

と、半四郎が万蔵をつけて行くと、万蔵が尾根道へ出た。

出たかとおもうと、あわただしく木立の中へ隠れ、手裏剣を投げ撃つ構えを見せた。

半四郎は、万蔵の側面を見下す杉の木の上へのぼり、注視した。

そこへ……。

鳥居強右衛門があらわれ、行きすぎようとした。

その背後から手裏剣を撃ちかけた万蔵の喉もとへ、飛苦無を樹上から投げつけたのは、井笠半四郎だったのである。

（先ず、よかった……）

即死した万蔵の死体を木立の奥深くへ引きこみ、浅く土を掘って埋めこんだ半四郎は合掌した。

万蔵が武田方の忍びであることは、もはや、半四郎の眼にあきらかであった。

（このように、強右衛門どのが武田忍びの眼にとまるようでは……これから先も、あぶない）

と半四郎はおもった。

（蔭ながら……強右衛門どのを助けよう）

すぐに決意した。

なんのために自分がはたらいているのか、もう半四郎はどうでもよかった。

鳥居強右衛門という〈好漢〉を、

（助けてやろう）

この一事で、じゅうぶんだったのである。

尾根道へ出た半四郎は、強右衛門の後を追って走り去った。

しばらくして……。

雁峰峠から下って来る二つの人影を見出すことができる。

於蝶と、島の道半であった。

二人は、全速力で峠の頂上へのぼりつき、そこに烽火をあげた痕跡を発見した。

「この烽火は、忍びが使うものではない」

と、於蝶がいった。

「では……徳川の間者が、岡崎から此処まで馳せつけて来て、烽火をあげ、長篠城内へ何やら合図をしたものでござろうか？」

「うむ。まず、そうしたところではあるまいか」

「どうなさる？」

「まだ遠くへは行くまい。追って見よう、道半どの」

そこへ、於蝶たちとは別に、頂きを目ざしてのぼって来た三人の武田忍者があらわれた。

五人は、またも二手に別れて、烽火をあげた者を追うことにした。

武田忍びの三人は、山腹を巻く小道へ下った。

於蝶と道半は、尾根道を南へ追うことにした。

於蝶と島の道半は、間もなく、伊那忍びの万蔵が死んだ場所まで駆け下って来た。

「道半どの。ちょっと……」

於蝶が立ちどまり、

「血が……」

「なんと……」

「血が、はね飛んでいる。土の上に……」

「どれ……ふむ、なるほど」

「ここで、何やら起ったにちがいない」

「あたりを、しらべて見ようではござらぬか」

「よし」

二人は、その周辺をさぐりまわった。

これが、強右衛門のためにはよかった、といえる。

ここで手間をとらず、於蝶と道半が一気に尾根道を走って行ったなら、前方に井笠半四郎の姿を見出したやも知れぬ。

そして、半四郎のすこし先を行く強右衛門にも気づいたはずである。

「あ……これを……」

道半が、木立の中に埋められた万蔵の死体を、ついに発見した。

道半と於蝶が、武田軍の忍びへ参加したとき、万蔵と与兵衛は、すでに美濃の国へ潜入していたから、万蔵の顔に見おぼえはなかった。

「何者であろ？」

「忍び、でござるよ」

「どこの？」

「武田方の忍びでござろう」

「すると……？」

「はい。峠で烽火をあげた者をここまで追って来て、返り討ちになったものと見える」

「では、相手も忍びか……」

「これは、ゆだんなりませぬな」

「さ、急ごう」

万蔵の死体は、わざと尾根道の近くへ寝かせておいた。

こうしておけば、別手の武田忍びが、万蔵を発見し、しかるべき処置をとってくれるとおもったからである。

で……。

於蝶と道半が、ふたたび尾根道を下りはじめたころ、鳥居強右衛門は、

（いつまでも、この尾根道を駆けていてはあぶない）

と、おもい、右手の木立の中へ飛びこんだ。
この尾根道は、吉田や岡崎の街道へも通じている。
人の往来がある道なのだから、必然、武田方の見張りもきびしくなるにちがいない、
と見たわけだ。
半四郎も強右衛門のあとから、木立へ入った。
強右衛門は半四郎が尾行していることに、まったく気づいてはいなかった。
山林の中を足にまかせてすすむと、やがて、細い山道へ出た。
見おぼえのある山道だ。
強右衛門は少年のころから、このあたりの山道を何度も通っていたのである。
この山道は、牧原の村へ通じている。
牧原は、前の奥平家の領地だしそこからは強右衛門の家も近い。
半四郎は、音もなく後をつけて行きながら、
(ふうむ……強右衛門どの。なかなかにやるではないか)
微笑がうかんできた。
尾根道を避けたのは、まことに賢明である。
実はうしろから、
「尾根道を外《はず》せ」
教えてやりたいほどに、半四郎はいらいらしていたのである。

（こうなれば、出て行って強右衛門どのと、いっしょになってもよいのだが……）

とも考えぬではなかったが、

（いや。いっしょになるのならいつでも出来るし……それに、こうしてうしろから見ていたほうが、強右衛門どのに危害を加えようとする者を、いち早く見つけることができる）

と、おもい直した。

二人が前後して山道へ出たとき、於蝶と道半は、強右衛門が尾根道から消えたあたりを通りすぎてしまっている。

二人とも、道に残る足あとを注視しつつ、走りつづけて来たのだが、道には草が茂っているし、近くの農民や木樵たちも歩かぬではないので、強右衛門や半四郎の足あとを見きわめにくい。

それで、うっかりと通りすぎてしまった。

さて……。

山道へ出てからの、鳥居強右衛門は、

（このあたりなら、大丈夫）

とおもったのか、猛然と足の速度を早めた。

風を巻いて走り出したのである。

強右衛門の巨体が風を切る音が半四郎の耳へもきこえるほどであった。

（それにしても……）

半四郎は、瞠目している。

恐るべき強右衛門の体力と脚力に、である。

強右衛門は、一度もやすまない。

それぱかりか、進むにつれて、いよいよ、たくましい足どりになってくるのだ。

太陽は、中天にかがやいている。

走る鳥居強右衛門の巨体から、汗が飛沫《しぶき》のように振りまかれた。

牧原の村へ出る手前で、強右衛門は、またしても山林の中へ分け入った。

このあたりから、また危険になる。

作手郷一帯は、武田方の手中に入っているからだ。

牧原村の南側の山林の中で、はじめて強右衛門は足をとめた。

（ここから、一里も北へ行けばおれの家がある）

のであった。

（加乃や、子たちは……いまごろ、何をしているのだろうか……）

無意識のうちに、強右衛門の右手の指が、ひくひくとうごいた。

指をうごかしつつ、彼は、妻や子のいる村の方角へ、ぼんやりと視線を向けていた。

深い樹林と山肌にさえぎられて、その村の空は見えなかったが、それでも尚、しばらくは身じろぎもせぬ。

強右衛門の手ゆびは、もしやすると、三十になった妻・加乃の、みっしりと肉の充《み》ちた肩や腕や乳房の感触を、よみがえらせようとしているのかも知れなかった。

野の草のような妻の体臭を、強右衛門は想いうかべているのであろうか……。

「加乃……」

緑したたる山肌に、強右衛門の視線がうつろいながら、おもわず妻の名を低くよんでいた。

「待っておれ」

いうや、ふたたび強右衛門が突き進みはじめた。

(なんと……)

すばらしい男なのか、と、井笠半四郎は、そうした鳥居強右衛門に見とれている。

忍びの者の世界に、こうした男はいない。

こうした男になるためには、愛する妻をもち、子たちをもうけ、そうした家族たちと共に暮す〈生活〉がなくてはならぬ。

武士である強右衛門は、その自分の生活をまもりぬくため、主人の城をまもり、敵と戦うのであった。

強右衛門と半四郎が、牧原南面の山林をすぎて間もなく、尾根道を下って来た於蝶と島の道半は、そのまま、牧原の村へ入って行った。

このあたりが戦場にならぬと知った村民たちが、ぼつぼつと村へ帰って来はじめている様子だ。

「見えぬな……」

「これはやはり、途中から山道へ逸《そ》れたのでござろうよ」

「ともあれ、烽火をあげた者は岡崎か吉田へもどろうとしているにちがいない。そうおもわぬかえ、道半どの」

「さよう。そのとおり」

# 大軍

鳥居《とりい》強右衛門《すねえもん》が、岡崎の城下へ走りついたのは、この日の夜ふけであった。

大平川に沿った道へ、山林の中から走り出た強右衛門が一里ほど行くと、そこは、徳川方の前線になっていて、将兵たちがつめかけていたのである。

「長篠よりの急使でござる。奥平信昌が家来、鳥居強右衛門でござる」

叫びつつ、彼は一気に、徳川方の陣地へ走りこんで行った。

そのときから一刻（二時間）ほど前に、於蝶と島の道半がこの近くへあらわれていた。

「道半どの。あれは、徳川方じゃ」

「さよう。これより先へはすすめませぬな」

二人は、大平川の岸辺の草蔭に身を伏せて、

「やはり、敵の忍びを見うしなったことになる」

「さよう」

二人とも、雁峰峠で烽火をあげたのは、

（忍びの者にちがいない）

と、おもいこんでいた。

だからこそ、忍びの速度をもって道を駆け、山林をさぐりつつ、此処まで来たのである。

ところが、鳥居強右衛門は忍びの者ではなかった。いかに強右衛門が健脚であっても、忍びの足にはかなうものではない。

後から追いかけて来た於蝶と道半は街道を走り、山の中を行く強右衛門を追いぬいてしまっていたのだ。

そして、

「いま一度、引き返してさぐって見よう」

「このままでは、もどれませぬゆえな」

と、二人が、徳川陣地の手前から、街道を引き返すのと入れちがいに、強右衛門は山林の中を岡崎へ近づいて行ったのである。

幸運であった。

強右衛門は、前線に出ていた徳川の兵にまもられ、無事に岡崎城下へ入った。

入って見て、

「こ、これは……」

強右衛門は目をみはった。

岡崎の城下は、篝火と松明《たいまつ》があふれるように燃え、うごいていた。

「強右衛門殿」

つきそっていた徳川の武士が、さもうれしげに、

「上総介《かずさのすけ》様（織田信長）が大軍をひきいて、昨夜おそく、岡崎へ御到着なされたのでござる」

と、いった。

「な、なんと……」

立ちどまった強右衛門の両ひざが、がくがくとふるえはじめた。

「そ、そりゃ、まことで……？」

「まことでござるとも」

このとき、鳥居強右衛門の五体をつらぬいた歓喜と感動を、なんと表現したらよかったろう。

生まれて三十六年。

このような強烈なよろこびを、彼は感じたことがない。妻の加乃と夫婦になったときの甘やかな愉悦などとは、まったく別のものであった。

（ま、間ちがってはいなかった。おれと、殿は、間ちがってはいなかったのだ）

　このことである。

（やはり、信長公は家康公を……そして、長篠を救いに駆けつけて下されたのだ）

強右衛門は両手を高々とさし上げ、夜空を仰いで、

「おう、おう……」

吼《ほ》えるような叫びを発した。

歓喜の叫びだ。

　つきそっていた兵たちは、

（気が狂ったか……）

と、おもったそうである。

長篠から、急使として鳥居強右衛門があらわれたときいて、岡崎城内に暮していた奥平信昌の老父・貞能《さだよし》は、

「あの、のろ牛が……ようも、城をぬけ出せたものじゃ」

と、おどろいた。

貞能は、息子が徳川へ忠誠をつらぬく証《あかし》として、家康のもとへ引き取られていた。

つまり〈人質〉といってもよい。

奥平貞能は、徳川の武士たちと共に、岡崎城・大手門まで、強右衛門を迎えに出た。

「おう。よう来た。ようも、来てくれた……」

松明にかこまれてあらわれた強右衛門へ、走り寄った貞能が、

「ようも……ようも……」

泪声をあげ、強右衛門のがっしりとした胸へ抱きつき、しわだらけの顔をうれしさにゆがめて、

「城は、長篠の様子は？」

「大殿。これに殿よりの御手紙がございます」

強右衛門は、引きむしるように着物のえりを破き、中からこよりに巻いた手紙を取り出し、貞能へわたした。

こよりの手紙は、いま一つ、徳川家康にあてたものがある。

家康は、城内・本丸の大広間へ強右衛門をまねき、徳川と織田の重臣たちが居ならぶ前で、奥平信昌からの手紙を、むさぼるように読んだ。

信昌は、父や家康に対し、手紙の最後を、

「……いざともなれば、それがしは腹を掻っ切り、家来どものいのちを助けるつもりでござる」

と、むすんでいたのである。

徳川家康も、感無量の態《てい》であった。

自分が、重臣たちの反対を押し切ってまで、

（この男こそ……）

と、たのみにして、長篠城をまかせた奥平信昌が、武田の大軍の攻撃をうけて〈本

丸〉ひとつに押しつめられ、尚も屈せぬことを知り、

（わしの目に狂いはなかった）

そのうれしさが、瘦せこけた家康の顔貌へ照りかがやいていた。

家康は、げっそりとやつれ、血走った両眼だけが異常に大きく見え、この数日の苦悩が強右衛門にも、はっきりと見てとれた。

家康にしても、昨夜半、信長が岐阜から到着したとき、

（これで、長篠も救われた）

と、おもった。

ところが……。

織田信長は例によって、手まわりの侍臣を従えたのみで岐阜の居城を発し、まっしぐらに駆けつけて来たのだから、他の将兵や武器を積んだ荷駄が、これに追いつけなかったのである。

それも、今日の夜に入って、すべて岡崎へ到着した。

いよいよ、

（明朝は、長篠へ向けて進軍する）

ことになっていたのである。

「強右衛門。よう仕《し》てのけたな」

「はっ」

「奥平九八郎は、よき家来をもったものじゃ」

「恐れ入りたてまつる」

「待て。右大将に申しあぐる」

と、家康は、すぐさま織田信長の寝所へ向った。

信長は、ねむりこんでいたが、このことをきくや寝衣のままで、大広間へ出て来た。

「鳥居強右衛門とは、そちか？」

「ははっ」

「よう仕てのけた。ほめてつかわす」

六年前の姉川戦争の折に、強右衛門は数度、信長を見ているが、

（あのときとは、段ちがいだ）

と、おもった。

六年ぶりに見る信長の堂々たる威風は、

（これなら、天下をおさめるにふさわしい……）

と、だれの眼にも映る。

色白の面《おもて》に血をのぼらせ、鷹《たか》のように鋭い光りを放つ両眼をひたと強右衛門に向けて、

「強右衛門。恩賞をたのしみにしておれ」

と、信長が大音にいった。

奥平家の一下士にすぎぬ強右衛門にとって、これは立身出世を約束されたのと同様で

あった。

信長は、さらにいった。

「安心をいたせ。わしは、三万の大軍をひきいて駆けつけてまいったのじゃ」

「さ、三万……」

それなら、織田軍だけでも、武田軍を上廻る兵力ではないか。

「それに……」

と、信長は自信にみちみちた笑いをうかべ、

「種《たね》ケ島《しま》も三千はある」

「げえっ……」

と、強右衛門は驚愕した。

〈種ケ島〉とは、鉄砲のことであった。

当時の鉄砲――すなわち火縄銃《ひなわ》は、天文十二年に、ポルトガル人アントニオ・ダモアによって種ケ島へもたらされた。ゆえに〈種ケ島〉が鉄砲の代名詞とされたわけである。それから約三十二年の間に、鉄砲は先ず、紀州へつたわり、さらに関西へひろまって行った。

そして……。

商人の〈自由都市〉であった堺《さかい》と、近江の国友村が、そのころの鉄砲産業の中心となるのである。

鉄砲が日本へもたらされたころ、織田信長は八、九歳の少年にすぎず、家康はようやく、この世に生をうけたばかりであった。

姉川の戦争のとき、信長の軍団が所有していた鉄砲は、五百ほどだが、六年の間に、それが六倍の数量となっていたのだ。

信長は、浅井長政を討って近江・国友村の鉄砲鍛冶《かじ》を、

(わがもの)

とした。

そして、堺の商人たちをも屈服せしめ、ここ数年は、

「一日も早く、多くの鉄砲を……」

と、その製造にちからをそそぎ、いまようやくに、日本一の数量をほこる鉄砲という新兵器を、所有するにいたったのである。

いま、武田軍の鉄砲は、五百に足らぬ。

武田軍は、ようやくに、姉川戦争当時の織田軍の鉄砲数量に、追いついたところであった。

(三千の鉄砲と、三万余の大軍が、長篠を救いに、明朝は岡崎を発するのだ)

そうおもうと、強右衛門は居ても立ってもいられなくなって来た。

信長が、

「これ、強右衛門。われらが駆けつけるまで、長篠城は保つか?」

と、問うてきた。

強右衛門は愕然とし、

「敵の総攻めがはじまりましたなら……とても、もちこたえることはできませぬ」

うなだれて、哀しげにこたえた。

よろこぶのは、まだ、早かった。

いま、強右衛門がこうしている間にも、長篠では、武田軍の総攻撃が開始されているやも知れぬ。

(ああ……そうなったら、どこまで、本丸をささえきれるか？)

であった。

岡崎城では、明朝の出発にそなえ、将兵が夜もねむらず準備を急いでいる。

それが、なんの準備なのか、強右衛門にはよくわからなかったが、とにかく、朝にならなければ出発できぬらしい。

強右衛門は、あせってきた。

「武田の総攻めをうけましてはひとたまりもございますまい」

と、強右衛門が、信長や家康の顔を見まわしつつ、

「岡崎から、救いの軍勢が来るか来ぬか……と、城中のものは、みな迷っておりまする。いや、とうてい助けには来てくれまいと考えておりましょう。それがしが、ここへ……この岡崎へ到着したことさえも、まだ知らぬのでござります。これでは敵と戦う気力も

おとろえ……いや、戦うより先に、城を敵に開けわたしてしまうやも……」

必死に、いった。

信長と家康は顔を見合せ、大広間の武将たちがざわめきはじめた。

「なれど、御大将のみは、援軍の到来を信じておわします」

と、強右衛門が叫んだ。

徳川家康が大きくうなずき、織田信長は立ちあがって、

「一刻も早く、仕度を急げ」

と、命じた。

そのとき、鳥居強右衛門は、全身につきあげてくる衝動を押えきれず、

「一時も早く、このことを長篠の御大将へ知らせたく存じます」

口走っていた。

「む、それはそうじゃが……」

と、家康。

「それがしが、まいります」

「なに……？」

「かほどの大軍が岡崎に……とは、夢にもおもいませなんだが、いずれにせよ、烽火の合図を送ることを御大将に約束いたしました」

「それにしても、あぶない」

家康がいうと、信長も、

「これまでのはたらきにてじゅうぶんである」

と、いってくれた。

強右衛門につきそっていた奥平貞能がすり寄って来て、

「強右衛門。お前が武田勢に捕えられたならどうする。九八郎もよろこぶまいぞ」

ささやいてきた。

だが、強右衛門は、激しくかぶりを振った。

「まいります。これより、すぐさま長篠へもどりまする」

と、強右衛門はいい放った。

（このことを、一時も早く、殿に知らせたい）

からであった。

織田の大軍が岡崎へ集結していることを知れば、城中の将兵は勇気百倍となるにちがいない。

そうなれば、二日や三日の間、城を死守することも可能であろう。

強右衛門と奥平信昌が、何よりも恐れているのは、すでに城中の将兵が、

（もはや援軍は来ない）

と、見切りをつけ、闘志をうしなっていることである。

そして強右衛門は、

（おれは、決して敵に捕まらぬ）

自信にみちていた。

長篠城を脱出することだけでも、いのちがけであったのが、見事に成功をした。

それから後は、一人の敵にも出合うことなく、烽火をあげ、山中を走りぬいて岡崎へ着いた。

今度は、

（来るときよりも、たやすい）

と、おもったのである。

何故なら、雁峰峠へもどり、援軍到着のことを城内へ知らせたなら、

（城の中へは、もどらぬでもよい）

からだ。

強右衛門は山中にひそみかくれ、織田・徳川の大軍が長篠へあらわれるまで、凝としていればよい。

むずかしいのは、敵の大軍に包囲されつくした城内から出ることと、そこへもどることなのである。

さらに、強右衛門は、

（このことを知らせにもどれば、おれの功名は、もっと大きなものになる）

と、考えた。

（加乃、おれはいま、この戦さの中で、いちばん大きな手柄をたてようとしているのだぞ。よろこべ。よろこんでくれい）

戦国の武士としての欲も、熾烈《しれつ》になってきた。

「熱い粥《かゆ》を食べさせて下され。それをいただき、それから、すぐさま長篠へ駆けもどります。大丈夫。きっと、やってのけてごらんにいれます」

と、強右衛門は奥平貞能にせがんだ。

信長や家康は、まだ、

（もどしてはあぶない。この男を死なせては惜しい）

と、おもっているようだが、そこは奥平貞能にとって、九八郎信昌は我子である。

（あぶないが……うまくゆけば、城をまもっている九八郎の耳へ、このことをぜひとも知らせてやりたい）

貞能が、そうおもうのは当然であった。

ついに……。

熱い粥を食べたのち、鳥居強右衛門はこの夜のうちに岡崎城下を発し、長篠へ取って返したのである。

「決して、むりをしてはならぬ。功をあせってはならぬ。いささかにても、危いとおもうたときは、すぐに引き返してまいれ」

徳川家康が、くどいほどに念を入れたが、強右衛門は、

「はい。はい。心得ておりまする」

返事だけはしていても、こころは長篠の空へ飛んでいる。

（このことを、殿がおききなされたら……）

奥平信昌は、どのような態《さま》を見せてよろこぶであろうか。

（そのときの、殿のお顔が見たい）

強右衛門は、すこしも疲れてはいなかった。

あとから、あとから、五体にちからがわき出てくる。

前線まで、十騎の武士にまもられて、強右衛門も馬で引き返した。

これから先は、やはり山の中を徒歩でもどらなくてはあぶない。

「御武運をいのり申す」

徳川の武士たちの声に手をふってこたえ、強右衛門は歩み出した。

躰中が、燃えるように熱い。

自分でも興奮しているのが、よくわかった。

（いかぬ。もっと、落ちつかなくてはいかぬ）

これから先は、寸時のゆだんもならない。

岡崎へ来るとき、山の中を走りながらも、木の間がくれに、下の街道を武田の兵たちが隊を組んで行くのを何度も見ている。

山の中だとて、警戒の物見が出ているにちがいない。

（落ちついて……落ちついて……）

自分にいいきかせつつ、強右衛門はしだいに、足を速めて行った。

こうして強右衛門がふたたび山林の中へ分け入ったとき、牧原の村にある武田方の番所で、於蝶と島の道半は、あとから追いついて来た三名の武田忍びと、相談をしていた。

「ともあれ、雁峰峠にあがった烽火《のろし》のことを、しかとたしかめなくてはならぬ」

と、於蝶がいった。

雁峰峠への山道で見つけた男の死体のことをきいた武田忍びたちは、

「それは、まぎれもなく、美濃へ出張《でば》っていた伊那忍びの万蔵どのにちがいない」

と、いった。

そうなれば、いよいよ、事は重大になるではないか。

於蝶は、武田忍びの一人を、長篠の武田本陣へもどすことにした。

「柏木市兵衛さまに、このことを、くわしゅうつたえて下されˮ」

「心得た」

その武田忍びが駆け去って間もなく、長篠の本陣から野見《のみ》忠太郎《ちゅうたろう》という伊那忍びが、牧原の番所へ駆けこんで来た。

「おお、於蝶どのも道半どのも、ここにおられたか。よかった、よかった」

と、忠太郎がいった。

「忠太郎どの。何か急なことでも？」

「されば……」

忠太郎が語るところによると、於蝶が峠道に横たえておいた伊那忍び・万蔵の死体は、しばらくして武田方の物見に発見されたそうである。

いっぽう、万蔵と別れて本陣へ駆けつけて行った与兵衛《よへえ》は、

「織田信長は大軍をひきい、こなたへ出陣してまいります」

と、武田勝頼に告げたのであった。

勝頼も、予期せぬことではなかった。

「いよいよ、出てまいったか」

「はい。十三日の朝、信長は手勢をひきい、岐阜を発しました。それと知って、私めと万蔵がすぐさま……」

「おそらく、信長のあとから大軍が岐阜を発したことであろう」

そういって武田勝頼は、重臣たちをまねき、軍議をひらいた。

伊那忍びの与兵衛は、柏木市兵衛の陣所へおもむき、すべてを告げた。

雁峰峠の烽火を見て、万蔵が与兵衛と別れ、様子をさぐりに行ったこともである。

その万蔵が、いつまでたっても帰って来ない。

そこで、与兵衛ほか四名の忍びたちが、万蔵をさがしに出て、峠道に死んでいる万蔵を発見したのであった。

これをきいて、柏木市兵衛が統括する武田の忍者たちは、いろめきたった。

織田軍が岐阜を発し、岡崎へ向ったことや、雁峰峠の烽火のことや、万蔵が殺害されたことや、どれをとって見ても、

「容易ならぬこと」

であった。

柏木市兵衛は、杉坂十五郎に、

「岡崎をさぐらせよ。そして、岡崎からこなたに至る道という道をきびしくまもれ。山の中といえども眼をはなすな」

といった。

十五郎は、配下の忍びたちへ指示をあたえ、これを諸方に散開せしめた。

野見忠太郎から、すべてをきいた於蝶は、

「わかりました。では、われらもゆだんなく、このあたりを見張りましょう」

と、いった。

忠太郎と、二人の武田忍びは、諸方の武田の陣所や番所へ、警戒をきびしくするように、との指令をつたえるため、

「では……」

と、闇の中へ散っていった。

星もない闇夜であった。

だが、すでに十六日の午前となっている。

こうして、武田方の警戒は一層厳重なものとなった。

武田方の忍びも総動員され、うごきはじめた。

昨日の朝の状態にくらべると、長篠の武田本陣を中心にして、六里から七里ほどの間は、蟻の這いこむ隙もないほどに固められてしまった。

この中へ、鳥居強右衛門は引き返そうとしているのであった。

ところで、井笠半四郎はどうしたろうか……。

半四郎は、鳥居強右衛門が徳川方の前線へ飛びこんだのを見て、

(ほう……とうとう、やってのけたな。えらいものだ)

今朝からの強右衛門の奮闘が、めでたくむくいられたことをよろこんだ。

それはよいのだが、

(さて……これから、おれはどうしたらよいのだ)

苦笑が、うかんだ。

もう、危険をおかして長篠城へもどって行くつもりはない。

半四郎は〈忍びの世界〉の孤児になってしまっている。

牧原村を見下す山林の土に横たわり、

(於蝶どのでも生きていてくれれば、また別のことだが、いまのおれには、織田も武田もなくなってしまった。このいのちを投げ打ち、忍びの術をかたむけつくしてはたらき、闘うべき目的《めあて》を、おれはうしなってしまったようだ)

なのである。

それなら、

（どうしたらよいのか？）

自分で自分に、問うてみた。

こたえは、すぐに出なかった。

（ま、ゆるりと、これから考えることにしよう）

ねむくなってきた。

このとき、山の下の牧原村にある番所に、於蝶がいたことを半四郎はまったく知らない。

（ねむろう。明日は明日のことだ）

両眼をとじると、井笠半四郎は、たちまちに、深いねむりに入って行った。

# 老　鶯

夜が明けた。

五月十六日である。

当時のこの日は、現代の七月四日にあたる。

この数日、長篠の空は厚い雲の層におおわれてい、雨がふったりやんだりして肌寒く、夏の気候とはおもわれぬほどであった。

だが、十六日の朝になって風が出てきはじめ、雲がうごきはじめた。

奥平九八郎信昌は、あたりが明るくなると、すぐさま本丸の櫓の上へのぼって行った。

武士が三名、交替で夜も櫓にのぼり、彼方の雁峰峠を見まもっている。

強右衛門からの烽火を、待ちかねているのであった。

(もし、無事に岡崎へ着いてくれたなら、強右衛門はかならず引き返して来て、峠から

烽火を打ちあげてくれるであろう）

と、信昌は信じている。

いずれにせよ、

（今日だ）

そう感じられてならない。

城をぬけ出すことができたのは、大成功であったが、

「とうてい、強右衛門は岡崎まで行けぬだろう」

「途中で、武田勢に捕えられたと見てよい」

などと、奥平の家臣たちはうわさし合っている。

また、

「たとえ、強右衛門が岡崎へ着いたところで何になろう。織田や徳川が、われらを見捨てていることに変りはないではないか」

という意見が多い。

城をかこみつくした、圧倒的な敵の大軍の総攻撃をうけるより先に、こちらから降伏すれば、すべての条件がよくなるのだ。

強右衛門が、みごとに城外へ出たことを知ったときは、

「やったぞ!!」

「のろ牛めが、ようも仕てのけたものよ」

と、興奮した重臣たちであったが、その興奮がさめると、たちまちに以前の悲観説にかたむいてしまったのである。

奥平信昌は、いったん櫓の上へあがると、もう下りようとしなかった。

朝食も、櫓の上でとった。

昼近くなったとき、何時間も立ちつくしたままでいる信昌の両足が硬張《こわば》ってしまい、絶えず小さなけいれんをおこしはじめていた。

床几《しょうぎ》はあるのだが、信昌は腰をかけようともせぬ。

青竹の指揮杖をついて、雁峰峠の空をにらむように見つめたままであった。

信昌の眼は血走っていた。

強くかみしめた彼の唇から血がにじんだ。

長篠城の周囲を埋めつくしていた武田軍が、急に、うごきはじめたのは、このときである。

川をへだてた対岸の陣地に、それがいちじるしい。

武田の兵たちが、木材や竹の束をはこび、岸辺にあらわれた。岸辺に、柵をめぐらしはじめたのである。

それに引きかえ、弾正曲輪や三の丸を占領した武田軍は、じっと鳴りをひそめているのだ。

不気味であった。

対岸では、柵を岸辺に張りめぐらす一方、大勢の兵たちが虎落《もがり》をつくりにかかっている。

崖の上の本丸から、それが、はっきりと見てとれた。

虎落は、竹を組み合わせて垣根のようなものにつくった一種の柵である。

「殿!!」

と、一族の奥平久兵衛が櫓へ駆けあがって来て、

「あのさまを、ごらんになられたか?」

「うむ……」

「なんと、おぼしめす?」

九八郎信昌は、こたえなかった。

信昌の視線が、またも雁峰峠の空へ移っていた。

「殿……」

「これは、武田の総攻めがおこなわれるのでござる」

「ふむ……」

「川向うの岸辺に柵や虎落をめぐらしはじめたのは、総攻めを受けたわれらが崖を下り、川をわたって逃ぐるのを食いとめ、さんざんに打ち破ろうとの考えでござる」

信昌は、だまっている。

「殿。われらの申すことを、なんとおききめさる」

と、奥平久兵衛は一族の長老としての権威を見せ、二十一歳の若い主人の肩をつかんだ。

ふりむいた信昌が、

「なれば、どうしたというのだ」

しずかにいった。

「されば、いまのうちに、城を開けわたすがよいと……」

いいさした久兵衛の白髪あたまの上から、九八郎信昌がどなりつけた。

「さほどに降参をしたいのなら久兵衛。おぬしは好き勝手にいたせ」

すさまじい声であった。

落雷のごとき声であった。

櫓の上にいた兵たちも、下にいた将兵も、この信昌の大声に打たれ、奥平久兵衛は顔面蒼白となっていい返すことばが出なかった。

「降参をしたい者は、いつにても出て行け。この城は、信昌一人にても守りぬいて見せる」

いまや奥平信昌は、一歩も退かぬ覚悟を決めたといってよい。

医王寺山の武田本陣のあたりでも戦旗がうごきはじめた。

そのうごき方を見ても、九八郎信昌には、

(武田勝頼は、いったい、何をしようというのか……?)

よく、わからなかった。

総攻撃を仕かけるようにも見えるし、それにしては、城の各曲輪を占領している敵兵が、凝とうごかぬのは解《げ》せないのである。

（総攻めは、今日ではない）

と、信昌は直感をした。

（明日だ。明日の朝にちがいない）

しかし、それに対して信昌は、自軍へは何の指令も下そうとはしない。

（総攻めがおこなわれたら、もはや、それまでのことだ）

であった。

そのときは、自分がいさぎよく腹を切り、家来たちと城を武田勝頼に引き渡す決意を、信昌はしっかりとかためていた。

だが信昌は、ここにいたって尚、鳥居強右衛門を見捨ててはいなかった。

同時に、徳川家康を信じきっていた。

長篠の落城が、家康にとって、ひいては織田信長にとって、どれほど手痛い打撃をあたえるか……それを無視することはできない。

無視できぬ以上、

（この長篠が、見捨てられるはずはない）

という信昌の信念は、ゆるがないのである。

重臣たちは、信昌を櫓の上へ残し、大広間へあつまって相談をはじめた。

降伏のための密議をはじめたのであろう。

そのころ……。

鳥居強右衛門は、ようやく、牧原の村に近いところまで引き返して来ていた。

強右衛門は緊張していた。

いまは必死である。

武田勢の警戒が、意外にきびしくなっていたからであった。

街道すじばかりではなく、道のない道を猪のようにすすむ強右衛門のまわりにも、武田の兵が見え隠れしている。

ちからにまかせて木の枝を折り、うなり声を発して突き進むこともあぶなくなってきた。

強右衛門は巨体を屈め、息をひそめ、慎重に足をはこんだ。

(なんとしても、日が暮れぬうちに雁峰峠へ着き、烽火をあげたい)

と、あせりはじめたこころを、懸命に静めつつ、彼は長い時間をかけて、牧原村の西側の山腹へあらわれたのであった。

木の間から見下すと、牧原の村に武田の部隊がいて、番所の柵を増やしているのが、強右衛門の眼に入った。

(もしや……織田の大軍が岡崎へ到着したことを、武田方は気づいたのではないか?)

と、強右衛門はおもった。

一日の間に、牧原の村の様相が変っている。

兵士もたくさんいるし、騎馬の武士が行ったり来たりしているようだ。

（もし、そうだとしたら……）

武田勝頼は、織田・徳川の大軍があらわれる前に、長篠城を攻め落とそうとするにちがいない。

強右衛門の眼の色が変って来た。

（こうしてはいられない）

ふたたび、山林の奥へ姿をかくし、強右衛門は雁峰峠へ向ってすすみはじめた。

すぐ近くに、井笠半四郎がねむりをむさぼっている。

それと気づかずに、鳥居強右衛門は、半四郎が横たわっている真下を通りぬけた。

その気配が、半四郎のねむりを断ち切ったのである。

鋭敏な忍者のみがそなえている防衛本能であった。

（や……？）

音もなく起きあがり、半四郎は彼方の杉木立の中へ消えて行く大男の後姿を見た。

（強右衛門どのではないか……）

引き返して来たのだと知って、半四郎はおどろいた。

強右衛門の強壮な体力と胆力とに、である。

なるほど大きくて立派な体軀をしている強右衛門であったが、半四郎が、これまでにうけた印象では、さほどの豪勇の士だとはおもえなかった。

正直に、

「戦さは、おそろしい」

というし、なにかにつけて、家に残してきた妻や子への愛情を、おくめんもなく語ってきかせる強右衛門なのだ。

岡崎の様子を、烽火で知らせるといってはいても、

(とうてい、引き返しはすまい)

半四郎は、そうおもっていたのである。

われ知らず半四郎は、立ちあがっていた。

そして、強右衛門の後を追った。

(よし。こうなれば、どこまでも強右衛門どののちからになってやろう)

とっさに、決心をした。

追いついて、強右衛門をおどろかせ、いっしょに引き返すのも、

(おもしろい)

と、おもいはしたが、やはり、ひそかに後をつけて行くほうがよい、と決めた。

そのほうが、かえって強右衛門の身をまもりやすいからなのだ。

鳥居強右衛門は、岡崎へ向ったときと同じ道を引き返さなかった。

気が急《せ》き、いらだってはいたが、あくまでも慎重に、武田の武士の眼を逃れようとしている。

常人の足ではふみこめぬような山の斜面をのぼり、森や林の中をわざと迂回《うかい》して雁峰峠へ近づいて行くのであった。

井笠半四郎も、武田方の警戒が一夜のうちに形を変えたことをさとった。

半四郎は、まだ岡崎の様子を知っていない。

ために、

(これは、昨日の雁峰峠の烽火を怪《あや》しんだ武田方が、見張りの目をきびしくしたにちがいない)

と、おもったのである。

しかし、おもうように前へは進めなかった。

田代の村の近くへ出たときなど、武田の兵がしきりに山の中までふみこんで来るので、強右衛門は土を掘り、半身を埋めこみ、一刻(二時間)もの間、身うごきもできぬほどであった。

(こうなれば仕方がない。夜を待ってから雁峰峠へ近づき、明朝早く、烽火をあげようか……)

強右衛門は、そう考えはじめていた。

すでに、夕闇がただよいはじめている。

強右衛門は、その夕闇が濃くなるのを、うごかずに待った。

すぐ近くの杉の木の上で、井笠半四郎は強右衛門を見下していた。

半四郎の眼には、強右衛門の姿がよく見える。

掘った穴に半身を沈め、緊張した顔つきで、あたりをうかがっている鳥居強右衛門なのだ。

（一所懸命なのだな）

微苦笑が、わいて出た。

半四郎は足軽の武装をぬぎすてていたが、陣笠だけはかぶっている。

強右衛門は、腰に巻きつけていた布包みを解き、中から〈にぎりめし〉を出して、頰張りはじめた。

にぎりめしは、岡崎を出るときに用意してきたものらしい。

半四郎も木の枝にうずくまって甲賀忍びの携帯食糧を口にふくんだ。

これは〈よくいにん〉といって、耳無草ほか数種の薬草に山芋なぞをまぜ合せ、よくねりあげたものを梅の実ほどの丸薬にしたもので、これを一日に一個、口にするだけで先ず一カ月は生きていられる。

この携帯食糧は、於蝶と共に暮していた近江の七尾山の洞穴に置いてあったものだ。

いうまでもない。於蝶が用意をしておいたものだったのである。

半四郎は〈よくいにん〉を、まだ十粒ほど、ふところに入れていた。

（や……）

気がつくと、鳥居強右衛門が穴から這い出したのが見えた。

（夜の闇にまぎれ、峠に近づくつもりなのだ）

半四郎は、強右衛門が歩み出したあとも、しばらくは杉の樹上にあって、あたりの気配に耳をすませていた。

――異状なし、と見て、半四郎は地上へ飛び下りた。

杉の山林の奥ふかく、強右衛門の姿は消えている。

（こうなれば、強右衛門の前に姿をあらわし、共に行こう）

岡崎の様子も、ききたかった。

果して、織田の援軍が到着していたのかどうか……？

強右衛門の後をつけていて感じたことなのだが、

（どうも、岡崎ではよい知らせがあったらしいな）

それが、強右衛門のたくましい気力に出ている。

悪い知らせなら、これほどまでに強右衛門は活動しきれまい。

（おれの顔を見たら、強右衛門どのは、どのようにおどろくことか……おもしろいな）

にやりとなって半四郎が、一歩をふみ出した瞬間であった。

ななめ後方の夕闇の中から走り出た人影が、ものもいわずに半四郎めがけて切りつけてきた。

「う……」

あぶなかった。

間一髪にかわして、杉の幹を楯《たて》に、くるりと躰をまわした半四郎の正面から、待ちかまえていたように別の影が、

「たあっ……」

低い気合を発して、刃をたたきつけてきた。

半四郎の陣笠が、音をたてて二つに割れた。

割れた陣笠が、そのまま半四郎のあたまから離れたとき、

「む!!」

身を沈めた半四郎の腰から、刀身が疾《はし》った。

声もなく、その人影が倒れた。

半四郎は脇差をかまえ、腰を落とした。

(武田忍びだ……)

攻撃の仕方で、それがわかった。

灰色の夕闇がたちこめる杉林の中に、武田忍びは何人かくれているだろうか……?

さいわいに彼らは、一足先に去った鳥居強右衛門のことを気づいていないらしい。

井笠半四郎を発見したのは、伊那忍びの野見忠太郎であった。

武田忍びの頭領・杉坂十五郎は、

「昨日、雁峰峠で烽火をあげた者は、峠の近くのどこかに隠れひそんでいるやも知れぬ」

といい、野見忠太郎に七名の忍びをあたえ、

「いま一度、たんねんにさがして見よ」

と、命じたのであった。

忠太郎は、田代の村で〈にぎりめし〉を食べ、七名の忍びを二手に分け、自分は三名をつれて山中へ入って来たのである。

息を殺し、音もたてず、忠太郎たちは夕闇に溶けこみ、杉林へ分け入った。

と……。

怪鳥《けちょう》のように樹上から舞い下りた人影を見た。

(敵の忍びだ)

忠太郎は二名ずつ二手に別れ、すぐさま、襲撃に移ったのであった。

井笠半四郎は一人を斬り倒して、

(これは、強右衛門どのと反対の方向へ敵をいざなった方がよい)

判断するや、身を躍らせて側面にせまる敵へ肉迫した。

風を切って、敵の手裏剣が半四郎へ殺到した。

もとより、この攻撃は覚悟の前である。

身をくねらせて、木立の間をぬって反転した半四郎が、左に敵の影をみとめるや、さ

っと右手の脇差を左手に持ち替えた。
半四郎の右手から〈飛苦無〉が飛んだ。
一個である。
その一個が、的確に敵の顔面を叩きやぶった。
敵の悲鳴があがった。
恐るべき半四郎の手練ではある。
いま、半四郎のふところには五個の〈飛苦無〉が残っているきりだ。
「うぬ……」
と、野見忠太郎は歯がみをした。
(尋常の忍びではない)
これ以上、手裏剣で攻めても、
(どうにもならぬ)
と知って忠太郎は、脇差を持ち直すや、半四郎の背後へせまった。
ちらとこれを見て、半四郎は杉の幹へかくれる。
忠太郎は左手をあげて、残る一人の忍びに合図をした。
うなずいた忍びは、半四郎が隠れた杉の木の向う側へまわり、猛然と突進して行った。
同時に、野見忠太郎も走り出している。
一気に半四郎を〈はさみ撃つ〉つもりであった。

ほとんど、夜の闇といってもよいほど暗くなった杉木立の空間から、人の叫びと、刃と刃が嚙み合う音と、一種名状しがたい響《とよ》みが一つになってきこえた。

〈闇〉が、炸裂したとでも表現したらよいのか……。

その、凄まじい響音が絶えて、人のうめき声が微かにきこえ、それも消えた。

闇が重苦しくたちこめ、どこかで山鳥の羽ばたきがきこえた。

闇の底から、人影がひとつ立ちあがった。

井笠半四郎である。

野見忠太郎らの〈挟撃〉を、みごとにしりぞけ、二人を斬り殪《たお》したのだ。

合せて四人、武田方の忍びを殪した半四郎の呼吸が、わずかに荒い。

左の肩先に一ヵ所。手傷を受けていたが、重くはないようだ。

(さて、強右衛門どのに追いつかねば……)

しばらく、あたりの気配をうかがっていた半四郎が、脇差を鞘《さや》におさめ、歩き出そうとしたとき、

「待ちやれ」

どこからか、声がかかった。

はっと、半四郎が身を伏せた。

「なつかしや、半どの……」

それは、まぎれもなく、杉谷忍びの於蝶の声だったのである。

「あっ……」

「半どの。生きていやったか……」

「於蝶どのも……」

「あい」

於蝶の声は、頭上からきこえている。

「半どのは、何故、此処にいる？」

「む……」

すぐに、返事はできかねた。

長篠へ来てからの、井笠半四郎の心理の屈折や変化については、簡単に説明しきれぬものがある。

「おれは、於蝶どのをあきらめていた。もはや、この世の人ではないとおもうていた」

「半どの。何故、此処にいる？」

「姿を見せてくれ。おれの前へ来てくれ」

「何故、此処にいるじゃ？」

と、於蝶が追及する声が、急にするどくなってきた。

「いま、於蝶どのは、武田方のために忍びばたらきをしているのか？」

半四郎が反問すると、

「知れたこと。わたしが、いまこの長篠にいるのは、何のためかいうまでもないことじ

「半どのがしたことゆえ、わけをきいた上で、ゆるさぬこともないが、ふ、ふ、ふ、……」

「そういうことになる、な……」

「いま、半どのは、わたしの味方を四人も斬って殪した」

「ふむ……」

や」

於蝶は、半四郎のすぐ傍の杉の木の上へ、躰を移してきているらしい。

声が真上できこえてきた。

「此処で、何をしている？」

追及が執拗《しつよう》であった。

（於蝶どのは、鳥居強右衛門のことに気づいていないらしい）

そう感じると、半四郎は落ちついてきた。

「おれは、あれから、ずっと独りきりだ。これというあてもなく、諸方をめぐり歩いていたのだ」

「なるほど……」

「今度の長篠攻めを見物しに来たのだ、於蝶どの」

あかるい声で、半四郎がいった。

「まことか、な……？」

「まことも何も……おれが、於蝶どのから、どうしてこのようなことをうるさく問われるのだ。おれは、共に虎御前山の織田本陣へ、いのちを捨てて……」

「わかった」

於蝶の声がやわらいだとおもったら、ふわりと半四郎の前へ飛び下りて来た。

於蝶の濃い体臭が、にわかに闇の中へただよいはじめた。

「半どの……」

あえぐようにいい、於蝶のふとやかな双腕が、半四郎のくびすじを巻きしめてきた。

「生きていてくれて、うれしい」

「おれも、だ……」

「ああ。まるで、夢を見ているような……」

たっぷりと濡れた於蝶のくちびるが、半四郎の口をおおった。

半四郎も、夢中になった。

(もう、これまでだ)

と、鳥居強右衛門の身を守ることを、半四郎はあきらめた。

いや、こうなっては断念せざるを得ないではないか。

(だが、強右衛門どのは、うまく仕とげてくれるだろう)

いまは、そのことを祈るよりほかに仕方はない。

「於蝶どの」

抱きしめて、土の上へ寝かしかける半四郎へ、於蝶が、

「待って……」

小むすめのように身をもんで、

「ここは血の匂いがする」

「そ、そうか……」

「こちらへ、早う……」

今度は、於蝶が半四郎の腕をつかみ、杉木立をぬけたところの小さな草原へいざなった。

「半どの、強う抱いて……」

於蝶は、われから草の上へ横たわった。

半四郎と於蝶が、二年ぶりの激しい愛撫に耽溺《たんでき》しはじめたころ、鳥居強右衛門は山腹を下って、荒原の村外れへあらわれた。

「さ、早う。早う……」

山つづきには雁峰峠へ行けなかったので、やむを得ず、村へ下ったのである。

荒原の村をぬけてから、東北の方へ再び山道を行けば一刻（二時間）足らずで、峠へ達することができるだろう。

（場合によれば、今夜すぐに烽火を打ちあげ、おれは、長篠城内へ引き返してもよい）

と、強右衛門は、おもいはじめている。

いまや、最後の目標が、強右衛門の手にしっかりとつかまれようとしている。

（もう、大丈夫）

自信は、強烈なものにふくらんできた。

これまでおもってもいなかった、

（城内へもどろう）

という思案に、強右衛門がとりつかれたのも、そのためであった。

空は、すっかり晴れあがり、星がきらめいていた。

これなら、夜空に烽火を打ちあげても、長篠城から見えるはずだ。

烽火をあげてから、山中を潜行し、寒狭川へもぐりこみ、城の本丸の崖下へ浮かびあがればよい。

今度は、味方のいる城へもどるのだから、崖下へ這いあがったところを、

（敵に見られてもかまわぬ）

のである。

崖下へ着けば、すぐに城兵が救いあげてくれる。

（なんとしても、おれは、おれの口から九八郎様へ、岡崎の模様を知らせたい。おききなされたら九八郎様……いや、殿はどのようによろこびなされるか……）

その、奥平信昌の顔が、

（ぜひとも見たい）

のだ。

信昌が少年のころから、傍につきそってきた強右衛門だけに、こうなると自分の手柄のみでなく、若い主人の歓喜に照り輝く顔が見たくて、胸がわくわくとさわいでくるのである。

あの織田の大軍と、三千もの鉄砲隊を見たら、

（殿ばかりか、武田勝頼も肝《きも》をつぶすにちがいない。殿。やはり、殿とそれがしの考えは、みごとに適中いたしましたな）

うれしくてうれしくて、たまらなかった。

強右衛門が牧原の村へ入って見ると、かたまり合っている十戸ほどの農家には人の気配もない。

このあたりも戦場になるとおもい、村人たちは何処かへ逃げてしまったのであろう。

星あかりに、農家の屋根がぼんやりと浮かんでいる村を、強右衛門は注意ぶかく突っ切り、東の村外れへ出た。

これから、またも山の斜面をのぼりつめて行くと、雁峰峠へつづく尾根道へ、

（出られるはず……）

なのである。

村外れの山道へふみこんだ鳥居強右衛門が、

（や……？）

あわてて、草の中へころげこんだ。

前方に、灯《あか》りを見たような気がしたからだ。

それは、雑木林からもれてくる。

（中に、百姓の家でもあるのか……？）

そうらしい。

村が戦場にならぬと知り、もどって来た百姓の家なのか。または、逃げもせずに居残っていたものか……。

いずれにせよ、強右衛門にとっては関係のないことであった。

強右衛門は身を起し、山道へ出た。

そのとき、何か人の声がしたようにおもった。

す早く、またも草の中へ身を投げた。

息をひそめていると、

「助けて……」

女の声で、そうきこえた。

（女が助けをよんでいる……？）

雑木林の農家から、その声がきこえたのである。

それだけであったら強右衛門は、かまうことなく、山をのぼりはじめていたろう。

だが……。

助けをよぶ女の声につづいて、けたたましい子どもの泣声をきいたとき、われ知らず、

(捨ててはおけぬ)

気持になっていた。

男の濁《だ》み声と、野卑な笑い声もきこえる。

「だれか……たすけ……」

また、女の悲鳴がきこえた。

強右衛門は、清岳の村へ可愛い妻子を残してきているだけに、他人事とはおもえず、

(こんなことに、かまうな)

自分で自分にいいきかせる一方では、

(だれかが、女や子どもに乱暴をはたらいているらしい。見すごして去るわけにはいかぬ)

とおもい、ぐずぐずしているうちに、

「ぎゃあっ……」

どうも、ただごとではない子どもの叫びが、耳へ飛びこんできた。

(子、子どもが、殺されたのではないか……?)

そうなると強右衛門は、無我夢中となり、雑木林へふみこんで行ったのである。

鳥居強右衛門とは、こうした男であった。

胸のうちに、

（このようなことを、してはいけない）

おもいこんでいても、自分の躰の血がさわいでくると、何も彼も忘れて、その熱い血のいざないに身をまかせてしまう。

岡崎への、決死の使者の役目を買って出たときもそうである。

（あぶない。加乃や子たちのことを考えたなら、このようにあぶない役目を引きうけてはならぬ。城が落ちたとき、みなといっしょに武田方へ降参すればよいではないか……）

思いつつ、若い主人の必死な姿に感情を強くゆさぶられ、前後の見さかいもなく、

「それがしがまいります」

と、立ちあがってしまった。

もっとも、そのことをいまの彼は悔《く》いていない。成功は目の前にあったのだから……。

だが、雑木林の中の農家へ近寄って行く強右衛門の脳裡には〈母子の危険を救おう〉という一事しかなくなっている。

無意識のうちに彼は、落ちていたふとい棒切れをつかんでいた。

そっと……。

百姓家の板壁の隙間から、強右衛門は中をのぞきこんだ。

強右衛門の顔色が一変した。

（おのれ……）

激怒が、彼の巨体を燃えたたせた。

四つか五つの子供が顔を血だらけにし、土間へ倒れていた。気をうしなっているようだが、手足がびくびくとうごいている。斬られたのではなく、あたまを撲《なぐ》りつけられたものらしい。

その子の母親らしい女は、火が燃えている炉端へ仰向けにころがされ、着物をはぎとられていた。

はぎとっているのは、三名の武田の兵士であった。

武田軍は、故信玄以来、非常に軍紀のきびしい軍団であるが、中に、こうした兵士がいるのは避けられないことだ。

農婦は、ちからをうしない、わずかにうめき声を発して身をもがいているが、どうにもならぬ。

もう一人、男の子がいた。これは七つか八つほどに見える。強いおどろきのため声も出ず、真青になって土間の隅へすわりこみ、ぶるぶるとふるえている。

「に、逃げて……早う……」

農婦が、きれぎれにいった。子たちへよびかけたのだ。

「む、よう肥《こ》えているわい」

兵士の一人が、むき出しになった農婦の豊かな乳房をつかんで、わめいた。

別の兵士が、農婦の腰のあたりへ押しかぶさってゆく。

もう一人の兵士は、にたにたと笑いながら、土間で恐怖にふるえている子供へ、

「童《わっぱ》、逃げるなよ」

と、いった。

(敵は、三人だ)

と見て、強右衛門は、にわかに勇気がわいてきた。

棒きれを捨て、脇差を引きぬきざま、鳥居強右衛門が板戸を蹴倒し、土間へ躍りこんだ。

笑っていた兵士の背中へ、強右衛門の脇差が突き通された。

「うわ……」

両腕を高く突き上げた兵士は、絶叫をあげて両ひざをついた。

背中から脇差を引き抜くと、兵士が土間へ倒れ伏した。

「あっ……」

「だれだ……」

狼狽《ろうばい》し、農婦の躰からはなれた二人の兵士へ、

「うぬ!!」

猛然と、強右衛門が駆け寄った。

びゅっ……。

すさまじい刃風を起し、強右衛門の脇差が、農婦の下半身からはなれた兵士の顔を横

なぐりに切りはらった。

　血がしぶいた。

　顔面を横ざまに、深く切り割られたそやつは、ひとたまりもなく前のめりに倒れた。

「あ……ああっ……」

　残る一人。こやつは刀も脱し、半ば武装も解いた姿で農婦を犯しかけていたものだから、両手を泳がせ、這うようなかたちで壁に立てかけておいた槍をつかもうとする。

「こいつめ」

　槍をとられてはならぬと、強右衛門が刀を振りかざして突進した。その足が気をうしなっている農婦の腰へ引きかかり、

「あっ……」

　おもわず、よろめいた。

　その隙に、兵士が槍をつかみ、体勢をととのえようとする強右衛門の真向から、

「やあ!!」

　なぐりつけてきた。

　かわしきれずに強右衛門は、脇差をつかんだ右腕で槍を受けた。

　がつん……と槍の柄が強右衛門の腕を叩き、脇差ははね飛ばされてしまった。

　その脇差を拾おうともせず、

「うおっ……」

おめき声を発し、強右衛門は敵兵の腹へ組みついていった。

せまい部屋の中だけに、兵士の槍はつかいものにならぬ。

槍よりも、刀をつかんだほうがこの兵士のためにはよかった。

二人は、激しくもみ合った。

兵士が強右衛門を突き飛ばした。

兵士の腕力は相当なもので、強右衛門は土間へころげ落ちた。

兵士は、左手にまだ槍の柄をつかんでい、

「くそ!!」

柄をつかみ直し、槍の穂先を強右衛門へ向けた。

ちょうど強右衛門が倒れたところに、叩き飛ばされた脇差があったので、夢中でこれをつかみ、片ひざを立てて向き直ったとき、敵兵が槍をくり出してきた。

強右衛門はくびをすくめ、敵の槍を脇差で下からはねあげ、飛びこんで相手の足を切りはらった。

足の骨が切り割られた音がきこえ、よろめいた敵の腹を強右衛門の刃が、すくいあげるようになぎはらった。

三人の敵を殪した鳥居強右衛門の呼吸は荒かった。

闘った時間は、ごく短かったけれども、強右衛門は全精力をつかい果したほどに、疲れていた。

むりもない。

一昨夜から、ろくにねむりもせず、長篠と岡崎を往復しているのだ。

それも、道なき道をえらび、体力にまかせて約三十里も走り、歩きつづけていたのである。

「あ……ああ……」

喉が、痛いほどにかわいている。

土間に、へたへたとすわりこんだ強右衛門は、目をみはってこちらを見ている子どもへ、

「み、水を……」

辛うじて、いった。

子供がふらふらと立ち、手桶に水を入れ、もってきてくれた。

喉を鳴らして水をのみ、一息ついてから、

「は、母か、お前の……」

「うん」

「死んではいない。呼べ」

子供が、仰向けに倒れている母親へ駆け寄って行くのを見てから、手桶に残っていた水を強右衛門はのみほした。

農婦が息を吹き返し、あたりを見まわし、

「あっ、ああっ……」

またしても悲鳴をあげたが、すぐに、すべてがわかったらしい。強右衛門を見て両手を合わせた。

「そこに倒れている子を、早う……」

「は、はい」

兵士になぐりつけられ、土間に倒れていた子どもは、死んでいなかった。水をふくませ介抱してやると、火がついたように泣き出した。

「泣かせるな。声をたててはまずい。この近くには、まだ他の者たちがいるやも知れぬ」

あわてて、強右衛門がいった。

このとき、強右衛門も農婦も、武田方の兵士がひとり、板壁の隙間から中をのぞいていたのに、すこしも気づかなかった。

この兵士は、斬り殪された三人の兵の同僚であった。

山道を見まわっているうち、三人にはぐれてしまい、うろうろしていると、雑木林の中で闘争の物音がきこえた。

駆けつけて見ると、たちまちに同僚三人が、百姓姿の大男に斬り殪されてしまった。

(おれ一人では、とてもかなわぬ)

と、見たのであろう。

この兵士はすぐに百姓家からはなれ、足音を忍ばせて山道へ出るや、まっしぐらに牧原の村の方角へ駆け去ったのである。

このとき……。

井笠半四郎が強右衛門と共にいたら……いや、後をつけていたら、この兵士を決して見逃さなかったろう。

そのころ半四郎は、まだ、於蝶との愛撫に、

(われを忘れていた)

のであった。

「ここにいてはあぶない。子たちをつれて、早く逃げろ」

と、農婦にいった。

この農婦は、去年の夏に夫を病気でうしない、女手ひとつで二人の子を育てていたのだが、今度、戦さがはじまるときいても、逃げて行く場所がなかった、と語った。

「いますこしの辛抱だ。それまで、どこかに隠れていろ。ついて行ってやりたいが、おれは……おれは先を急ぐ。わかったか」

「は、はい」

「それから、もし、だれかに会っても、おれのことは決してもらすな。よいか。わかったな」

「わ、わかりました」

「では、早く、かくれろよ」

これ以上、ぐずぐずしてはいられなかった。

百姓家を出て山道へもどった強右衛門は、あたりに異状がないのをたしかめると、急に重い疲労を感じはじめた。心身をみずからはげまし、山道をのぼり出した。

しばらく行ってから、

（いつまでも山道を歩いていては、あぶない）

と、おもい返し、左側の木立へ、強右衛門は駆けこんで行った。

山林の急な斜面へ、おのれの躰をもみこむようにして、彼はいま残っている自分のちからをふりしぼり、あえぎを高めつつも、しっかりとした足どりでのぼって行く。

木立の上に、すこしずつ星空がひろがりはじめた。

（間もなく、尾根道へ出られるぞ）

また、闘志がわきあがってきた。

間もなく、鳥居強右衛門は尾根道へ出た。

彼は、一気に雁峰峠へ走りはじめた。

どれほど、走ったろう。

尾根道が右へ曲がろうとするあたりで、急に松明《たいまつ》の火がゆれうごくのが見えた。

一つや二つの松明ではない。

前方から、武田の兵士たちが松明をつらねて、見る見るうちに近づいて来る。

あわてて身を返した強右衛門が今度は声に出して、

「しまった……」

と、叫んだ。

すぐ近くの山道から、尾根へ駆けあらわれた武田の兵士が、

「いたぞ。ここにいたぞ!!」

大声をあげたのである。

走りざま、強右衛門は、その兵士へ脇差をたたきつけた。

「ぎゃあっ」

槍の柄を二つに切り割られ、陣笠ごと頭を切られた兵士がのけぞったときには、

「ここだ!!」

「逃すな」

わらわらと尾根道へあらわれた七名の兵士が、いっせいに槍の穂先を強右衛門に突きつけてきた。

前方から来る一隊も、このさわぎをききつけ、たちまちに駆け寄って来る。

合せて二十名ほどの兵士たちが、押し重なって強右衛門へ飛びかかった。

強右衛門の脇差は叩き落され、あたまを槍の柄でなぐりつけられた。

こうなっては、もう仕様がない。

あたまを肩を、腰を足を、いくつもの槍になぐりつけられ、さすがの強右衛門もつい

に倒れた。

敵は、折り重なるようにして強右衛門を押えこみ、幾重にも縄をかけた。

こうして、強右衛門は武田方の捕虜となったのである。

それから、しばらくのちになって……。

於蝶と井笠半四郎は山を下り、荒原の村外れの小川で水浴びをしていた。

二人とも素裸になり、川水をはね散らしながら、ふざけ合ったり互いの躰を洗い合ったりした。

いまの二人は、何も彼も忘れているらしい。

「半どの。七尾山の洞穴をおもい出す」

「おれもだ、於蝶どの」

「たのしかったな」

「まことに……」

島の道半が、地の底からにじみ出たように小川の岸へあらわれたのは、このときである。

道半は、こういった。

「於蝶どの。峠で烽火をあげた奥平の武士が、いま捕えられまいたぞ」

道半の声に、井笠半四郎は、

(しまった……)

と、おもった。

「やはり、徳川の忍びかえ？」

於蝶が裸体のまま、平然と岸辺へあがり、道半に問うた。

「いえ、それが……忍びの者とはおもわれぬ男じゃったそうな」

「ふうむ……」

「その男は、医王寺山の御本陣へ引き立てられて行きましたぞ」

いいさして道半が、川の中に上半身を見せている半四郎へ、あごをしゃくって見せ、

「於蝶どの。あの男は？」

「ふ、ふふ……あれが、井笠半四郎どのじゃ」

「ほう……生きていましたので？」

「運の強い男よ」

衣類を身にまといつつ、

「半どの。早う……」

と、うながした。

半四郎は落胆を隠し、川岸へあがってきた。

「わたしと出会うたからには、もはや戦さ見物でもあるまい。のう半どの」

於蝶に、そういわれてみれば、これにさからう理由はないのである。

ふたたび、於蝶と共に〈忍びばたらき〉ができることは、

（うれしくない、こともない）

のである。

しかし鳥居強右衛門が、峠の上から、

「いまもどりまいた。岡崎には織田軍がみちみちておりますぞ」

と、烽火をもって長篠城内の奥平九八郎信昌へ知らせることが出来なかったのは、

（いかにも残念……）

でならなかった。

「於蝶どのよ。この道半を半四郎どのに引き合わせてくだされ」

たまりかねたように、島の道半がいった。

「お、忘れていた。このお人は、杉谷忍びの島の道半どの」

「お名前は、かねがね……私が杉谷家へあずけられておりましたとき、道半どのは甲賀に見えませぬでしたな」

「さよう。遠国《おんごく》へ出ておりまいたのでな」

「よろしゅう、おねがいつかまつる」

「や。こちらこそ……」

「さ、二人とも。早う御本陣へまいって見よう」

半四郎は於蝶にしたがうよりほかに、道はなかった。

（もしも、隙があれば強右衛門どのを救い出し、逃がしてやりたいものだ）

いまの半四郎の脳裡は、そのことでいっぱいであった。

「半どの。これからまた、たのしゅうなる」

於蝶が、半四郎の耳へささやいてきた。

この夜。

井笠半四郎は、ついに、鳥居強右衛門を救い出す機会を見出せなかった。

於蝶たちは、武田本陣に近い山すその一角にある柏木市兵衛の陣所へ入ったが、

「これなるは、われらと同じ杉谷忍びの生き残りにて、半四郎と申しまする」

と、於蝶が市兵衛や、武田忍びをたばねている杉坂十五郎へ引き合わせたのち、すこしも半四郎からはなれようとはせぬ。

（これは、もう、いかぬ）

半四郎は、あきらめざるを得なかった。

そのころ……。

鳥居強右衛門は、本陣の中で、武田勝頼の前へ引き出されていたのである。

勝頼のまわりには、武田方の老臣・重臣がずらりと居ならび、強右衛門を見まもっていた。

「お前か、昨日の早朝、雁峰峠で烽火を打ちあげたのは……」

勝頼の問いに、こたえようともせぬ強右衛門であった。

強右衛門は、三年前に、主人の奥平父子が武田軍に参加し、三方ケ原へ出動したとき、

父・武田信玄と共に出陣していた勝頼を何度も見ている。

そのときにくらべて、いまの勝頼は、

(まことに、立派になられた)

と、強右衛門は感嘆をした。

三年前の精悍そのものの風貌は消えていないが、ようやくに武田家の総大将としての風格と自信が、勝頼の声や挙動にあらわれてきはじめている。

強右衛門を取り調べる口調にも余裕があり、決して怒ったりはしなかった。

「お前は、岡崎へ助けを求めに行ったのであろう」

「……」

「どうじゃ?」

強右衛門は、こたえない。

勝頼が、にんまりと笑って、

「強情なやつめ。名は、何と申す」

「鳥居強右衛門と申します」

「や、はじめて口をきいたな」

「名乗るほどのことなれば、わけもない」

「こいつ、おもしろいやつじゃ」

武田勝頼は、強右衛門には好感を抱いたらしい。

「これ、以前は、お前も奥平の家来として、わしや、亡き父上と共に戦ったのであろうな」

「……………」

「どうじゃ？」

「おおせのとおりでござる」

「それが、いまは敵味方か……」

「はい」

「戦国のならいであるな」

「さようで」

「岡崎の様子は、どうであった？」

こたえはない。

だが、武田勝頼を見ているうちに、

（この大将も、なかなかにえらい）

と強右衛門はおもいはじめている。

自分の不遜な態度をとがめようともせず、怒りもせず、絶えず微笑をふくんでいる勝頼に好意をもった。

「岡崎の様子を、城中へ知らせるために、お前は引き返して来たのじゃな」

「……………」

「大胆なやつではある」

「……」

「よし、では、わしが申すことをきけ。もしもきかぬなら、お前のいのちはない」

「わかっております」

「明日の朝、お前を河原へ引き出そう。そのとき、大声で城中の奥平九八郎へ叫ぶのじゃ」

「なんと、叫びますので？」

「岡崎からの援軍はまいらぬ、と申せ」

「それは……」

「申せぬか」

「申せませぬ」

「これ、強右衛門。わしに降参するは武士の恥ではないのだぞ。おもうても見よ。お前は、一命をかけて城をぬけ出し、岡崎へ馳せつけて、立派に役目を果したのではないか。そうであろう」

「はい」

強右衛門は、すこしずつ、武田勝頼に素直になってゆく自分を感じていた。

（そうだ。おれは役目を果したのだ）

ここで、自分が死んでしまっては、妻の加乃や子供たちに、もう会うこともできぬ。

子供たちは〈父《てて》なしご〉になってしまうのだ。

急に、強右衛門は張りつめていた気力がなえてゆくのを感じた。

(これまでだ。もう、どう仕様もないではないか)

すると勝頼が、

「わしの家来になれ」

と、いった。

「奥平九八郎も、いずれは、わしに降参するのじゃ」

とも、いった。

「いさぎよく降参するのも、また武士の本懐《ほんかい》なのだぞ」

「は……」

「どうじゃ。わしの申すことをきいてくれるか」

強右衛門は、うなずいた。

いや、うなずいてしまった。

「いさぎよいやつ」

と、勝頼がほめた。

世辞をつかっているのではない。そのころは、いのちを惜しむことが恥とされなかったのである。

戦国の武士は、

（勝つときも、負けるときも、いさぎよく……）

であった。

（おれも、やれるだけのことはやった）

のである。

成功の〈のぞみ〉があったから、いのちを賭けて城をぬけ出したのだ。

ところが、いまの強右衛門には、まったく成功の〈のぞみ〉がないのだ。

成功の目あてもないのに、

（死ぬわけにはゆかぬ）

のであった。

これが、戦国の武士の常識なのである。

（主人のためには、何が何でもいのちを捨てて忠義をつくす）

などというモラルは、ずっとのちに徳川家康が天下を取り、徳川幕府が日本の政権をつかんでから出来あがったものである。

（殿も、おれの気もちをわかって下されよう）

と、強右衛門はおもった。

夜が明けぬうちに、鳥居強右衛門は武田の本陣から、長篠城の野牛門と川をへだてた陣地へ移された。

城内では……。

この日いっぱい、本丸の櫓の上に立ちつくして雁峰峠の烽火を待っていた奥平九八郎信昌が、居館の中で、武装のまま、ぐったりと横たわっていた。

心身は疲れきっている。しかし、ねむれなかった。

（まだ、明日がある）

そうおもってはいても、しだいに、信昌は絶望的になっていた。

そして、いつの間にか……。

奥平信昌は、浅いねむりに入っていたのである。

「殿……殿……」

侍臣が呼ぶ声に、信昌は目ざめた。

「烽火が、あがったのか？」

すぐに問いかける若い主人に、その家来は沈痛にかぶりをふって見せた。

「どうした？」

「鳥居、強右衛門が……」

「なに……？」

「強右衛門が、武田方に捕えられまいた」

「何と申す」

「いま、河原に引き出されておりまする」

すでに、朝の陽がのぼっている。

奥平信昌が、はね起きた。

「殿に、申しあげたきことがあるそうで……」

「だれが?」

「強右衛門が、でござります」

ものもいわず、信昌は枕もとにあった青竹の指揮杖をつかみ、外へ飛び出して行った。

この日。

天正三年五月十七日である。

鳥居強右衛門が、十余名の武田兵にかこまれてあらわれたのは、二つの川の合流点より、すこし寒狭川へ寄った河原であった。

強右衛門の背後には、武田軍がひしひしとつめかけてい、総大将の武田勝頼も本陣を出て、この場所に来ていた。

空が、まっ青に晴れあがっている。

朝の陽が山の稜線《りょうせん》をぬけ出し、渓流へ落ちかかっていた。

と……。

武田の鉄砲隊が十名ほど河原へ出て、鉄砲を空に向けて撃ち放った。

その銃声は谺音《こだま》をよんで、おそろしいまでの響きを城内につたえた。

「あっ……強右衛門だ」

「捕えられたか……」

本丸や野牛曲輪の城塁へ、奥平の将兵があつまり、かたずをのんでいる。

百姓姿の強右衛門は両腕を堅くいましめられ、その縄尻を二人の兵がつかんでいて、あと十名ほどの兵は槍の穂先をつらね、強右衛門を包囲していた。

奥平九八郎信昌が本丸の塁上へあらわれたのは、このときである。

黒の鎧の上に、麻を黄に染めた陣羽織をつけている信昌の姿は、強右衛門の眼にもはっきりと見えた。

「と、殿……」

おもわず強右衛門が口走った。

すると、つきそっていた武田の武士が、

「さ、申せ」

と、うながした。

強右衛門は、うなずいた。

「おーい……」

強右衛門の大声がひびきわたった。

奥平信昌が身を乗り出してくるのが、遠目《とおめ》にもわかった。

「鳥居強右衛門でござる。殿に……殿へ申しあげます」

これから自分がいうことは、みな〈うそ〉である。そのことを聡明な奥平信昌は、

(きっと、見やぶって下されよう)

と、おもった。

（おれは、武田方に捕われた身なのだ。仕方なく、うそをつくのだ。それが、あの殿にわからぬはずはない）

岡崎からの援軍が来ない、ときけば、一時は動揺もするであろうが、よくよく考えて見れば、自分の〈うそ〉を察知してくれるのではないか……。

（殿。それがしの申すことをおききになっても、決して城を開けわたさるるな。あと一日の辛抱でござるぞ）

と、強右衛門は、こころに祈った。

「早く、申せ」

武士が強右衛門の肩を突いた。

「殿。強右衛門めにござる」

もう一度、呼びかけると、城塁の上の奥平信昌が、手にした青竹の指揮杖を高々とあげた。

信昌は、指揮杖をゆっくりと、何度も打ち振って見せた。

「わかっているぞ。よく仕てのけてくれた」

と、その指揮杖のうごきは、信昌の声を強右衛門につたえてくるかのようである。指揮杖のうごきに、強右衛門は主人のいたわりのこころを、たしかに見たのだ。

（おお……殿……）

出来ることなら、宙を飛んで行き、信昌をちからいっぱい抱きしめたかった。

(殿とそれがしの考えは、みごとに適中しておりましたぞ。織田・徳川の大軍は、いまごろは岡崎を発し、こなたへ向っております。これより、それがしが申すことはみな、うそでござる。早まって城をわたさるるな。よくよく、それがしのこころをお察し下され)


おもいつつ、強右衛門は奥平信昌をひたと見つめて、

「殿。織田・徳川の後詰めは……」

と、叫んだ。

叫んだ瞬間、強右衛門はわれにもなく、強烈な衝動を押えきれなくなってしまった。

あたまに血がのぼり、全身が燃えるようであった。

「織田・徳川を合せて四万の大軍、すでに岡崎を発し、こなたへ進みござある。早まって城を開けわたしてはなりませぬぞ」

よどみもなく、一気にいってのけたのである。

「こやつ……」

「おのれが、よくも……」

武田の兵たちが躍りかかり、槍の柄で強右衛門を撲りつけた。

うわぁ……。

と、城塁へ鈴なりになっていた奥平の将兵が、どよめいた。

その、どよめきの中から、

「強右衛門、強右衛門!!」

と叫ぶ、奥平信昌の大音が、蹴倒された強右衛門の耳へとどいた。

(ああ、殿……)

蹴られ、撲られて河原をころげまわりながら、強右衛門は、

(ああ……何故、おれは、あのようなことを叫んでしまったのか……)

自分で自分が、わからなくなっていた。

このありさまを、陣地の一隅にいて、於蝶も半四郎も見ていた。

半四郎は、瞠目していた。

強右衛門が、よもや、ここまでやるとはおもっていなかった。

武田勝頼の命令のままを、城内へつたえることを強右衛門が承知した、と、半四郎も於蝶もきいていたのである。

強右衛門は、すぐに武田の陣所の中へ引きもどされて行った。

城内のどよめきは、なかなかに消えなかった。

奥平信昌ひとりが、佇立《ちょりつ》したまま身じろぎもせぬ。

半四郎が武田忍びたちと見ている場所からでは、信昌の顔の表情はまったくわからない。

それだけに、半四郎は信昌の胸の底の烈しい鼓動がきこえるようであった。

「あのような男が、奥平の家来の中にいたとは、なあ……」

と、於蝶がささやいてきた。

「於蝶どの。あの男は、もう助かるまいな？」

「知れたこと。それ、見たがよい」

於蝶が、河原を指した。

兵士たちが、長い磔刑柱《はりつけばしら》を河原へ担ぎ出して来たのだ。

それを見て、城内のどよめきがぴたりと熄《や》んだ。

だれの目にも、強右衛門の処刑があきらかとなったからである。

どよめきがやんで、樹間にさえずる鳥の声が、あざやかによみがえってきた。

敵も味方も、いまは息をのんで河原を見まもっていた。

老鶯《ろうおう》が、しきりに囀鳴《てんめい》している。

山々に、ようやく夏がおとずれた感がする。

武田勝頼も、さすがに激怒し、

「すぐさま、はりつけにせよ」

と、命じ、強右衛門の顔を見ようともせず、本陣へ引きあげてしまった。

城塁に立ちつくしたままの奥平信昌の顔は、熱いものにぬれつくしていた。

「殿。強右衛門が……」

傍の家来が、ほとばしるようにいった。

見ると……。

いま、強右衛門が武田の兵士たちにかこまれ、陣所から出て磔刑柱へ歩みはじめたところであった。

強右衛門の躰から、着ているものがすべて、はぎ取られていた。

彼が身につけているものは、ねずみ色の下帯だけであった。

たくましい強右衛門の裸体が強い陽ざしをうけ、赤黒く光っていた。

「それっ……」

むしゃぶりつくように兵士が飛びかかり、強右衛門を磔刑柱へしばりつけた。

横たえられてあった磔刑柱が、強右衛門を乗せて起きあがった。

河原に掘られた穴へ、柱の根元が押しこまれ、ふとい柱が綱に引かれて高々と河原へ立った。

夏のうぐいすは、あくまでもほがらかに鳴きつづけている。

(これで、もう終りだ。おれという人間が、この世からいなくなる……)

あまりの呆気《あっけ》なさに、強右衛門はおどろいていた。

妻や子供たちの顔があたまの中に浮かび、笑いかけていた。

川をへだてて正面に見える本丸の城塁も、そこに群れあつまり、自分を声もなく見まもっている奥平の将兵たちも、強右衛門の眼に入ってはいなかった。

強右衛門は、城の上の空を仰いでいる。

(加乃。子どもたち……おれはついに、このような死様《しにざま》をすることになってしまった。何故か、わからぬ。ゆるしてくれい。だがな、殿は、きっと、お前たちのことをしあわせにして下さるだろうよ)

妻や子に、よびかけている強右衛門の真下へ、駆け寄って来た四人の兵が、

「強右衛門。覚悟はよいか!!」

と、わめいた。

四本の長槍が、強右衛門の胸板へつきつけられた。

(いよいよ、死ぬのだ……)

活《かっ》と、強右衛門は両眼を見ひらき、長篠の城塁を見すえた。

強右衛門の裸体は緊張のため、堅く堅く引きしまり、充血していた。

奥平信昌が両手を合せ、磔刑柱へくくりつけられた強右衛門をふしおがんでいる。

他の将兵も、いつしかこれにならっていた。

ぎらぎらと光る四つの槍の穂先は、いったん引かれた。

そして、

「ありゃあ、りゃっ……」

という気合声と共に、強右衛門の裸体へ、先ず二本の槍先が突きこまれた。

強右衛門の胸板から、血が噴出した。

城内の将兵は、どよめいた。怒りのどよめきであった。

「えい!!」

「おう!!」

入れかわった二人の兵が、同時に槍を突きあげた。

これは、強右衛門の腹を突き刺した。

おそろしい勢いで血がふき出し強右衛門の裸身が真赤に染まった。

がくりと、鳥居強右衛門のくびがたれた。

どよめきが、静止した。

武田の将兵も鳴りをしずめている。

したたるような緑におおわれた山も川も、城塁も、この一瞬は死んだようにしずまり返ったのである。

ときに、鳥居強右衛門勝商《かつあき》は、三十六歳であった。

# 設楽原

鳥居強右衛門が、処刑された翌日の五月十八日朝になって……。

織田・徳川の聯合軍が、姿をあらわした。

織田信長は、長篠城の西方、設楽原《したらはら》とよばれる小盆地へ出て、極楽寺山という小丘へ本陣を置いた。

徳川家康は、それより長篠寄りの高松山へ陣をかまえたようだ。

設楽原と長篠は、さしわたしにして、約一里半ほどであろうか。

これほどの近間に敵の大軍がせまったとなれば、武田勝頼も長篠城を攻めているわけにはゆかない。

強右衛門が、いのちを捨てて〈岡崎からの援軍到来〉を告げたため、城内の奥平勢は一度に気力をもり返し、

「強右衛門の敵を打て!!」

とばかり、武田軍に攻め取られた弾正曲輪へ発砲したり、矢を射かけてきたりしはじめた。

強右衛門が死んだ十七日の夜などは、濠《ほり》をこえた奥平の兵たちが、弾正曲輪へ奇襲をかけたりしたものだ。

怒った武田勝頼が、一時は、

「今夜のうちに、城を取ってしまおう」

と、いい出したりしたが、こうなっては城兵の抵抗の強さが、おもい知られるばかりで、こちらの出血がひどいものになるばかりだし、城攻めに兵員を配置したのでは、背後から織田・徳川軍が襲いかかって来た場合、うごきがとれなくなってしまう。

そこで勝頼は意を決し、長篠城の監視として、小山田昌行・高坂昌澄・室賀信俊の三将に二千の兵をあたえることにし、残る兵力を、西方からせまる敵軍に備えて配置することにした。

織田・徳川両軍は、合わせて四万に近い。

これに対して武田軍は二万に欠けている。

老臣の馬場信春などは、

「いまは兵を引き、いったん甲斐へ、もどったほうがよろしゅうござる」

と、武田勝頼に進言をした。

「いかにも……」

勝頼も、これを無下《むげ》にしりぞけようとはおもわなかったが、

（山々にかこまれたこのあたりで、戦さをするとなれば、二倍の敵とても恐れるべきでない）

という気もちになってもいた。

敵の兵力の配備を見きわめた上で、こちらが集中的に打って出れば、敵は大軍だけに却ってうごきにくい。

いざ、戦闘になれば、勝頼には、

「織田・徳川に負けてなろうか」

という自信が大きかった。

一説には……。

武田家の老臣・馬場信春が、

「このたびは、ぜひとも軍をおさめ、あらためて徳川を討つがよろしゅうござる」

と、主張してゆずらなかったといわれている。

しかし、跡部《あとべ》大炊介《おおいのすけ》のような主戦重臣派が武田勝頼に味方をし、馬場・山県・内藤・原など、故信玄以来の老臣たちの慎重さを、しりぞけてしまうかたちとなった。

馬場信春は、

「もし、織田・徳川の大軍を相手に、どうあっても戦うというのならば、先ず、長篠の

城を攻め取ってしまったほうがよい。それなら、敵にうしろを見せて引きあげる汚名もこうむらず、われらの武名も傷つくまい」

といい、どうにかして勝頼を、決戦へふみ切らせぬように、説きふせようとした。

しかし、いずれにせよ、敵の大軍は眼前にせまっているのである。

「長篠城を攻めているうしろから、押し寄せて来たら、結局は決戦にもちこまれるのであって、

「それならば、むしろ、こちらから出て行き、戦ったほうがよい」

と、軍議は決定した。

「半どのは、どうおもう?」

於蝶《おちょう》が半四郎に問うた。

「さて……忍びの戦さと大将が軍勢をひきいて戦うのとでは、まったくちがう。おれには、わからぬな」

「半どのは、武田方に勝たせたくはないのかえ?」

「む……それは、勝たせたい」

仕方なくこたえはしたが、いまの半四郎は、鳥居強右衛門が一命を捨ててはたらいたことの、むだではなかったことをよろこぶ気もちで、いっぱいなのである。

武田方の忍びも、いそがしくなった。

織田・徳川の忍びたちも、四方に散って、こちらの動静をさぐっているにちがいなか

った。

こちらも同じように、さぐりをかけねばならぬ。

忍びどうしの闘いも激しくなるにちがいなかった。

半四郎も於蝶も島《しま》の道半《どうはん》も、それから武田軍のだれもが、織田信長が三千もの鉄砲を備えていようとは、考えていなかった。

また、そのことを知っていたとしても、武田勝頼は〈決戦〉をおもいとどまろうとはしなかったにちがいない。

敵と味方が開戦のときに、ひとしきり鉄砲を撃ち合い、それからすぐに白兵戦となる。これが当時の戦闘の常識であった。

当時の鉄砲は連発がきかぬ火縄銃で、一度撃ってから、次の弾を撃つまでの仕度が、なかなかに手間どる。射程距離も短い。

設楽原の北方は、木曾山脈につづく山また山であって、その山の尾がいくつにも別れて平地へ伸び、小さな丘陵をつくっている。

織田信長が本陣を置いた極楽寺山も、徳川家康の本陣・高松山もこうした丘陵の一なのである。

織田軍三万、徳川軍八千。合せて四万に近い軍勢が、すこしずつ設楽原へ進出し、周囲の武田軍を警戒しながら、陣地を構築した。

織田信長は、このとき、

「武田軍を根切にする」

と、いいはなっている。

根切とは、全滅させることだ。

信長はこれまで、同盟中の家康を応援に行こうとして、そのたびに近江や京都から目をはなせず、いつも家康に苦い汁をのませつづけてきた。

天下統一を眼前にひかえていながら、背後にせまって来る武田の強兵に、

(これ以上、おびやかされてはたまらぬ)

のである。

それだけに信長の闘志は、すさまじく燃えあがっていた。

徳川家康の本陣は、最前線といってよい。

それより半里(二キロ)うしろに織田信長の本陣がある。

設楽原へ着くや、信長はすぐさま、家康の本陣の前面に、武田の騎馬隊の突撃をふせぐための、柵を構えさせた。

そして、その北側に、織田軍の部将・滝川一益、丹羽長秀、羽柴秀吉の軍勢を配置した。

これらの陣所の前面にも、馬塞《うまふさ》ぎの柵を張りめぐらした。

この柵に使用する木材は、すでに岡崎で切り組ませたものを用意して来たのだ。そのために岡崎出発が遅れたのである。

馬塞ぎの柵を、陣地の前に張りめぐらすことは信長が考案したものであって、これは信長が、武田の騎馬隊の猛烈な突撃を、いかに重視していたかがわかる。

馬塞ぎの柵は、二十余町ほども二重三重に張りめぐらされ、しかもその間に乾堀《かわきぼり》を掘り、土居まで築いてしまった。

織田信長は、岐阜の本城を出発するにさいして、

「兵ひとりごとに、柵木一本、縄一把をたずさえて出陣せよ」

と、命を下している。

長さは約六尺。直径三寸余の木材を兵一人ずつに用意させたので、合わせて三万に近い柵木が、出陣と同時に得られたわけだ。

信長も、よくよく考えたものである。

武田勝頼は、長篠城の押えとして二千を残し、さらに、長篠城の東方にそびえる鳶《とび》ノ巣山の砦にも、二千の兵を置いた。

そして、みずからは約一万五千の兵をひきいて、決戦にのぞんだのである。

兵を十三段に分けた勝頼は、寒狭《かんさ》川を越え、設楽原の敵軍を目ざしてすすんだ。

そして、二十一日の朝になると、徳川家康の本陣の東面約一キロメートルのところの小丘陵に〈本陣〉を置いたのであった。

こうなっては、双方の〈忍びの者〉も、それらしい活動をしめすことができなくなる。

両軍ともに迫り合い、たがいに軍容をさらけ出して、にらみあっているのだから、忍

びばたらきも必要ではないともいえよう。

これより先……。

すなわち前日の二十日に、織田信長は徳川方の重臣・酒井忠次《ただつぐ》をまねき、

「武田勢は、こなたへ押し進んでまいる。そこで、われらは南から山をまわって、鳶ノ巣山の砦をうばい取ってしまいたい。どうじゃ？」

と、もちかけた。

むろん、それが成功するなら、効果は大きい。

つまり、敵の後方にある敵の拠点を攻め取ってしまえば、敵は退路をふさがれたかたちにもなるし、こちらが敵を包囲したかたちにもなる。

敵の心理的な動揺も、

「大きい」

と、信長は見たのであった。

酒井忠次は、ひとまず陣所へ帰り、このことを主人の家康に告げると、

「織田殿の申されること、もっともである」

家康も同意をした。

家康としては、自分の領国の内で戦うのであるから、最前線で奮闘しなくてはならぬし、このさい信長のいうことにはさからえぬ立場にある。

それは別にして、家康は信長のおもいきった応援を得ての決戦であったから、

闘志を燃やしていた。三方ケ原以来、武田軍の来攻に対し、歯を喰いしばって我慢を重ねてきただけに、作戦にも意欲的であった。

「今度こそは……」

「では、それがしがまいる」

といい、酒井忠次は二千余をひきいて鳶ノ巣山を攻めることになった。

信長は鉄砲五百挺をあたえ、これに自軍を割《さ》いてあたえた。

酒井部隊は、豊川をわたって山間へ入り、吉川の観音堂のあたりで馬を捨て、徒歩で鳶ノ巣山へ向った。

南からまわって来る、この敵のうごきに、武田軍はすこしも気づいていなかった。

のちに……。

さすがの於蝶も、

「あのとき、あのようなまねを信長や家康がしようとは、おもうても見なかった」

と、告白している。

そのとき、井笠半四郎は笑って、

「おれがいうたのは、そのことだ。そこが、忍びの戦さとはちがうところなのだ」

と、こたえた。

夜の闇の中を、酒井部隊は、ほとんど松明《たいまつ》もつけずにすすんだ。

非常に困難な行軍であったらしい。

酒井忠次は、このあたりの地理にくわしい豊田藤助・近藤秀用《ひでもち》の二人に案内をさせ、二人は木に縄を張って山路の目じるしとし、後からつづく部隊をみちびいたという。

こうして……。

二十一日の朝に、酒井部隊は鳶ノ巣山へのぼり、いっせいに戦旗をかかげ、

「うわあ……」

すさまじい鬨《とき》の声をあげて攻めかかった。

この鳶ノ巣山の攻防は、激烈をきわめたもので、砦は三度うばい取り、うばい返された。

あの、大久保彦左衛門が講談などで自慢にした〈鳶ノ巣山の戦い〉は、このときの戦闘なのである。

そして、ついに武田勢は敗れて敗走することになるのだが……。

酒井部隊が攻撃を仕かけた少し前に、設楽原では武田と織田・徳川両軍の戦端が切って落されていた。

両軍が、この決戦に投入した兵力は、戦記・史書によっていろいろにちがう。

いずれにしても、両軍の全兵力ではない。

両軍とも、それぞれに兵を分けているし、実際に設楽原で戦ったのは、織田・徳川軍が二万余。武田軍が一万ほどではなかったろうか。

攻撃は、武田軍から仕かけられた。

武田の将・山県昌景がひきいる部隊が、押し太鼓を打ち鳴らし、徳川軍の陣地へ攻めかけて行ったのだが、張りめぐらされた柵に近づくと、徳川方は大量の鉄砲を撃ちかけてきた。

山県部隊は、徳川方の鉄砲の量が多いのに、目をみはった。

連発ができなくとも、三段構えになった鉄砲隊が、交替で撃つのだから、連発に近いものとなるわけであった。

ばたばたと兵が倒れる。

それにも屈せずに、山県昌景は第一の柵を突破した。

これで、いよいよ、白兵戦に移れるとおもったのだが、そうはゆかない。

第二の柵が張りめぐらされていて、その間に濠《ほり》が掘ってある。

「それ、押し進め」

と、しゃにむに進む横合いから、敵の槍足軽が、喚声をあげて迎え撃った。

「なんの!!」

こちらも猛然と闘うのだが、なにしろ、あたりいちめんに穴が掘りめぐらされているのだから、闘いにくいことおびただしいのだ。

それでも、敵の足軽隊をしりぞけ、第二の柵へ接近するや、

「待っていたぞ」

とばかりに、すでに、第二の柵内へ入っていた鉄砲隊が、いっせいに射撃をした。

武田勢が、おもしろいように倒れる。

「敵に、これほどの用意をしてあろうとは……」

すこしも気づかなかった。

このままでいては、全滅するよりほかはない。

ついに、山県昌景は部隊に退却を命じた。

山県部隊につづいて突撃して来たのは、武田信廉《のぶかど》の部隊である。

山県昌景が、敵陣の様子を知らせる間もなく、武田部隊が突進した。

これは、家康の本陣へ向って攻めかけたのだが、結果は同じである。

これも退却する。

三番手は、いよいよ武田の騎馬隊が出撃した。

つづいて四番手の武田信豊が〈黒武者〉とよばれる勇猛な騎馬隊をひきい、猛進する。

これに対して、織田信長は三千挺の鉄砲を徹底的につかい、戦闘員は、ほとんど足軽だけですませたという。

それほどに、鉄砲と柵と濠との合体作戦が、効果をあげたことになるわけだ。

とにかく、あれほどに強い武田軍が、馬もろとも、おもしろいように倒れる。

柵の手前まで突進して来るのを鉄砲で倒す。ひるんで、いったん引き退く武田軍へ、足軽隊が長槍をなぐりつけるようにして迎え撃つ。

態勢を立て直した武田軍が、ふたたび攻めかけると、足軽部隊は柵の内へ引きこんでしまう。

「それ、いまこそ」

と、武田軍が再び柵へ近づく。

すると、この間に弾丸をこめておいた鉄砲隊があらわれ、二段、三段に交替して撃ちまくるのである。

鉄砲の数量が多かったことは事実だが、これを有効に使いきった織田信長の作戦と用兵が、これまでの戦場には見られなかった〈新しさ〉をそなえていたことに注目すべきである。

鉄砲と柵と濠……。

この三つに、勇猛をほこる武田軍が、完全に打ちのめされた。

於蝶と半四郎と道半は、雁峰《がんぼう》峠の峰つづきの山から戦場を見下し、声もなかった。

「これは、どうしたことじゃ？」

於蝶が、たまりかねて、

「あれほどの鉄砲が、あったとは……」

「うむ。姉川のときや、小谷攻めのときとは、まったくちがう。戦さの仕方がちがう」

と、半四郎も興奮をおさえきれぬ様子だ。

それでも尚、武田軍は執拗に攻撃をくり返している。

くり返すたびに、兵力が減ってゆくのが、目に見えてわかる。

織田信長は、昼前に極楽寺山の本陣を、徳川家康の本陣へ移し、合流した。

これは、何を意味するか……。

「家康が突きくずされたら、おれが食いとめよう」

という、その必要がなくなったからだ。

最前線を突き破られる心配がなくなったからだ。

足軽隊を出しては敵をおびきよせ、これを鉄砲で撃ちまくる。このくり返しなのだ。

それをまた武田軍は、飽くことなく、くり返しては退却して行くのである。

「いつかは、柵も破れる」

とおもい、

「鉄砲だとて、いつまでつづくものではない」

と考え、

「われらの強兵が負けるはずはない」

と、自信をかきたて、そのたびに突撃し、そのたびに退却する武田軍なのであった。

そして、武田軍は、山県昌景・内藤昌豊・土屋昌続《まさつぐ》などの重臣や、武田信虎・信玄・勝頼の三代につかえた老臣である馬場信春までも、この戦場で戦死させてしまった。

戦闘は、未《ひつじ》の刻（午後二時）ごろに終った。

武田勝頼は、あまりにも無惨な敗北が「信じられぬ」といった顔つきで、むしろ茫然と、鳳来寺《ほうらい》の方向へ退却して行ったのである。

戦記によると……。

設楽原の決戦が開始されようとしたとき、武田家の重臣・山県昌景は、武田勝頼の本陣へ使番を走らせ、

「敵の攻めかけて来るまで、お待ちなされ。こなたから攻めかけては不利でござる」

と、進言をした。

すると勝頼は、鼻で笑って、

「いくつになっても、いのちは惜しいと見える」

こう、つぶやき、

「進撃せよ」

の命令を下した。

これをきいた山県昌景は激怒し、

「それならば、わしの死様を、見せてくれる。みな、討死じゃ」

と叫び、出撃し、戦死をとげた。

このように、老臣・重臣たちと武田勝頼とは事ごとに意見が合わず、老臣たちは亡き信玄の偉大さをしのんでたのしまず、勝頼はまた、若い自分のいうことをこころよくきかぬ老臣たちとなじまず、その結果が設楽原の大敗北をまねいた、というのである。

山県のみではない。

馬場信春も内藤昌豊も、

「このような主人につかえていても、もはやむだじゃ。武田家がほろびるのは目に見えている。われらはいさぎよく、この戦場で死のう」

といい、無謀きわまる突撃をあえて敢行し、戦死をとげたというのだ。

それが、どこまで事実であったか……。

いずれにせよ、信玄亡きのちの武田家が、それに近い内紛があったろうことは推察できる。

勝頼も豪勇の大将ではあるけれども、亡き父・信玄にくらべられたのでは、たまったものではあるまい。

設楽原の決戦を見ても、武田家に名高い老臣たちが狂気のごとく突撃をくり返しているのは、いささか異常にもおもえる。

武田軍は、織田・徳川軍の鉄砲があまりにも大量であったことに、気づかぬわけではない。

だが、それにしても、これだけ鉄砲をうまく使い、息をつく間もない武田軍の突撃を次から次へ、あざやかにさばいて、これを打ち叩き追い退けようとは、武田軍も考えおよばぬことであったろう。

武田方の〈忍び〉たちも、これには瞠目《どうもく》していた。

それだけに、

「くやしい、くやしゅうてならぬ」

於蝶は、歯がみをした。

彼方の織田信長への怒りと復讐の執念は、尚も激しく強くなっていったようである。

# 安土の城

天正九年（西暦一五八一年）の年が明けた。

長篠の戦争がおこなわれてより、六年の歳月がすぎ去ったことになる。

そして、姉川の戦争から十一年を経ていた。

（早い。姉川のときには、まだ二十の半ばをこえたばかりのおれだったのに……）

井笠半四郎は、夢のような十年が、あまりにも呆気なくすぎてしまったようなおもいがしている。

半四郎は、三十七歳の新年を近江の国の坂本で迎えた。

（於蝶どのも……そうだ、ちょうど四十、か……）

であった。

二年前に別れたきり、半四郎は於蝶に会っていない。

三年前の夏。

於蝶は、甲賀・杉谷の隠れ家にいて、

「いつまでも、ここを根城にしていたところで、どうにもならぬ」

といい出し、島の道半と、その次男・十蔵を、先ず、近江の坂本へさし向けることにした。

坂本は、比叡《ひえい》山の東ふもとの町で、琵琶湖にのぞむ要衝の地だ。

この山岳は、京都と近江の境界をなしていると同時に、山全体が延暦寺そのものであり、天台宗の総本山である比叡山・延暦寺は、一向宗の本山・本願寺とならんで日本仏教界の二大勢力であった。

本願寺が、日本全国にひろがっている寺々や僧兵、信者を指揮し、兵隊を抱えて織田信長へ反抗したのと同様に、延暦寺も、

「狂人のごとき信長に、天下をまかせてはおけぬ」

と起ちあがり、これも僧兵を動員して、信長の進出を阻んだ。

浅井長政と朝倉義景が同盟して信長と戦ったときには、延暦寺がこれを助け、ことごとに邪魔をするので、

「寺や坊主どもが仏の教えをひろめるのは勝手だが、われらの戦さにくちばしを入れてはならぬ」

と、織田信長は何度も延暦寺へ申し入れたが、きこうともせぬ。

そこで信長は、

「もはや、がまんがならぬ。比叡山を焼きはらえ」

断を下した。

そして、上坂本から火をつけて攻撃をかけ、比叡山にある寺という寺を、ことごとく焼きはらってしまった。

さらに、延暦寺の僧をふくめ、男女合わせて千六百人もの人たちを殺し、仏像も経文も、灰にしてしまったものだ。

以後、十年を経て尚、延暦寺は荒廃から起ちあがれぬ。

その延暦寺の近江側のふもとの坂本に、半四郎は島の道半と暮しているのである。

とにかく比叡山の焼打ちは、世の人びとに非常なショックをあたえたものだ。

むかしから、天皇と皇都をまもる寺として尊ばれていた延暦寺を、一夜のうちに、織田信長は灰にしてしまった。

「天下をわがものとするためには、どのようなことも仕てのけてくれよう」

と、信長は決意している。

だが、これほどにおもいきったことを仕てのけた戦国大名は、信長ひとりであった。

もとより信長には、仏教を信ずるこころはない。

はるばると海をわたって日本へ来たキリスト教の宣教師たちを招き、信長はよろこんで、はなしをきく。それも信仰をするからではなく、外国の文明に好奇の情熱をかたむけているにすぎぬ。

信長が信ずるものは、

〈われ一人〉

であった。

〈われ一人〉が進む、その日その日の現実のみを信じているといってよい。

日本の文化や伝統や皇室や、政治にも深くむすびついていた仏教界の反撃も、信長のすさまじい決断の前には、崩れ去るよりほかに道はなかった。

それにしても……。

延暦寺といい本願寺といい、日本全国に信徒を抱えているものだから、これには信長のみならず、他の戦国大名も悩まされつづけてきたのである。

信長も、つくづくと手を焼いた。

その結果、比叡山焼打ちにふみ切ったわけだが、後年、延暦寺のほうでも、

「われわれが僧兵などを抱え、みずから戦火の中へ割って入ったりしたことは、よくないことであった」

などと、反省しているところを見ると、織田信長のおこなった事実を、いちがいに残酷なものと、いいきってしまうわけにもゆくまい。

ところで、信長は、比叡山の勢力を潰滅してのち、重臣・明智《あけち》光秀《みつひで》を坂本の城主に任命をした。

それまで、坂本に城はなかった。

坂本は、比叡山・延暦寺の門前町として発展してきたところであった。

比叡山が焼きはらわれてから、坂本の町も必然、さびれてしまった。

それがいま、明智日向守《ひゅうがのかみ》光秀の城下町として、にぎわいはじめている。

比叡山と琵琶湖。この二つの要衝を押える重任を、光秀は帯びているといってよい。

島の道半は三年前に、坂本の城下へあらわれ、刀鍛冶《かじ》として住みついていたのであった。

いま、半四郎は、その弟子というふれこみで、同じ家に暮している。

もっとも、本当に刀鍛冶をしているのは、

〈千貝《ちがい》の虎《とら》〉

とよばれる中年男である。

千貝の虎の〈虎〉は、虎蔵なのか虎右衛門なのか、よくわからない。

当人も、

「忘れてしもた」

などと、いっている。

虎も、道半や於蝶と同じ甲賀・杉谷の里の生まれであった。

しかし〈忍びの者〉ではない。

したがって、杉谷忍びの頭領で、姉川戦争に討死をした杉谷信正の手の者でもなかった。

それでいて虎は、若いころから杉谷忍びのために、はたらかぬでもなかった。

虎は七歳になったとき、両親が病死してしまった。両親は杉谷村の百姓であった。

孤児となった〈虎〉を引きとって育ててくれたのが、島の道半の亡妻・ねねである。

道半は、虎が十三歳になったとき、京都へつれて行き、刀鍛冶の修業をさせることにした。

そして虎は、十年後に一人前の刀鍛冶となった。

その後も虎は、京都に住みついていたが、この間、島の道半を何度も我家に迎えている。

忍びばたらきで京都へ出るたびに、道半は虎の家へ泊った。

虎は、四十八歳の今日まで妻もめとらず、子もない。

「めんどうや」

と、いうのである。

「虎はのう、女をひとりも知っておらぬよ」

島の道半がいうのをきいて、半四郎が、

「ばかな……」

相手にせずにいると、

「いや、そうでない。若いうちのひところを、女なしですごしてしまうと、あまり、ほしゅうないらしいぞ」

「何やら気味がわるいな」

「そうか、な」

「男の躰が、承知をせぬだろう、道半どの」

「そんなことは、どうにでもなるらしい」

とにかく虎は、鍛冶仕事に夢中なのである。

弟子が二人いる。

それが道半と半四郎だ。

道半は、坂本へ虎をよび、店を出させてやってから、仕事をおぼえた。

なんといっても勘のするどい忍者だけに、道半も半四郎も、いまは平気で虎の向槌《むこうづち》が打てるようになった。

刀鍛冶とはいえ、杉谷生まれの虎だけに、道半や半四郎が何をしているかは、じゅうぶんにわきまえていた。

「いまごろ、於蝶どのは何をしてござるやら……？」

島の道半が、炉端へ寝そべってあたためた酒をのみつつ、つぶやいた。

正月十日の夜ふけであった。

半四郎も身を横たえている。

千貝の虎は、奥の間でぐっすりとねむりこんでいた。

「於蝶どのの肌身が、恋しくはないかな？」

「よせ」

「怒るな」

「別に怒ってはいない」

半四郎は苦笑した。

長篠以後、半四郎は、まる四年をほとんど於蝶と共に暮した。

そのことを考えると、長くつれそった妻のようにも、おもわれてくる。

於蝶の、

「織田信長を討つ!!」

という意欲は、いささかもおとろえていない。

頭領をうしない、味方のほとんどが死絶えた杉谷忍びにとって、信長を討つことのみが、忍びとしての生きる道にむすびつくのである。

信長が生きていては、

「日本の天下のためにならぬ」

という、信念があってのことではなかった。

「天下の行末なぞは、信長がいようがいまいが、同じことじゃ」

於蝶は、そういった。

「なるようにしか、ならぬものよ」

それが、於蝶の考え方なのである。

「いずれは、戦乱の世も終る。そのときに生き残ったものの中でもっとも偉い男が天下を取る。それだけのことよ」

これが、口ぐせであった。

二年目に於蝶は、

「近いうちに、かならず、織田信長と徳川家康は甲斐の国へ攻め入り、武田勝頼公をほろぼさんとするにちがいない。われらには、その折が、またとない機会じゃ。武田はほろびても、そのときこそわたしは信長を討ち取ってくれる」

といい、甲斐へ向けて出発して行ったのである。

道半の次男・十蔵は、坂本の道半と甲斐の於蝶の間を、行ったり来たりして、連絡にあたっている。

長篠の戦争で、決定的な打撃をうけた武田勝頼は、この六年の間に、ちからがおとろえてしまった。

それでいて、尚、失地の回復に努めて倦《う》まぬ闘志は、すさまじいものがある。

武田家には、於蝶もなじみの忍者が多いし、十蔵の報告によると武田忍者たちは、

「よう、もどって来てくれた」

よろこんで、於蝶を迎えてくれたそうである。

井笠半四郎が、於蝶と共に甲斐へおもむかなかったのは、理由がある。

杉谷忍びの頭領、亡き杉谷信正は用意のよい人物で、杉谷屋敷内に相当の金銀を蓄えていたし、薬草も火薬も、その他の忍び道具も、たっぷりと遺《のこ》してあった。

なればこそ、姉川以来の於蝶がおもうさま活躍できたわけであったが……。

いまは、ようやくに不足を生じてきた。

火薬類は、島の道半の隠れ家に相当の量がある。

だが、たとえば飛苦無《とびくない》のような手裏剣とか、鍛冶によって製作する忍び道具が、消耗品であるだけに底をついてきたのだ。

そこで……。

島の道半は、千貝の虎を京都から坂本へ移し、ひそかに忍び道具の製作にとりかかった。

道半ひとりでは間に合わぬ。

そこで半四郎が、於蝶の甲斐出発と同時に、坂本へやって来たのであった。

もっとも、鍛冶の手つだいをするのなら十蔵でもよかった。

それを、

「ぜひとも半どのに……」

と、於蝶がいったのは、坂本が明智光秀の城下だったからである。

明智光秀は、織田信長にとって譜代《ふだい》の家臣ではない。

将軍・足利義昭を信長へ近づける役目を果してのち、光秀の戦将として、またはすぐ

れた政治家としての才能は、たちまちに織田信長のみとめるところとなり、ここ十年の間における明智光秀の出世ぶりは、

「目をみはる」

ほどのものといえる。

坂本の要衝に城をかまえることを、信長にゆるされたのも、そのあらわれと見てよい。

それだけに、半四郎が坂本の城下にいることは、何かにつけて信長の動静をさぐるのに便利なのだ。

坂本へ来てから井笠半四郎は、五度ほど、坂本城内へ潜入し、城内のすべてをさぐり取っていた。

明智光秀の城は、警戒が、さほどきびしくない。

もっとも光秀は、坂本の居城に落ちつく暇がないほどに、諸方を転戦しつづけているのだ。

(なれど、織田信長が討てようか……?)

半四郎は、炉端へ横たわり、夜具を引きかぶって、この数年間の努力がむなしかったことを、あらためておもいうかべずにはいられなかった。

長篠戦争の後も、半四郎は於蝶と共に、何度も織田信長のいのちを、つけねらってきた。

長篠で大勝利をおさめたとき、織田信長は、甲斐へ敗走する武田軍を追撃しなかった。

決定的な打撃をあたえたのだから、息の根をとめることは、もういつでもできる、と、信長は家康にいったが、むろん、そのほかにも理由はある。

まだ、石山（大坂）の本願寺光佐の反抗はやまぬし、信玄亡きのち、信長がもっとも恐れている越後の上杉謙信も、いよいよ腰をあげて京都を目ざそうとしている。

これがためには、上杉軍が上洛のために進む北陸路を平定しておかねばならない。

信長は、長篠戦争があった天正三年の秋に、越前（福井県）一帯に蜂起している一向宗徒の反乱を鎮圧した。

そして、重臣の柴田勝家に越前をあたえ、押えとしたのである。

さらに、明智光秀をもって、丹波の国の攻略に、とりかかった。

丹波は、現在の京都府と兵庫県にまたがった国で、ここを平定しておかぬと、来るべき中国の毛利軍との戦闘に不利を生ずる。

織田信長に都を追いはらわれた前将軍・足利義昭は、依然、蠢動《しゅんどう》をやめない。

義昭は、紀州・由良の興国寺にかくれ、毛利軍や本願寺光佐、上杉謙信などへ、絶えず密使や密書を送り、

「一日も早く、狂気の織田信長を打ち倒してもらいたい」

と、異常な執念を捨てず、暗躍をつづけている。

なるほど信長は義昭を、

「もはや将軍とはみとめぬ」

と断じ、日本の首都である京都から追放してしまったけれども、これから信長と戦おうとしている大名たちにとって、足利義昭は、いまだに、

〈将軍〉

なのである。

十五代もつづいた足利将軍をたすけて、新興勢力の織田信長を討つことになれば、それこそ、

〈大義名分〉

が、立派にたつのであった。

足利義昭は、天正四年になると紀州から備後《びんご》（広島県）の鞆《とも》へ移った。

ここは、毛利家の本拠・安芸《あき》の国に接してい、毛利分国の表門にあたる。毛利家の勢力がくまなく行きわたっているから、義昭にとって、もっとも安全な場所といえよう。

毛利家の当主・輝元は、偉大な大守であった毛利元就の孫にあたるが、この若い輝元をまもる吉川《きっかわ》元春、小早川隆景の二将は、元就の子である。

小早川隆景と吉川元春の兄弟は、長兄の毛利隆元の子・輝元を、あくまでも毛利家の当主として尊重し、ちからを合わせて、一族の内乱も起こさず、堅実に領国をまもりぬいてきた。

いわゆる中国地方の、十カ国が毛利家の領土であって、その広大な勢力をまもりぬくことが、

「われらの使命である」

と、隆景・元春の兄弟は決意している。

毛利家は、

「われらの国へ、攻めこんで来る敵に対しては戦うが、こちらから、天下を取るための戦さを起しはせぬ」

というのが、たてまえであった。

だがいまは、そうもいってはいられない。

織田信長の足もとに手をついて、

「味方いたす」

というなら、信長と戦わずにすむだろうが、そうなれば当然、信長の勢力を、自分たちの国へも受け入れなくてはならない。

そのつもりは毛頭ない。

毛利元就が、それこそ、

「血を血で洗う」

ような苦労を重ねて獲得した領国を、なんでいまさら、織田信長のもとへ差し出す必要があろうか。

足利義昭の〈ねらい〉も、そこにあった。

義昭からもたらされる情報ばかりでなく、領国にいて、織田信長の躍進と恐るべき闘

志と、これまでに見たことも聞いたこともないような、荒々しい決断と実行を遠くから見ていると、毛利家でも、

「やはり、信長とは戦わねばならぬ」

しだいに、決意をかためるようになってきた。

足利義昭を紀州から迎え入れたのも、そのあらわれである。

義昭は鞆へ到着するや、吉川元春に対して、

「毛利輝元殿へ、足利幕府の再興に、ちからをつくされるよう、おつたえねがいたい」

と、申し入れている。

毛利家では、すぐさま義昭を奉じて、信長と戦うことを、まだ、ためらっている。

「いずれは、戦わねばなるまい」

と感じてはいても、こちらから仕かけることが、ためらわれるのである。

このときもし、毛利家が、

〈天下統一〉

の野望を燃やし、敢然と信長へ攻撃を仕かけていたら、以後の歴史も大分に、書き替えられたにちがいない。

毛利家としては、戦わずに現在のままでいられるなら、それにこしたことはないのである。

いっぽう織田信長も、毛利家に対しては、まことに如才がない。

かつて、武田信玄や上杉謙信に対してもそうしたように、毛利家へも〈平和的外交〉を愛想よく持続してきている。

それだけに毛利家としても、信長へ対して、おもいきった敵対意識がもてないのである。

さて信長は……。

毛利家へ〈微笑〉を送りつづけながら、諸方の敵と戦いを重ね、その上、近江の安土へ新しい城を築きはじめた。

城が築かれた安土山は、琵琶湖の南岸にある。

現在、われわれが見る安土城址は、低い丘陵の三つの峰のつらなりにすぎないが、山へのぼって見ると、草に深く埋もれている石垣の見事さに、瞠目せざるを得ない。

地図をひろげて見れば、この安土の地が、東海と北陸をむすぶ要衝であることを、おのずから知るであろう。

信長は天正五年に、岐阜から安土へ移って来た。

京都への距離は、またしてもせばめられたのである。

近畿から美濃・尾張・伊勢など、信長の勢力のおよぶ国々から、種々の職工が安土へあつまり、何万という工人《こうじん》を昼夜兼行ではたらかせ惜しみなく金銀をつかった。

石垣につかう大石を、一万人の人夫が三昼夜かかって安土の山頂へはこびあげたりしたものだ。

信長は、安土へ仮の居館をもうけ、転戦の合間に、築城工事を監督したわけだが、

「いまこそ……」

と、於蝶は勇みたったものである。

織田信長は、みずから工事場へ出て、指揮をする。

信長を討つ機会は、

「いくらでもあろう」

と、おもった。

おびただしい工人や人夫が、安土へあつまっているのだから、潜入することもわけはあるまい。

半四郎も、

（やれる）

と、感じた。

ところが、手も足も出なかったのである。

むしろ、虎御前山《とらごぜやま》の本陣へ、たった二人きりで奇襲をかけたときのほうが〈可能性〉があったといえよう。

それは、甲賀頭領の山中大和守俊房と、かつては井笠半四郎がつかえていた伴《とも》太郎左衛門が、配下の忍びの者を総動員し、信長の身辺を警固していたからであった。

常人の眼には、それとわからぬ警戒なのであるが、於蝶や半四郎の眼には、それがは

っきりと見える。

甲賀の地から安土まで、北へ、さしわたしにして五里の近さである。

そこに、山中俊房の屋敷があり、ついで伴太郎左衛門の本拠があって、さらに二里ほど南が杉谷の里なのだ。

このころになると、甲賀の頭領たちの大半が、織田・徳川両家のためにはたらいている、と見てよいほどになってきた。

杉谷屋敷の奥ふかい隠れ家に住んでいる於蝶たちも、

（いつ、他の甲賀忍びに見つけられるか、知れたものではない）

のである。

いつであったか……。

井笠半四郎は、蒲生の山ごえに迂回し、愛知川のほとりをつたって、安土の裏側へ出たことがある。安土の築城工事の様子を、さぐりに行ったのだ。

安土山の山つづきの山林の中へわけ入ろうとして、半四郎は、ぎょっとなった。

すぐ目の前の道を、小者を二名ほどしたがえた中年の男が、牛の背にゆられながらやってきたのを何気なく見て、

（あ……頭領さまだ）

半四郎は、とっさに笠をかたむけ、そこに立ちどまり背を向けて小用をした。

そのとき、

（よくも、小水が出たものだ）

と、いまにして半四郎はおもう。

生きた心地もなかったのだ。

牛の背の小さな男は、かつて半四郎の頭領だった伴太郎左衛門だったのである。

太郎左衛門は、この辺の村の長《おさ》のような風体をしていた。

半四郎は、百姓姿で籠をかついでいた。

ようやくに小水を放ち終え、そのまま、さり気もない様子で、半四郎はゆっくりと歩み出した。

一度も振り返らずに、である。

かなり歩いて行き、

（もう大丈夫だ。見とがめられなかったらしい）

ほっとして、はじめて振り向いて見た。

そして、心の臓を得体の知れぬ者に、ぎゅっとつかまれたような気がした。

彼方の道で、伴太郎左衛門が牛の背に乗ったまま、凝と、こちらを見つめているではないか。

小水をして遠去かって行く半四郎の後姿を、ずっと見まもっていたのである。

半四郎の五体へ、冷汗がふき出した。

（き、気づかれたか……）

それでも尚、つとめて落ちつこうとし、また半四郎は歩み出した。喉が痛むほどにかわき、半四郎ほどの男が色をうしなっていた。

他の者に見られたのではない。伴太郎左衛門だけには、どうしようもない半四郎なのだ。

井笠半四郎にとっては、姉川以来、七年ぶりに見た〈頭領さま〉だったのである。

五歳のときに、伴忍びの父・弥惣をうしなった半四郎は、太郎左衛門の父・宗行に育てられ、七歳年上の太郎左衛門を、

（わが兄）

とおもいもし、太郎左衛門が甲賀五十三家の一つである伴家の頭領となってからは、

（この主人《あるじ》のためなら、いつでも死ねる）

ふかい尊敬と愛情の念のないまざった決意のもとに、半四郎は忍びの術の修練にはげみ、太郎左衛門のためにはたらいてきた。

太郎左衛門もまた、半四郎を単なる配下の忍びとはおもわなかった。

もともと、甲賀の頭領のうちで、伴太郎左衛門ほど奉公人を可愛がる人物はいない。

「あれでは、忍びの者をたばねてはゆけまい」

と、他家の頭領たちがうわさし合ったほどだ。

他の奉公人がいるとき、太郎左衛門は半四郎を分けへだてをしなかったけれども、二人きりになると、血を分けた父親か兄のように、やさしいことばをかけてくれたもので

ある。

それを、半四郎は裏切ってしまった。

それもこれも、杉谷忍びの於蝶のいざないに負けたからであった。

それだけに、安土に近い野道で、伴太郎左衛門に出会ったことは、半四郎にとっておもいもかけぬ衝撃であった。

太郎左衛門は、ついに、追っては来なかった。

(やはり、気づかれなかった……)

と、おもう一方では、

(いやいや、そうではない。頭領さまほどのお人が、あの野道に牛をとめて、いつまでも、おれの姿が消えるまで、おれの背中を見つめていたということは、やはり、恐ろしいことだ)

もしも半四郎を、まことの百姓と見たなら、何故あのように、いつまでも半四郎を凝視していたのか……。

「とてもだめだ。おれはもう、安土へ近寄れぬ」

隠れ家へもどった半四郎が、吐息をもらして於蝶にいった。

「あのぶんでは、安土の中も外も、山中と伴の忍びたちが、すっかり固めているにちがいない」

「半どの。弱音を吐いたな。よし、わたしが行って見よう」

と、今度は於蝶が出かけて見たが、やはりまずい。

工人や人夫にまじって入りこむことは簡単であるが、なんといっても、於蝶や半四郎は甲賀の忍びだけに、顔見知りの忍者たちが山中家にも伴家にも、かなりいるのだ。

常人の目であれば、どのようにしてもあざむくことができようけれど、同じ忍びの者の眼が、安土を二重三重に取り巻いて、きびしく警戒しているのだ。

これは、織田信長の命令があったからではない。

信長は、身辺の隠密の警固を、すべて山中大和守俊房にまかせきっている。そして自分はあくまで自由奔放にうごいている。

以前と同じように、わずかな供廻りを従えたのみで、琵琶の湖岸に馬を走らせることもあるし、城の工事場へも、どしどし出かけて行き、大工や左官の工人へ親しく語りかけたりする。

これなら、隙も見出せるようにおもえるが、実は、その信長の身辺へ近づくことが大変なのだ。

半四郎が、あの日。

安土の近くの村の道を、村人に成りきって牛の背にゆられ、みずから警戒に当っている伴太郎左衛門を見たとき、

(これは、うかつに近づけぬ)

と直感したのは、間違いではなかった。

「おもいのほかに、見張りがきびしい」

と、於蝶も帰って来て、嘆息せずにはいられなかった。

「於蝶どの。これはもう、信長を討つことはできまい」

「なぜ？」

「われわれの味方はすくない。いや、すくなすぎる」

それは事実であった。

道半・十蔵の父子を合わせて四名。

刀鍛冶の〈千貝の虎〉のような男は別である。

かつて、杉谷忍びが全盛だったころ、四十余名の忍びたちがいた。

それだけの人数があれば、安土の織田信長を討つ手段もおのずから生まれてこよう。

「ともあれ、四人ではどうもならぬ」

「いや、半どの。四人なればこそ、また別の手だても生まれようというもの」

「それもそうだが……」

「お前と二人きりで、虎御前山の信長本陣へ仕かけたときのことを、忘れたのかえ」

「忘れはせぬ。だが、あのときの信長と、いまの信長とはくらべものにならぬ。信長は変らなくても、これをまもる山中・伴の頭領たちは、二度と、虎御前山の失敗《しくじり》をくり返してはならぬ、と決心しているだろう」

於蝶は、しばらく沈思していたが、

「ここは、いたずらにうごくまい」

と、いった。

それよりも、時を待ち、相手方にゆだんが生まれたときを、

「ねらおう」

と、いうのだ。

「あきれたな、於蝶どのにも……」

「信長を討つために、生きているのじゃ。半どのは、わたしを見捨てるつもりかえ。それならばそれでよい」

「なんの。こうなれば、おれも於蝶どののために生きていることだ。ほかに生きて行く場所もないゆえな」

安土城が、略《ほぼ》完成したのは、天正六年である。

この年の正月、四十五歳になった織田信長は、重臣たちを新築成った城内へまねき、盛大な茶会をもよおした。

おなじころに、島の道半が杉谷の隠れ家を出て、近江の坂本へ移ったのである。

織田信長は、これまでに、毛利家の応援を得て反抗する石山・本願寺を攻撃し、激戦の最中に鉄砲で撃たれ、負傷したりしている。

毛利家も、ようやく起ちあがった。

毛利輝元は、水軍を大坂へさし向け、石山城へ兵糧をはこび入れたりしはじめたので、

「よし。それならば……」

と、信長は三百艘の軍船をもって、これを迎え撃った。

ところが、毛利の水軍は、八百艘をこえる軍船をさし向けて来て、織田水軍は、さんざんに打ち破られたのである。

毛利の水軍は、何といっても瀬戸内海を制した大名だけあって、内海の海賊たちも参加していたし、先ず当時、日本一の海軍といってよかったろう。

こうして、毛利軍が大坂まで乗り出したということは、足利義昭の内面工作が効を奏したことになる。

義昭は、越後の上杉謙信と毛利輝元を同盟させ、

「信長を、はさみ討ちにしてくれる」

と、気負いたっていた。

謙信も、これに応じて乗り出して来る気配濃厚である。

織田信長は、このような反撃を受けて苦戦をつづけつつ、紀州の一向宗徒の攻撃を破砕したり、その間には、安土へ帰って築城の工事の監督をするといういそがしさで、

「実にどうも、あきれたものじゃ」

島の道半も、信長のエネルギーの超人的なたくましさに、瞠目していたことがある。

この間に……。

信長は〈権大納言〉の位を朝廷からゆるされ、右近衛大将にも任じ、さらに〈内大

臣〉へ昇進した。

信長は依然、京都の経営にも、ちからをつくしていたのだ。

〈内大臣〉といえば、天皇をたすけて政務にたずさわる朝臣ということであるから、信長は〈将軍〉になったのも同じことだといえよう。

このように、あわただしい中で、信長はいったい、どのような城を築きあげたのであろうか。

安土城が完成したとき、

「見て来ようではないか」

と、於蝶がいい、半四郎・道半・十蔵の四人で、山越えをして佐和山の近くまで行き、そこから小舟を仕立て、琵琶湖へ漕ぎ出した。

陸路は危険ゆえ、湖の上から安土城をながめよう、というわけであった。

琵琶の湖上から、安土の城をながめたとき、四人は声も出なかった。

あまりのすばらしさに、あまりの異様さに、

（この城は、日本の城か……？）

そのおもいがした。

安土の山頂に、城は七層の天守閣をそびやかしていた。

（夢を見ているのではないか……？）

これまでに、天守閣をもつ城なぞは、どこの国の、どこの大名も持ってはいなかった

からである。

キリスト教の宣教師で、はるばる日本へわたって来たガスパル・クエリヨという西洋人が、こういっている。

「この城は、ヨーロッパのどのような城よりもすばらしい。城のまわりの石垣の、高く大きいことはたとえようもない。城内のひろさ、大きさ、美しさを、なんといって形容してよいか、私は、そのすべを知らぬ。

城内には、黄金のかざりをつけた御殿が建ちならび、そのつくりの見事さといったら、人の手のおよんだものともおもわれぬ立派な細工で埋まっている。

城の中央には、七階の塔〈天守閣〉があり、そのつくりの巧妙さを見ると、日本の工人の腕には魔力がやどっているとしかおもえない。塔の中の彫刻は、すべて金が塗りこまれ、白や黒、赤や青の色彩ゆたかに塗られた壁や窓。そして青い瓦の屋根。その瓦の前の個所には、金をかぶせてある」

ガスパル・クエリヨが見た安土城の屋根瓦は、昭和四十年に、安土山の土の中から発見された。

いま、安土城が遺《のこ》しているものは、その石垣だけであるから、ガスパル・クエリヨが語っている城の全容を、われわれは見ることができない。

しかし、筆者は、安土を訪ねて、発掘された当時の屋根瓦を見たとき、約四百年も前に生きていた異国の宣教師のことばが、はっきりとよみがえってくるようなおもいがした。

　安土山にそびえ立つ七層の城。

　これは、日本のどこの国にもなかった城であった。

　城の屋根は金色にかがやき、青い琵琶の湖に照り映えたという。

　魔神のごとく戦場にのぞみ敵を討つときの織田信長と、この〈おとぎばなし〉の中に出てくるような、美しくて豪華な城をつくる信長とは、

「別の男のようじゃ」

　いみじくも、於蝶がもらしたのである。

「信長という大名は、理屈でははかりきれぬ」

と、半四郎もつぶやいた。

　そのころの、織田信長の、

〈運のよさ〉

について、於蝶が歯ぎしりをして、

「ねたましゅうてならぬ」

　叫んだことがあった。

　安土城へ移った年の春に、信長があれほど恐れていた越後の勇将・上杉謙信が急死してしまったのだ。

　謙信は、信州・上州・関東の経営に奔命し、これまで上洛の機会を得なかった。

それが、宿敵の武田信玄も亡くなり、武田軍が織田・徳川の勢力に圧迫されつつあるいま、ようやくに、総力をあげて、京都へ進軍せんとした矢先に急死したのである。

これは、

「織田信長が、ひそかにさし向けた刺客に、暗殺されたのだ」

などというわさが、たったほどである。

死因は、脳出血といわれている。

上杉謙信は、享年四十九歳であった。

於蝶は若いころに、上杉謙信のもとではたらいていたことがある。杉谷忍びを謙信がやとったからだ。

それだけに、謙信が信玄のかわりに出馬して来て、信長の背後から襲いかかってくれることを、熱望していたのである。

その期待も水泡に帰した。

いっぽう織田信長は、

「これで、いよいよ毛利軍と、心おきなく戦うことができる」

ことになった。

武田信玄、上杉謙信という、当時の日本の戦国大名の中で、もっとも強大な軍団を所有していた二人が、相次いで病死してしまった。

信長にとって、これが幸運でなくて何であろう。

上杉謙信の死後。織田信長は悠々として、安土の城下町の経営にとりかかった。

「商人たちは、この町で自由に商売をしてよい。だからといって、自分はそのかわりに何も求めるつもりはない」

信長は、そういった。安土の城下町の繁栄のため、町に住みつくものには税金もとりたてぬし、労働も強いない。

「他国からやって来たものでも、差別をしない」

というのである。

恐るべき自信であった。

安土には日本の寺院もあり、キリスト教の教会堂もある。日本の寺では経文を唱え、教会堂では賛美歌がきこえるのである。

現代から四百年も前に、このような町をつくりあげた大名は、日本にも外国にもいない。信長は〈セミナリオ〉というキリスト教の学校を建ててやった。

セミナリオでは、ラテン語やポルトガル語を、青い眼の宣教師が武士の子たちに教え、信長は西洋帽子や西洋マントを身につけ、セミナリオへあらわれ「みなのものよく勉強をしているか？」などときくのである。

織田信長は、キリスト教について、こういっている。

キリスト教の宣教師たちは、何年もかかり、ひどい苦労をしながら、はるばると海をわたり、日本へやって来たのである。

自分が見たところ、みんな、こころのよいものたちばかりだし、このものたちが日本へひろめようとしている神の教えも、別段、害のあるものではない。なによりもたいせつなことは、このものたちが、遠い遠い外国のありさまを日本へつたえてくれたことだ。それは、まことにおどろくべきことで、いまのところ、外国の様子をつたえてくれるのは、キリスト教の宣教師だけなのだから、このものたちをたいせつにしたい。

だからといって信長は、キリスト教を信仰していたわけではない。

「人間は、死んでしまったら、もう何も残らぬ。ひとにぎりの灰になってしまうだけのことだ」

これが信長の、唯一の信念といってよい。

〈現実〉のみが、信長のものであった。

織田信長は、安土の城が完成してから、四年後にこの世を去る。

もし……。

信長が、あと二十年を生きていたら、日本の歴史はどのように変っていたろう。

いま想って見ても、それは、胸がときめくようだ。

筆者は、安土のセミナリオがあったという場所に立って、同行した友人に、

「信長は、もっともっと、やりたかったことが、たくさんあったのだろうけれど、それは、どんなものだったろうか?」

問いかけて見たことがある。

友人は、こうこたえた。

「信長は、天下統一を成しとげたのちに、何をしようか、ということを、だれにも語っていません。それだけに、胸がおどってくる。ほんとうに彼は、何をしたかったのだろう？」

さて……。

長篠で大敗した武田勝頼は、その後、どうしたろうか。

勝頼は、長篠の戦場において、多くの老臣や宿将をうしなった。

徳川家康が、

「いまこそ」

とばかり、失地回復に活動しはじめても、かつてのようにこれを叩き伏せることができない。

しかし、勝頼は、上洛の望みと情熱をうしなってはいなかった。長篠の敗戦によって、鉄砲という新兵器の重要さをおもい知らされた彼は、

「鉄砲肝要《かんよう》に候」

と、指示をあたえている。

そして、関東の北条氏政、越後の上杉謙信と同盟し、共に、織田信長の背後を衝かんとしたとき、謙信が急死したのである。

上杉謙信の急死は、反織田信長派にとって大打撃となった。

武田信玄の急死の折もそうであったが、まさに於蝶のいうとおり、

「信長は、つきについている」

のである。

上杉謙信の死は、この猛将が上洛の軍を発せんとする前日だった、ともいわれている。

上杉軍は、海陸双方から北陸路へ出て、さらに近江へ進撃する予定であった。

織田信長が、この背後の大敵に神経をくばったことは、非常なものだったといわれている。

謙信の死によって、いまは、その必要がなくなった。

甲斐の武田軍には、もはや昔日のおもかげはない。

こちらは、徳川家康にまかせておけばよい。

「いまこそ、毛利を……」

と、信長は起ちあがった。

しかし、武田勝頼のことを忘れているわけではない。

信長は、

「中国の毛利を降伏させるまでには、かなりの歳月がかかる」

と、考えていた。

近江の安土から軍を発して、遠く中国の、安芸の国にある毛利の本拠へ攻め寄せるま

では、それだけの段階をふまなくてはならぬ。

そこで信長は、家臣の羽柴筑前守秀吉《はしばちくぜんのかみひでよし》を、中国遠征の〈総指揮官〉に任命した。

一介の土民の子に生まれ、信長の足軽に抱えられてから、めきめきとその才能をあらわし、信長に、

「はげ鼠よ」

とか、

「猿よ」

とか、よばれながらも気に入られて忠義をつくし、尾張の一領主にすぎなかった主人の、目ざましい擡頭ぶりに歩調を合わせ、この風采のあがらぬ〈はげ鼠〉は何度も戦功をたて、ついに姉川戦争の後には、近江・長浜の城主と成りあがっていたのである。

羽柴秀吉は〈中国遠征〉の司令官となるや、長浜を出て京都へ移った。

そして、さらに播磨の国・姫路へ進出した。

以後、姫路城は、織田信長の中国遠征の最前線基地となる。

信長は、同時に、明智光秀をもって丹波の国へ進出せしめた。

北陸は、柴田勝家。

東国は、滝川一益。

このように、手もとのすぐれた諸将に諸国を押えさせ、信長は、いよいよ全国制覇の夢を計画的に実現しつつあった。

諸国経略を命ぜられた諸将の中でも、羽柴秀吉の任務は、もっとも重かった。

いまの織田信長には、甲斐の武田や関東の北条などは、

「眼中にない」

といった様子が見える。

事実は、そうでもないだろうが、

「もはや、武田勝頼など、討ち取ったも同じことよ」

放言して、はばからぬ。

なんといっても、中国の毛利を征服してしまわなくては、日本の天下は完全に、

「わしのものにならぬ」

のであった。

その毛利攻略の、総司令官を命ぜられた羽柴秀吉なのだから、当然、信長の信頼が、もっとも大きいことになるのである。

あるとき……。

姫路に在った秀吉が、新年の祝儀に安土城へあらわれたとき、

「筑前、これへまいれ」

と、織田信長がさしまねいた。

諸将がいならぶ大広間において、である。

「ははっ」

と、秀吉が前へ出るや、信長は秀吉の手をつかんで、わが座所へ引きあげ、

「年々《ねんねん》の苦労、察し入るぞ」

先ず、その労をねぎらい、秀吉のあたまから額のあたりを、白く長い手指で撫でまわしながら、列座の諸将に向って、

「みな、よくきけ。戦国の武士《もののふ》たるものは、いずれも、この筑前守にあやかるがよい」

と、いったそうである。

秀吉もこれには、恐縮したろう。

これほどの〈ほめことば〉はない。

自分ひとりが、きいたのではないのだ。

織田家にも、天下にも知られた武将たちが居ならぶ中で、主人が堂々とほめあげてくれたのである。

信長は、こうしたことを平気でやってのける。

まず、一国の主たるものなら、このようなふるまいは決してせぬだろう。

自分のためにはたらいてくれる他の家臣たちに対しても、遠慮しなくてはならないところだ。

家臣たちにしてみれば、主人が、一個の家臣を特別に、自分たちの前でほめあげ、

「あやかるがよい」

と、いったのだ。

おもしろくない、とおもった者が大半であったろう。

いっしょになって、

（ぜひとも、筑前守にあやかりたい）

などと、本気でおもった人がいたとは考えられない。

しかし信長が、家臣の実力を高く評価していたことは事実だ。

ところで……。

羽柴秀吉が、ほとんど戦わずして姫路城へ進出することができたのも、秀吉一流の方法が成功したものであって、これは彼が天性もっていた人柄の魅力によるものだ、ともいえる。

当時、姫路には小寺官兵衛《こでらかんべえ》という武将がいて、官兵衛はいち早く、

「これからの天下は、なんといっても織田信長公のものだ」

と、見きわめをつけた。

小寺官兵衛の先祖は、近江の伊香《いか》郡・黒田村から出ている。

のちに備前の国へ移り、赤松家につかえた。赤松家は足利将軍のもとに備前・美作《みまさか》の国々の〈守護〉を命じられたほどの名家であったという。

官兵衛の父・職隆《のりたか》の代になって、備前から播磨の国へ移り、赤松氏の一族・小寺氏の養子となったわけだが、それまでは黒田の姓を名のっていた。

のちに……。

小寺官兵衛は、旧姓の黒田へもどり、黒田孝高《よしたか》となって秀吉につかえ、官兵衛の息・長政は豊前中津十八万余石の大名となる。

さて、小寺職隆・官兵衛父子は、羽柴秀吉から、

「われらに味方をしていただきたい」

という外交交渉をうけ、秀吉の人柄と言葉を信頼し、

「御味方いたす」

と、ふみ切ったのは、秀吉が、それにこたえるだけの人物だったからだ。

小さな体軀の、やせこけていて〈猿〉だとか〈鼠〉だとかよばれている秀吉が、主人の信長から大きな信頼をうけているばかりか、多くの武将のこころをひきつけ、急速に、その器量《きりょう》をふくらませつつある。

武将ではあるが、腕力はないし、千軍万馬の勇将でもない。

そのかわりに、頭脳のはたらきは明敏をきわめていて、することなすことが織田信長の気に入った。

戦争をするときも、なるべく〈出血〉をすくなくして勝利をおさめようとする。

信長という偉大な主人のちからを背後に背負い、これを利用して、たくみに敵を懐柔してしまうのであった。

そのころの羽柴秀吉は、あくまでも、信長の忠実な家臣として、はたらきぬいていたものだ。

のちに豊臣秀吉となって、日本の天下をわがものにしたばかりか、海をわたって異国朝鮮へまで遠征の軍を発する宿命が待ちかまえていようなどとは、夢にもおもわなかった。

秀吉は、小寺父子に迎えられて姫路城へ入るや、たちまちに城の修築を完了し、防備をかためた。

秀吉が、播磨の国の豪族たちを手なずけてしまったのは、小寺父子の活躍があったからだろう。

しかし、こうした場合のかけひきは、秀吉が、

「もっとも得意とするところ」

のものであった。

このように、手なずけられるものは戦わずして手なずけ、

（どうあっても戦わねばならぬ）

と、おもったときには、恐るべき迅速さをもって攻めかけるのが、秀吉のやり方である。

播磨を手中におさめつつ、突如秀吉は但馬の国へ侵入し、山口・竹田など、毛利方の諸城を攻め落してしまった。

さらに、播磨の一角にある毛利方の拠点、上月城《こうづき》を攻撃する。

ここは、現在の姫路と岡山県の新見をむすぶ国鉄〈姫新線《きしん》〉に乗って、約二時間ほど

山間へ入ったところにあった城だ。

上月城を落したまでは、順調であったが、それからのち、羽柴秀吉の進撃は阻《はば》まれることになった。

秀吉が、いったん安土へもどり、信長へ戦況の報告をすませ、播磨へもどったのは、天正六年の春であった。

秀吉は、加古川へ本陣をもうけて、このあたりの強力な豪族である別所長治《べっしよながはる》を、味方にひき入れようとした。

別所が味方に入れれば、播磨の国は、

「ほとんど平定された」

ことになるのだ。

別所家の当主は、小三郎長治といって、まだ若い。

この若い当主をまもって、別所山城守・別所重棟の二人の叔父と老臣の三宅治忠がいる。

秀吉は、この三人の後見人を、はじめのうちはうまく手なずけていた。

ところが、別所山城守が毛利軍への作戦について、何やら羽柴秀吉へ進言をしたとき、

「それは、まずい」

秀吉が、一言のもとにしりぞけてしまったものだから、別所山城守が怒り出してしまい、

「これでは、とても織田や羽柴の味方はできぬ。やはりわれわれは、毛利家にくみしたほうがよろしい」

といい出し、甥の別所長治にすすめ、秀吉をうらぎって、毛利家と款《かん》を通じた。

とにかく、別所長治は、播磨の国の東部八郡を領地にしているほどで、勢力も強いが、ほこりも大きい。

「われわれが味方をしてやるのだ」

という気がまえであったから、秀吉の命令のままに、おとなしくはたらこうなどというつもりはない。

もっとも、長治のもう一人の叔父・別所重棟は、秀吉に味方するほうがよいと主張していたらしい。

秀吉は、別所重棟をつかい、別所方を説得しようとしたけれども、

「こうなれば、戦うばかりのことだ」

と、別所方は硬化し、三木の居城へたてこもった。

そうなると、別所家にしたがっていた豪族たちも、いっせいに秀吉へ叛旗をひるがえす。

「困ったな、これは……」

秀吉は、あたまを抱えた。

ぐずぐずしていると加古川の本陣へ、別所軍が攻めかけてくるやも知れぬ。

秀吉はあわてて、姫路の西方二里のところにある、書写山《しよしや》へ本陣を移動させた。

毛利軍は、

「別所がそむいたとなれば、この機会《とき》をのがしてはならぬ」

すぐさま、三木城の別所長治と連絡をとり、

「いまこそ、播磨の国から羽柴勢を追い退けてくれよう」

毛利方の吉川元春が一万五千の兵をひきい、山陰から美作へ入り小早川隆景の軍勢と合流し、総軍三万余をもって、先に秀吉が攻め取った上月城を、

「ぜひにも、うばい返そう」

と、進撃して来た。

上月城を、

「まもれ」

と、秀吉に命じられていたのは尼子《あまこ》勝久《かつひさ》がひきいる〈尼子党〉であった。

尼子家は、かつて山陰から山陽へわたる広大な領地をもち、威勢をほこっていた。

毛利元就ですら、一時は尼子家にしたがっていたほどだ。

その尼子家を討ちほろぼしたのは、ほかならぬ毛利元就である。

尼子家は、本城・富田をも毛利家へあけわたし、散り散りになってしまった。

尼子家の残党が、やがて京都へあつまり、織田信長がこれを迎え入れ、

「いまに、自分と毛利家との戦いがはじまる。そのときこそ、おぬしたちが富田城をう

ばい返すのじゃ」

と、いった。

だから〈尼子党〉は、中国攻めの先頭に立ち、猛烈果敢に戦いつづけてきた。

尼子家が、毛利元就にほろぼされたときの当主は、尼子義久であった。

義久は、富田城を毛利軍へあけわたしたのち、毛利家にひきとられ、毛利領内に軟禁されたままでいる。

というより、義久は、

「もう、戦さなど、こりごりである」

そう考えているらしい。

〈尼子党〉は、だから旧主の尼子義久には見きりをつけているのである。

〈尼子党〉をたばねていた山中鹿之介という勇将は、

「もはや、義久様はたのみにならぬ」

といい、尼子家の一族で、京都の東福寺の僧になっていた尼子勝久を引き出し、これを新しい主人として結束《けっそく》をかためた。

そして……。

羽柴秀吉の中国経略がはじまるや、秀吉の傘下へ入り、毛利軍と戦うことになったのである。

いま、上月城の守備をまかせられた〈尼子党〉は、攻め寄せて来る毛利の大軍に対し、城にたてこもって、秀吉の援軍を待つより仕方のない状態となった。

「これは、いかぬ」

またしても、秀吉はあたまを抱えた。

自分は、いま、三木城の別所長治を攻めるのに、

「手いっぱいのところ」

なのだ。

だからといって、

「上月城を見捨てては、わしがうしろをおびやかされることになるし、尼子党を見殺しにすることになる」

おもいきって、上月城を救援することにした。

しかし、出て行って見ると、とても秀吉の兵力では、上月城を包囲しつくしている毛利の大軍に、

「勝つ見こみはない」

のである。

秀吉は、のちに、こういっている。

「あのときほど、わしが困ったことはなかった」

羽柴秀吉は、ついに、たまりかねて安土にいる織田信長へ、

「ぜひにも、援軍をさし向けられたい」

と、歎願せざるを得なかった。

秀吉の急使を安土城に迎えたとき、信長は破顔して、

「はげねずみが音《ね》をあげたわ」

といい、滝川一益と明智光秀に、

「すぐさま、播磨へおもむき、筑前守をたすけよ」

命を下した。

さらに、信長は、長男・織田信忠《のぶただ》を司令官として軍団を編成し、これを播磨へ送った。

それでも、いけない。

毛利軍は、上月城をかこみ、何段にも陣形を組み、一段ごとに堅固な柵をもうけ、土塁をめぐらしている。

まるで、上月城のまわりに、新しい城が築かれたも同様の陣形なのである。

羽柴秀吉は、やむなく、小さなやせた軀を馬にのせ、折しも京都へ出て来ていた織田信長のもとへ駆けつけた。

秀吉が、あぶら汗をながしつつ、懸命に戦況を報告するのをきいた信長は、きっぱりといった。

「詮《せん》ないことじゃ。上月城は見捨てよ。毛利の備えを破らんとすれば、われらはおびただしい血をながすことになる」

こうして、上月城と〈尼子党〉は、織田信長に見捨てられてしまった。

羽柴秀吉は、すごすごと播磨へもどって来て、織田信忠に、

「いまここで上月城を見捨てまいては、天下の物笑いになりまする」

こぼしぬいた。

すると、信忠は、

「父上はな、損な戦さは決してなさらぬ」

苦笑するのみであったという。

これで秀吉は、信忠と共に、三木城の別所長治攻略へ全力をつくすことになる。

三木城が落ちるまでには、二年を要した。

上月城は、毛利軍をささえかね開城した。

尼子勝久は、城内において腹を切って果てた。

猛将・山中鹿之介は、降伏して備中・松山城へ護送される途中、毛利方の河村新左衛門以下によって殺害された。

ここに〈尼子党〉は、完全に、ほろび去ったことになる。

はなしは前後するが……。

ちょうど、そのころに上杉謙信が急死してしまったのである。

織田信長の中国攻めが、苦境におち入った。

そのうしろから、上杉謙信が進出して来る、となれば信長も二重三重の苦戦を強いられることになる。

それが、上杉謙信の急死によって、三木城攻撃を続行することが可能になったのだ。

信長は、運がよい。

よすぎる。

「絶対に負けぬ」

との自信は、さらに大きく、ふくれあがっていったろう。

信長は、大友宗麟《そうりん》など九州の有力大名へ使者をさし向け、毛利方をおびやかそうとした。

すこしずつ、信長は毛利軍に対して、有利な位置に転じはじめた。

このあたりの織田信長を見ると、その慎重で綿密な作戦行動に、おどろかざるを得ない。

激情的で、無謀きわまるような行動をとる信長とは、まったく別の人物だとしかおもえないのだ。

足利将軍・義昭は、上杉謙信の死によって大打撃をうけたが、屈しなかった。

義昭は、毛利家と武田勝頼とをむすびつける。

武田軍の再度の進出を計画した。

毛利輝元は、義昭のねがいをいれ、武田勝頼に対して、

「東海の国々へ進まれ、徳川家康を攻められたし」

と要求した。

織田信長が、

「武田勝頼を先ず、討ちほろぼしてから、毛利を討とう」

と考えはじめたのは、このときであった。

天正八年正月。

播磨の三木城が、ついに落ちた。

城主・別所長治は自殺し、ここに信長は、播磨の国の平定を、どうにか終えることになる。

羽柴秀吉は、三木城の攻略が終るや、すぐさま、

「逃げ散っていた町人、百姓たちを、呼び返せ」

と、命令を下した。

そして彼らが、三木城の落城前に、別所家へおさめねばならなかった借銭や借米、未納の年貢などを、

「すべて免除する」

との知らせを出したのである。

まことに、すばやい処置であった。

秀吉は、主・織田信長のやり方を長年見ていて、

「戦争が終れば、すぐさま民政をととのえなくてはならぬ」

ことを、よくわきまえ、それを自分のやり方として、実行しつづけてきている。

三木城が落ちたので、毛利軍の気勢は大いに殺《そ》がれた。

しかも、毛利家に属していた播磨の宇喜多直家《うきたなおいえ》が、織田信長の味方になってしまった。

形勢が有利になったのを見て、織田信長は、長年、もてあましている石山・本願寺へ、

「もう戦うのはやめましょう」

と、いい送った。

天皇と朝廷を通じてである。

本願寺も、毛利軍が助けてくれなくては、

「どうにもならぬ」

のである。

本願寺は抵抗をやめ、信長に屈服せざるを得なかった。

ほとんど百年にわたり、戦国大名に抵抗しつづけて来た一向宗宗徒たちは、ここにおいて、どうやら鎮圧されたといってよい。

こうして、大坂も信長の手中に帰した。

とうとう、織田信長は、

「毛利と武田を討てば、天下統一のための戦争が終る」

ところまで、漕ぎつけたわけであった。

勢いに乗じて、羽柴秀吉は因幡《いなば》の国（鳥取県）へ攻めこんで行った。

鳥取城を守るのは、毛利方の将・吉川経家《つねいえ》である。

このとき信長は、秀吉をたすけて、みずから鳥取城攻めに、

「出陣しよう」

と、いい出し、準備にとりかかったものである。

しかし、武田勝頼がまたも、東海地方へ出撃して来た。

徳川家康も、いまはちからを回復しているし、家康にまかせておいてもよいようなものだが、

「小うるさき勝頼め！」

信長は、舌うちをもらし、

「いまのうちに勝頼の息の根をとめてしまったほうがよい」

決意するにいたった。

杉谷忍びの於蝶が、

「待ちに待った……」

その機会が、せまりつつある。

なぜに、於蝶は、織田信長の武田攻めまで、隠忍自重をしていたのか……。

それは、

(武田方には、知り合いの武田忍びが何人もいる)

からであった。

織田・徳川の聯合軍を迎え撃つ武田勝頼のために、武田忍びは必死の活動をすること

になる。

つまり、於蝶の味方が、十倍も二十倍も増えることになるのだ。

そして……。

近江・坂本の城下町に住む刀鍛冶〈千貝《ちがい》の虎《とら》〉の家では島の道半と井笠半四郎が、飛苦無や鉤縄《かぎなわ》その他忍び道具をつくるのにいそがしかった。

これらの忍びの道具をつくるのは夜がふけてからと早朝にかぎられている。

千貝の虎も、手つだってくれた。

虎の刀鍛冶としての名前は、

〈近江《おおみ》虎正《とらまさ》〉

という。

むろん、世に知られるほどの名人ではない。

しかし、なにぶんにも戦乱の世であるから、注文は絶えない。

坂本城主・明智光秀の家来たちが、いつも虎の家へ押しかけて来ている。

坂本の城下には、虎のほかに十余の刀鍛冶がいて、なかなかにいそがしいのだ。

半四郎と道半は、坂本の城のまわりや、城下町を歩いて見て、

「先ず、これなら……」

このごろ、ようやくに安心したところである。

明智光秀には、これといった忍びの者はいないらしい。

もっとも、城主の明智光秀は、織田信長の目まぐるしいばかりの命令をつぎからつぎへ受け、坂本にゆっくりと暮していることはなく、転戦につぐ転戦をつづけている。

坂本城内へも、半四郎は何度も忍びこみ、様子をさぐっていた。

於蝶はいま、甲斐へおもむき、半四郎と道半が知らせてよこす情報を武田勝頼の耳へとどけている。

近江・坂本と甲斐・古府中《こふちゅう》の間を往復する密使は、道半の次男・十蔵だ。

半四郎も道半も、顔なじみとなった明智の家来たちから、いろいろなうわさを、ききこむことができた。

「いよいよ、近いうちに、甲斐へ攻めこむことになりそうだ」

というのが、結論であって、明智の武士たちは、武器の手入れにいそがしい。他国へ出陣している武士も、坂本に残っている奉公人に命じ、刀や槍の手入れをさせているのである。

こうして、天正九年の年が明けたのであった。

# 坂本の雪

刀鍛冶〈近江虎正〉の家は、坂本城の南にある。

このあたりは〈鍛冶町〉とよばれていて、種々の鍛冶職が多い。

だが、近江虎正こと〈千貝の虎〉の家は、琵琶の湖岸に近い町外れであった。

こんもりとした木立にかこまれた虎の家は、仕事場のほかに三間の部屋があり、裏手に物置小屋がひとつ。

井笠半四郎は、この小屋に寝泊りしていた。

正月六日の夜に入ってから、半四郎の小屋の戸を、微かに叩くものがあった。

虎や道半が叩いているのではないことを、半四郎はすぐに察知した。

戸の内側へ身を寄せた半四郎が、

「だれだ？」

低く声をかけると、

「わたしじゃ」

於蝶の声が返って来た。

「おお……」

すぐさま戸を開けると、外の闇の中から、雪といっしょに、旅姿の於蝶がすべりこんで来たのである。

「雪か。知らなんだ……」

「酒《さき》のにおいがする。ねむっていたのかえ？」

「昨日から、千貝の虎どのは京へ用達に出かけているので、今日は朝から仕事をやすんでいたのだ」

「道半どのは？」

「ねむってござる」

「わたしにも、酒をのませて……」

「よいとも。それにしても、こちらへ出て来るとはおもわなかった」

「古府中《こふちゅう》（甲府）を出て、遠江《とおとうみ》、駿河《するが》などの様子をさぐり、すぐまた甲斐へもどるつもりでいたが……ふとおもいたって、飛んで来たのじゃ」

炉へ薪をくべる半四郎の、背中へ貼りつくようにして、於蝶が、

「わかるかえ？」

と、ささやいてきた。

「なにが？」

「わたしが、ここへ飛んで来たわけを、じゃ」

「わからぬ」

「ま。意地悪な……」

於蝶がくびをさしのべ、半四郎の耳朶を嚙んだ。

「痛い」

「痛うてもよい」

於蝶は、杉谷の里で別れたときよりも、また肥えたようであった。

押しあてられている於蝶の乳房の量感が、なまなましく半四郎の背中へつたわってくる。

於蝶と別れて二年。

半四郎は、まだ一度も他の女の肌身を抱いたことはない。

於蝶も同様である。

すぐれた忍びの者は、何年もの禁欲にたえぬいてゆけるし、また毎夜、異性とまじわっても平気なのだ。若い忍びでなくとも、島の道半のように五十をこえた忍びでも、これは同じことである。

忍びの者は、わが心身を自由自在にあやつらねばならぬ。

半四郎は、振り向いて於蝶をひざの上へ抱き倒した。

「酒、のませて……」

と於蝶があまえた。

炉に燃える火あかりのみであったにせよ、どう見ても四十の女にはおもえない。

甲斐から東海へ出て、隠密の旅をつづけながら、さらに美濃、近江と足をのばして来た於蝶は、いかに女忍びだとはいえ、いささかの疲労も浮いていなかった。

「それ、酒だ」

「いやいや。口うつしにのませて……」

「む……こうか……」

於蝶は、半四郎の口から喉を鳴らして冷たい酒をのみ、そのまま唇をはなさず、双腕をさしのべて、半四郎のくびすじを巻きしめていた。

「於蝶どの……」

「半どの。会いたかった……」

それから、どれほどの時間がすぎたろう。

起き上り、身づくろいをした半四郎が、あわてて薪をくべた。

「道半どののところへ行こう」

「かまわぬ」

「なれど……」

「明日でよい。それよりも半どの。そこの鍋の中には何が入っている」

「粕汁だ」

「あたためて下され」

「よいとも」

「先刻、城下へ入って来たとき、城の外濠・内濠のまわりに篝火がつらなり、家来衆の出入りも、雪の中に多かったが……何か、あるのかえ?」

「正月のはじめには、毎年、茶会があるらしい」

城主・明智日向守光秀は、去年の秋ごろから大和の国や京都へ出張していたが、十二月はじめに坂本へ帰城しているらしい。

この日は、昼すぎから連歌の会が城中におこなわれ、つづいて茶会がもよおされた。

血なまぐさい戦乱の世の、しかも織田信長のような大名につかえ、諸方を転戦しつづけている明智光秀だが、風流の道を決して忘れぬものと見える。

家臣たちは、光秀の人徳を高く評価しているし、

「殿のおんためなら、いつにても見事、死んでみせる」

などと、千貝の虎の家へ、刀を注文しにあらわれる身分の軽い武士たちまでが、口をそろえていうのである。

「それにしても……」

粕汁で腹をみたしたとき、於蝶は、つくづくともらした。

「上杉謙信公が亡くなられたのは、まことに、くやしいことじゃ」

それほどに、近年の上杉・武田の両家は接近し合い、

「ちからを合わせて、信長を討ち、上洛のことを成しとげよう」

と、していたことになる。

武田信玄は、死にのぞんで、

「これよりは、越後の上杉と手をむすべ」

と、子息・勝頼に遺言をしたそうである。

自分とちがって勝頼では、とうてい上洛することができまい。それならば宿敵の上杉家と同盟をむすび、織田・徳川両軍と対抗したほうがよい、と考えたからであろう。

はじめは勝頼も、この偉大な亡父の遺言に、耳を貸さなかった。

けれども、六年前の長篠・設楽原の決戦に敗北を喫してからは、

(やはり、上杉と手をむすび、遠く毛利家とも通じあい、足利将軍家を押したてて、織田信長を打ち倒すよりほかに道はない)

と、おもうにいたったのであろうか。

武田勝頼は、故・信玄以来の老臣・高坂弾正忠昌信《まさのぶ》を使者として、越後・春日山城の上杉謙信のもとへさし向けた。

高坂昌信は、年少のころから武田信玄につかえ、永禄四年に、武田・上杉の両軍が川中島に決戦をおこなったとき、海津城の城代をつとめ、武田軍の中核となって活躍した

ほどの人物である。

昌信は、設楽原の苦戦にも生き残っていたのだ。

高坂昌信を迎えたとき、上杉謙信は、

「こうなるのであったら、晴信（信玄）殿と、はじめから手をむすんでおればよかったものを……」

と、苦笑し、

「さすれば、信長・家康ごときすでに、この世には生きておらなんだであろう」

めずらしく、愚痴めいた言葉をもらしたそうな。

戦国の世に、卓抜した軍事力をそなえた上杉と武田は、たがいにたがいを牽制しつつ、あくことなく戦闘をくり返し、空《むな》しい年月を、そのためについやしてきてしまった。

高坂昌信の使者は成功であった。

それだけに、上杉謙信の急死は武田家にとっても大きな打撃であった、と、於蝶はいうのである。

高坂昌信も、落胆のあまりか、それから間もなく病死してしまっている。

謙信亡きのちの上杉家は、景勝と景虎の二人の養子が、相続の争いをはじめ、武田勝頼も、

「なにともして……」

この二人の養子を和解せしめようとして、いろいろ斡旋をしたようである。

一時は、うまく行くかに見えたが、二人はついに戦火をまじえることになり、上杉景虎は一昨年の三月、景勝に敗北し、自殺をとげてしまった。

上杉家も、昔日の威勢を、ふたたび取りもどすことはないと見てよい。

「半どのは、織田勢が甲斐へ攻め入って来るのは、いつごろとおもう？」

於蝶が、問うた。

炉端にのべた寝床の中に、半四郎と於蝶は抱きあい、横たわっていた。

「わからぬ。なれど、今年ではあるまい。なんというても、こなたを留守にして甲斐へ出かけるには、毛利方を、いますこし押えつけてからでないと、信長も……」

「そのことよ」

「それに、ちかごろ、高野山の僧たちも、さわぎはじめているようだ」

「信長にかえ？」

「うむ」

「半どのに、たのみがある」

「何か？」

「なにともして、明智方へ入りこむ手だてはないか？」

「おれが、か？」

「そうじゃ」

「明智の家来になれ、というのか？」

「そうじゃ」

「なぜ？」

「わたしが見るところ、いま、織田信長の手足となって、目ざましくはたらいているのは、羽柴筑前守と明智日向守の二人じゃ、とおもう」

「そうも、いえる」

「だが、信長の甲州攻めに、羽柴秀吉は加われまい」

「秀吉は、毛利方を押えておらねばならぬからな」

「なれど、明智日向守は、信長について甲州へあらわれよう」

「ふむ」

「ともあれ、いまのところ、わたしたちは信長に対して手も足も出ぬ」

「山中大和守、伴太郎左衛門の甲賀頭領たちが、信長の身のまわりを寸分の隙なくかためている。これは、安土築城のときのことをおもえば、於蝶どのになっとくがゆく筈だな」

「わかっている。なれど、この明智家には忍びの眼が光っていないというではないか？」

「うむ。道半どのも、そういっている」

「それなら……」

「われわれの知っている忍びはおらぬ、ということだ。伊賀の忍びたちが、はたらいているやも知れぬ」

「かまわぬではないか、半どの。われらを知らぬ忍びなら、半どのにとってわけもないこと」

「おれが明智家へ入り、共に甲州へおもむく。だが、甲州には信長をまもって、かならず甲賀忍びが……」

「あぶないことは知れている。恐ろしいのかえ？」

「いいや、別に……」

「ともあれ、たのむ。織田方にも、わたしと連絡《つなぎ》をつける味方がおらなんだのでは、信長を討つ機会《とき》をとらえるのが、むずかしい」

半四郎は、しばらく考えてから、

「わかった」

と、いった。

「なんぞ、手だてがあるかえ？」

「急がねばならぬだけに、むずかしいが……やってみよう。たとえ、槍足軽の一人にでもなって明智勢へ加わり、甲州へ行ければよいのだな」

「そうじゃ」

「よし」

「たのむえ」

「ときに、十蔵どのは？」

「古府中を、いっしょに出て来たが、いま、徳川家康のうごきをさぐっている」

「それにしても、家康は、よく辛抱する」

「そのことよ、わが子の三郎信康は、織田信長に殺されたも同然なのに、まだ信長を見かぎらぬ。しぶとい男じゃ」

と、於蝶がいった。

それはこういう事件をさしているのだ。

一昨年の八月……。

徳川家康の長男で、

「父勝《まさ》りの若殿」

と、世にうたわれた三郎信康が遠江の二俣城で腹を切って自殺をとげたのである。

三郎信康の夫人・徳姫は、織田信長のむすめであった。

この徳姫が父・信長へ、夫・信康の母の築山殿《つきやま》が、

「甲斐の武田勝頼と内通をしております。そして夫の三郎をそそのかし、謀叛をはかっております」

と、ひそかに知らせてきた。

これは、事実らしい。

徳川家康は、今川氏の一族・関口義広のむすめに生まれた築山殿を妻に迎え、三郎信

康という長男をもうけたが、どうも夫婦仲がよくなかった。

のちには別居し、自分が浜松城へ移ったときも、築山殿を信康がいる岡崎城へ、あずけておいたままだったのである。

築山殿は、夫の家康の冷やかな態度をうらみ、それがつもりつもって、ついに、武田方と内通したというのだ。

こうしたヒステリックな女ゆえ三郎信康夫人である徳姫とも仲がよくない。

そうしたことから徳姫が、義母の秘密をうったえ出た。

徳姫としては、夫の信康をうったえたのではなく、築山殿さえ罰をうければ、

「なにもかも、うまくゆく」

と、考えたものか……。

ところが実家の父・信長は、むすめのうったえをきくや、すぐさま、徳川家康に、

「三郎信康に責任《せめ》をとらせよ」

と、命じてきたのである。

家康にとっても信康にとってもこれはまさに、

〈寝耳に水〉

の、おどろきであったといえよう。

家康は、使者を安土へさし向け懸命に、弁明しようとした。だが、信長は断固として、ゆるさなかった。

家康は仕方なく、信康を自殺せしめ、築山殿を暗殺し、信長への責任をとったのである。

これは、徳姫にとっても意外な出来事であったろう。

(わが夫に、罪はない)

からである。

実家の父が、可愛いむすめ聟《むこ》を自殺せしめた。

のちに徳姫は、こういっている。

「あのとき、わたくしは、あのことを徳川の義父《ちち》にうったえるべきであった」

徳姫は、三郎信康の死後、父・信長のもとへ帰って行った。

一説には、

「信長は、自分の後つぎの信忠よりも、家康の後つぎ信康のほうが、数段すぐれた大名となることを考え、自分よりも後つぎの信忠の安全をはかるために、信康を亡きものにした」

などとも、いわれている。

それほどに、三郎信康の果敢に富む戦将としての資質と、奔放自在の天性と、たくまずして多くの人びとをひきつける人気とは、すばらしいものだったのである。

もしやすると信長は、三郎信康の中に、若き日の自分を見たのやも知れぬ。

むろん、徳川家康のなげきは大きかった。

十年前の家康だったら、

「承知できぬ」

と、信長の命令を突っぱね、不利を承知で、信長と戦ったかも知れない。

しかし、家康は堪《た》えた。

いまこのとき、信長と戦って敗北することは、徳川の家と多くの家来と、自分が血みどろになってまもりつづけてきた領国をうしなうことになるからだ。

井笠半四郎が、

「家康は、よく辛抱することよ」

といったのは、この事件をさしたのである。

「もう、ねむろう」

半四郎が眼をとじるのへ、

「まだ、ねむらせぬ」

於蝶が、のしかかるようにして唇をさし寄せてきた。

「明日の朝は、甲斐へもどらねばならぬわたしじゃ。もっと名残りを惜しんでもよいはず」

炉に燃える火のぬくもりと、酒と熱い粕汁とで、於蝶の躰は精気にみちみちてきている。

於蝶の肌のにおいが、闇の中に濃密にただよいはじめた。

半四郎の胸肌を唇でまさぐりつつ於蝶が、

「武田方では、信長が攻めかけて来る日にそなえ、新しい城を築こうとしている」

と、ささやいた。

古府中にある武田の本城は、城というよりも居館に近い。

その近くの要害山に城をかまえてはいるけれども、大軍に包囲されたなら、ひとたまりもないのだ。

これは、何をものがたっているか……。

つまり、それほどに武田信玄が偉大だったことになる。

敵を、本城まで寄せつけない。

こちらから敵を攻めて行き、攻めることによって、

「われをまもる」

のである。

それができたということは、信玄のひきいる武田軍が、いかに強大なものだったか、
ということになる。

けれども、いまはちがう。

武田勝頼は、設楽原の一戦以来、本国と本城をまもるべき外部の基地を、ほとんど、うしないつつあった。

かつて、徳川方からうばい取った遠江《とおとうみ》の高天神城《たかてんじん》は、まだ武田のものになっているが、

「ぜひにも、うばい返せ」

徳川家康は、高天神奪回の戦備をすすめつつある。

「高天神をうばい返しておかぬと、甲州へ攻めこむときにめんどうだ」

からであった。

勝頼も、いまは織田・徳川の両軍が本国へ攻めこんで来ることを覚悟してい、そのためには、一刻も早く、敵の大軍をふせぐにじゅうぶんな、新しい城を築かねばならぬと決意していた。

於蝶は、

「古府中の館から西へ、五里ほどはなれたところの、けわしい丘の上に新しい城を築くことになるらしい。そこは、釜無《かまなし》と塩川の、二つの川にはさまれた七里ケ岩というところで、わたしも見に行ったけれども、築きようによっては、よい城になるとおもう」

と、半四郎に語り、

「なれど、間に合うであろうか……?」

いささか、不安そうでもあった。

翌朝……。

半四郎が目ざめたとき、すでに於蝶の姿は小屋の中に見えなかった。

静かに、雪がふりしきっている。

近江の琵琶の湖畔にある坂本の町だが、北岸から東岸にかけての町や村とちがい、冬の寒さもそれほどにきびしくはない。

「半四どの起きたか？」

戸の外で、島の道半のしわがれた声がした。

「うむ。入れ」

道半が入って来た。道半の背の向うの空間が、白紙を張りつめたように見える。

「ほう。つもったな」

「いま、千貝の虎が京からもどって来たところよ」

と、道半が、にやりと笑った。

その道半のうす笑いに、半四郎は顔をあからめた。

（道半どのは、於蝶が泊って去ったことを知っている）

と、感じたからである。

「久しぶりのことじゃ。於蝶どのも、さぞ、うれしかったことであろ」

「道半どの……」

「ま、よいわえ。今朝早く、ここを発つとき、わしのまくらもとへあらわれてな」

「於蝶どのが？」

「さよう。いろいろと、これからのこともきいた。明智の家中へ入りこむのだそうじゃな」

「うむ」

「二人して、何とか考えてみようではないか」

「たのむ、道半どの」

「それは、さておき、半四どの……」

いいさして道半が板敷きの間へあがりこみ、炉の中へ薪をさし入れて火勢を強めながら、

「先刻、於蝶どのを大津まで送って来た」

「そうか」

「そしてな、この坂本へ帰って来ると、御城の乾門《いぬいもん》のあたりから旅人が一人、出てまいった」

「旅人……」

「さようさ。それがなんと、わしが前に、二度ほど見たお人なのじゃ」

「……？」

「そのお人はな、上野作左衛門と申して、足利将軍・義昭公のそば近くにつかえているはずなのじゃ」

「なんと……」

半四郎は、得体の知れぬ胸の高鳴りをおぼえずにはいられなかった。

「むかしな、われらの頭領、杉谷与右衛門信正様は、近江の観音寺城におわした六角義賢《ろっかくよしかた》さまに、おつかえしていたものじゃ」

六角義賢は、近江の国の名家である佐々木氏の分れで、六角氏は鎌倉幕府のころから〈守護〉に任じ、やがて観音寺山へ本拠をかまえた。

六角氏と甲賀武士との関係はふかい。

南北朝対立のころの戦乱時代にも、六角氏は甲賀武士の、忍びの術を巧妙に利用してきた。

こうしたわけで、杉谷忍びもむかしから、六角氏のために、忍びばたらきをしてきたのである。

ところが、織田信長の攻撃をうけて、六角氏も観音寺城もほろび、それがために杉谷忍びは、姉川戦争に信長を討たんとして、ほとんど戦死をとげた。

そして生き残った於蝶や島の道半たちが、家族にもひとしかった杉谷忍びの敵《かたき》、織田信長を討つため、生涯をかけていることになる。

島の道半は、観音寺城において上野作左衛門を見たというのだ。

これは、

(いったい、どういうことなのだろうか?)

考えているうちに、井笠半四郎の胸さわぎは烈《はげ》しくなるばかりであった。

上野作左衛門は、将軍・足利義昭の侍臣でもあり、密使の役目もつとめていたという。

彼が十四年も前に観音寺城へあらわれたのは、当時、奈良の興福寺をぬけ出し、

「足利家の再興を……」

熱望して、諸方の戦国大名の援助を、もとめつつあった足利義昭の使者として、六角義賢をおとずれたのである。

観音寺城主であり、南近江一帯に君臨していた六角義賢は、もともと足利将軍家とは、関係がふかい間柄である。

いまや、ちからおとろえ、幕府の本拠である京都にもいられなくなり、流浪の旅をつづけている足利義昭のために、六角義賢は援助を約束した。

だが、なんといっても六角氏は老朽の名家であった。

織田信長の、猛烈な擡頭をふせぎ切れるものではなく、やがて信長の攻撃の前に、六角氏は、ほろんでしまった。

以後……。

足利義昭は、信長をたより、信長の力強い後援に押し出され、京都へもどることになるわけだ。

そして、すでにのべたように、現在の義昭は信長に追放せられ、中国の毛利家に身を寄せている。

だから、もしも上野作左衛門が、いまも足利義昭のために奉公をしているとなれば、

「中国におわす義昭公の密使として、ひそかに、この坂本へあらわれたということになるではないか」

と、島の道半老人がいうのである。

これは、重大なことではないか……。

なんとなれば……。

坂本城主・明智日向守光秀は、織田信長の忠実なる家臣なのである。

そして、いまの信長と足利義昭は、

〈仇敵《きゅうてき》の間柄〉

なのである。もっとも、信長のほうでは義昭など、

「相手にもせぬ」

の、心境であろうが、義昭は信長を打ち倒すため、必死となっているのだ。

その義昭の密使が明智光秀の城からあらわれた。

「旅の老僧に見えたが、たしかに見まちがいはない」

と、島の道半はいう。

上野作左衛門のほうでは、道半を知らぬ。

道半は、かつて杉谷忍びの一人として、観音寺城につめていたとき、よそながら、作左衛門を見ていたのである。

今朝……、島の道半が於蝶を大津まで送り、坂本の城下へ帰って来て、鍛冶町の通りを右へ曲がろうとしたとき、道の突き当たりの外濠の乾門がひらき、明智の家来三名ほどに見送られ、旅の僧があらわれた。

道半は、とっさに身をかくし、旅の僧が眼の前を通りすぎようとしたとき、大胆にも、

のこと雪の道へ出て行き、旅僧の足もとへひざまずき、両手を合わせて伏し拝んで見せた。

旅僧は笠をあげ、顔を見せ、道半へ、やさしく何度もうなずいて見せてから、大津のほうへ去って行ったそうだ。

坂本の町の刀鍛冶になりきっている道半を、旅僧は、うたぐっても見なかったらしい。

そして道半は、はっきりと、旅僧の顔を見きわめたのであった。

上野作左衛門は〈忍びの者〉ではない。

義昭が奈良にいたころから、そば近くつかえていた人物で、作左衛門の実兄・上野孫七郎康重は、十三代将軍・足利義輝につかえていた。

義輝が、京都の居館において松永久秀らの襲撃をうけ、殺害されたとき、上野孫七郎も討死をとげている。

「道半どの。それは、いまも尚、義昭公と明智日向守とのつながりが、絶えてはいない、ということになるのか？」

半四郎の両眼に、光が凝《こ》っている。

「と、見てもよいのではあるまいか、な……」

道半が、押し殺したような声でこたえた。

明智光秀は、もともと足利義昭につかえていて、光秀の奔走と仲介により、義昭は織田信長の庇護をうけるようになった。

これは、天下周知の事実である。

その後、しだいに、信長と義昭の間が不和となり、信長の怒りを買って京都を追放された義昭が、

「信長打倒」

を目ざして暗躍しはじめたとき、明智光秀は完全に、織田信長の家臣となっていた。単なる家臣ではない。

羽柴秀吉と肩をならべ、信長の天下制覇の大事業に大任を負って活躍する〈重臣〉と成りあがっているのである。

その光秀の城へ、かつては足利義昭の密使だった上野作左衛門が、旅の僧の姿であらわれた……。

これは容易なことではない。このことを織田信長が知ったら、なんとおもうであろうか。

それとも上野作左衛門は、いまは、義昭公からはなれているのではあるまいか。そして旅の僧になり、むかし親しかった明智日向守をおとずれた。ただ、それだけのことやも知れぬ。

ところで、島の道半が半四郎の小屋へあらわれ、上野作左衛門のことを手早く語った時間は、それほど長いものではない。

語り終えるや道半は、

「これから、わしは、作左衛門のあとをつけて見るつもりじゃ」

と、いった。

相手が〈忍びの者〉ならばさておき、老いた上野作左衛門が雪の道を大津へたどって行くのへ、道半が、

「追いつくのは、わけもないこと」

なのである。

「事としだいによっては、しばらく、もどれぬやも知れぬぞ、半四どの」

「おれが行こうか?」

「いや、わしでよい。それよりも、こうなれば於蝶どののいうとおり、おぬしは一日も早く、明智家へ入りこむための手はずをととのえてくれい。これはおもしろうなってきたぞよ。もしも……もしも、義昭公と明智が手をむすんでいるとしたら、それは、明智と毛利方とも、何らかのかかわりあいがあることになるではないか」

小人《こびと》のような道半の、小さい躰から熱気がほとばしるように見えた。

ふだんは、童児のごとく愛らしい道半の老顔に、血がのぼって、まなじりが裂けんばかりの眼光の凄さであった。

「よし、わかった」

「では、後のことをたのむぞよ」

いうや、島の道半が小屋から飛び出して行った。

すでに、旅の用意はととのえていたらしい。

いったん、虎の家へ入った道半が、すぐ出て来て、

「では……」

小屋の戸口に立っていた半四郎へ手を振り、たちまちに雪の中へ溶けこみ、消えて去ってしまった。

千貝の虎が、家の裏口からあらわれ、半四郎を手まねいた。

半四郎も、虎にいうことがある。

「道半どのから、何ぞ、ききましたか?」

半四郎が問うと、虎は、

「これからは、いそがしゅうなるゆえ、刀鍛冶の手つだいもならぬ。後のことは、おぬしと談合するようにというた」

「さようか。われらが手つだえぬとなれば、虎正どのもお困りでしょう」

「なんの、すぐにでも弟子をあつめることはできる。それで半四郎どのも、この家を去るのか?」

「そのことについて、知恵をお借りしたいのだが……」

「なんなりと……」

「杉谷生まれの虎正どのだが、忍びばたらきに引きこんでは、申しわけがない。このあたりで、われらもそれぞれに散ったほうがよい」

「いやいや。わしは忍びではないが、杉谷の亡き頭領・与右衛門信正さまには、いかい恩義がある。手つだえるだけのことは、させてもらおう」

「そういっていただくと、私も談合がしやすくなります」

# 奉公

明智日向守光秀の家来で、林彦蔵《ひこぞう》という者がいる。

林彦蔵は、身分の低い家来ではあるが、〈使番《つかいばん》〉の役目についていた。

この役目は戦場において、本陣からの命令を諸部隊へ伝達するわけで、戦さのないときは諸方への〈使者〉をもつとめる。

こころのきいた者でないと、つとめられぬ役目である。林彦蔵の家は、坂本城下の馬場町にある。

そこから刀鍛冶〈近江虎正〉の家までは、さほど遠くない。

彦蔵は、坂本城下へ帰って来ると、よく虎正のところへあらわれた。

〈近江虎正〉こと、千貝の虎は坂本に住む刀鍛冶の中でも、格別にすぐれた工人《こうじん》ではない。

上級の家臣たちは、めったにあらわれなかった。

それだけにまた、いそがしいのだ。

身分の低い家来たちの刀について、いろいろ親切にめんどうを見てくれる。

自分の手で間に合わぬときは、気軽に京の町などへ出かけて行き、相応の刀を見つけて来てくれもする。

研師《とぎ》ではないが、鍛冶研ぎのほかに、

「たのむ」

といわれれば、研師にもなってくれるのである。

こういうわけで、千貝の虎は、明智家の下級武士たちに評判がよい。

林彦蔵も、その一人であった。

彦蔵は三十五歳で、妻の以佐《いさ》との間に、十歳になるむすめが一人いる。

それに彦蔵の妹で、十八歳になるおるいというむすめと、四人で暮していた。

ずんぐりとした軀つきで、挙動ものろのろとして見える彦蔵が、

「よくも、御使番がつとまるものだ」

などと、戦場での彦蔵を知らぬ人びとはいうけれども、彦蔵の馬術は大したものだそうで、いざとなると人が変ったようなはたらきぶりを見せるのだそうな。

雪晴れの昼すぎになって……。

馬場町の林彦蔵の家へ、刀鍛冶の近江虎正がたずねて来た。

虎正は、小さい細長い布包みを抱えている。

「おぬしが、ここへあらわれるとは……めずらしいことだな」

林彦蔵が、よろこんで虎正を、わが居室へ案内した。

わら屋根の、四間ほどの小さな家だが土間はひろく、その土間の中に彦蔵の愛馬が飼われている。

「今日は、おねがいのことあってまいりましたよ」

と、虎正がいった。

「何だな？……いうてみたらよい」

彦蔵は、こだわりなくいった。

小さな、木の実のような眼が笑っている。

「はい。その前に、先ず、これをごらん下さい」

と、近江虎正こと千貝の虎が、持参した布包みをひらいた。

箱の中に、短刀が一ふり、入っていた。

「美濃の兼貞《かねさだ》でござる」

虎正がいって、その短刀を取り出し、林彦蔵へ、

「ごらん下され」

手わたした。

「ふうむ……」

と、彦蔵は感嘆のうめきをもらし、

「みごとな……」

「いかがでござる？」

「どこで、手に入れた？」

「むかしから、わが家につたわりましたものでな」

「さようか……」

飽かずに、彦蔵は兼貞の短刀に見入った。

美濃の住人・兼貞は〈蜂屋兼貞〉ともいわれ、百数十年前、応永から永享のころにいた名工であった。

刀長七寸一分余。まさに〈兼貞〉の銘がうってある。

地鉄の小杢目《こもくめ》が、

「まことに、うつくしい」

短刀なのである。

それを、

「さしあげましょう」

と、近江虎正がいい出した。

「おれにか？」

「はい」

「ばかな……」

「そのかわり……」

「おぬしのたのみごとを、きけと申すのか？」

「はい」

「この業物《わざもの》と引きかえのたのみごとなぞ、おれにかなえられようはずがない」

「とは、おもいませぬが……」

「なに……」

と、林彦蔵の眼の色が変ってきた。

彦蔵は、あらためて、また兼貞の短刀に見入った。

小さな彦蔵の眼が活《かっ》と見ひらかれ、二倍も三倍もの大きさに感じられた。

(戦場に出たときの、この男は、きっと、このような顔つきになるのだろうな)

と、千貝の虎は上眼づかいに、彦蔵の横顔をながめた。

彦蔵の面上に、短刀への執着がありありと浮きあがっていた。

「おれに、できることなのか……？」

「はい」

「よし。きこう」

「人をひとり、お世話ねがいたいのでござる」

「世話だと……？」

「明智様へ、なにとか御奉公がかないませぬか？」

「そのことか……」

「そのことでござる」

千貝の虎は、ひざをすすめ、

「御存知でありましょうが、私のところにおります若者にて、半十郎と申す……」

「おお、知っている」

「当年、二十八歳になりますので」

と、虎は、井笠半四郎を、

〈木村半十郎〉

として、林彦蔵に告げたのである。

年齢も、十ほど引き下げておいた。

また、それほどに半四郎は、

「若く見える」

のである。

「いやもう、困りぬいておるのでござる」

千貝の虎が、ためいきを吐いて、

「私の遠縁の者にござるが、なんとしても刀鍛冶なぞに、なるのはいやじゃと申しましてな」

「それで、明智家へ奉公を……」

「いえ、足軽にても小者にてもなんでもよい、と、半十郎めは申しておりますので」

「なるほど」

「ちからもあるし、身のうごきも、す早いのでござる。なにともして戦場へ出て、手柄をあらわしひとり前の武士になりたい、と、かように申してきかぬのでござる」

「ほう……」

「いかがなもので？」

「さよう……」

彦蔵は沈黙し、またしても兼貞の短刀を凝視した。

「いかがなもので？」

「小者、足軽にてもよい、と申すのだな？」

「はい、はい」

「それならば……」

「御奉公が、かないますか？」

「口ぞえをしてもよい」

「これは、どうも、ありがたいことで」

「なれど、戦さともなると、夢に見ているほどのものではないぞ。それは、まことに凄《すさ》まじいものだ」

「さようでござろうとも」

「手柄をたてる、などと申しても、容易なことではない」

「はい、はい」

「人と人が殺し合うのだからな」

「いかさま」

「討死も、覚悟の上なのだろうな？」

「私はもう、半十郎の好きにさせてやりたいと、おもうばかりにて」

「ふうむ」

「いかがで？」

「よし、口ぞえをして見よう」

ついに、林彦蔵が受け合ってしまった。

むずかしいことではない。

明智家でも、いま、むしろ戦闘員が不足しているし、しかるべき人の口ぞえがあれば、
奉公がかなわぬこともないはずだ。

「槍や刀を、つこうたことがあるのか、あの若者は……」

「相応につかいまするよ。おのれ一人にておぼえたようでござるが、なにしろ、かるが

ると、槍や刀をさばいて見せますので」

「一度、おれがところへつれて来てくれぬか」

「すぐにも……」

その日のうちに、井笠半四郎は、林彦蔵の家へ出向いて行った。

彦蔵も、近江虎正の家で、三度ほど半四郎を見ていた。

(筋骨のたくましい、しかも、しなやかな軀つきをしている。よい若者だ)

という印象が残っている。

三十七歳の半四郎が〈若者〉に見られるのもおかしいことだが、実際に若く見えるのだ。

於蝶も、

「ほんに半どのは、以前とすこしも変らぬ」

と、いっていたほどだ。

「半十郎とやら。槍をつかうそうだな」

「いえ……自分ひとりが、勝手にしておりますことで」

半四郎は、若者らしいはにかみをにおわせ、顔を伏せた。

演技である。

すぐれた忍びの者は、そのときその場で、自分が別の人間になりきってしまわねばならぬ。

外形だけを変えて見せても、それは、たちまちに看破されてしまう。

たとえば……。

いま半四郎が、六十の老爺に変装して林彦蔵の前へ出たとすれば、その老爺そのものになりきってしまわねばいけない。

声の種類も、それに応じて変ってくるし、身のこなしも同様なのである。今度の場合、二十八歳の若者になりきることは、半四郎にとって、

「たやすいこと」

なのであった。

「かまわぬ。槍を、つこうて見ろ」

林彦蔵が立ちあがって、長槍を持ち出してきた。

「なれど……」

「かまわぬ」

「ただ、ふりまわすだけのことで……」

「それでもよい。槍がふりまわせなくては、戦陣へ出て、つかいものにならぬ」

「はい。では……」

半四郎は槍をうけとり、庭へ出て行った。

千貝の虎が、

「これよ。気をつけてな」

声をかける。

うなずいた半四郎が、槍をかざし、かるがると打ち振るのを見て、

「ふうむ……」

彦蔵が瞠目した。

彦蔵の妻・以佐と、妹のおるいが庭の片隅へあらわれ、見物しはじめた。

槍も刀も、ただ腕力であつかうものではない。

つかいなれてはじめて、わが手指のごとく、うごくようになる。

なにしろ半四郎は、忍びの者として刀槍の術をまなんだ上に、小笠原長忠の足軽として奉公をしたこともある。

槍のあつかいは、堂に入ったものであった。

だが、あまり〈方〉にかなった槍のつかいぶりを見せては、

(かえって、怪しまれる)

のである。

そこがむずかしかった。

打ち振った槍をさばき、二度三度と宙を突きあげ、半四郎は顔面を紅潮させ、びっしょりと汗をかいて見せた。

汗の出し入れなどは、忍者にとって、

(わけもない)

ことなのである。

「も、もう、これにて……」

と、半四郎は大きくあえいで見せながら、

「これにて、ごかんべんを……」

「おう、見たぞ」

林彦蔵が、近江虎正へ、

「これなら、大丈夫だ」

「さようで……」

「軍目付《いくさめつけ》の平山弥兵衛様へ、申しあげてみよう」

と、彦蔵がいった。

軍目付とは、軍陣にあって兵士たちを監察する役目で、平山弥兵衛は林彦蔵の〈上司〉でもあった。

「よろしゅう、おねがいを申します」

半四郎は、いかにも感激の態《てい》で庭先へ両手をつき、何度もあたまを下げる。

「よいとも。ほかならぬ近江虎正の縁者ゆえ、平山様もなにとかお口ぞえをして下さるだろう」

という彦蔵の前へ、近江虎正こと千貝の虎が、兼貞の短刀をさし出し、

「では、この短刀を、おおさめ下され」

「なにをいわれる。まだこの若者を召し抱えると、きまったわけではないのに……」

「それは、かまいませぬ。林様がお口ぞえ下さるということだけでも、われらはうれしゅうござる。ぜひにも、こころよく、おおさめ下されい」

「む……」

彦蔵は興奮していた。

このように立派な刀をわがものにするのは、はじめてのことなのである。

「さ、おおさめを……」

「う……では、そのようにいわれるなら……」

「はい、はい。ぜひとも……」

「では、ありがたく、いただくことにする」

彦蔵は、短刀を押しいただくようにしたが、そのとき急に、何かおもいついたらしく、

「お、そうだ」

ひざをたたいた。

「なにごとで？」

「いやなに虎正どの。この若者木村半十郎に口ぞえをするからには、おぬしの縁者よりも、むしろおれが縁者ということにしたほうが、なにかとうまく事がはこぶにちがいない。そうだ、それがよい」

林彦蔵のおもいつきは、道理にかなっていた。

主君の明智光秀が、彦蔵のことを、

「なかなかに、こころきいた男である」

と、ほめたことがあるそうな。

骨身を惜しまずに奉公をするし、役目の上での失敗は一度もない。

主君からも上司からも、信頼の大きい林彦蔵なのである。

ゆえに……。

刀鍛冶・近江虎正の、

「たのみによって……」

奉公の口ぞえをするよりも、彦蔵自身が、

「それがしの縁者でございます」

と、いい出たほうが効果は大きいと見てよい。

「かたじけのうござる」

虎正は、よろこんだ。

「よし、今日明日にも、平山弥兵衛様へ、おたのみしてみよう」

彦蔵は、たのもしく引きうけてくれた。

林家を出て、鍛冶町の外れにある我家へもどると、千貝の虎が、にやりとして、

「兼貞の銘刀が効《き》いたな、半四どの」

と、いった。

兼貞の短刀は、杉谷忍びの頭領・杉谷信正が所持していたものだ。

信正が姉川に戦死したのち、この短刀は島の道半の〈かくれ家〉にしまわれてあった。

それを於蝶が、

「半どのにあげよう」

と、半四郎にくれたのであった。

それをいま、半四郎は役立てたことになる。

於蝶も、このことをとがめはすまい。

翌々日になって……。

林彦蔵の小者が、

「すぐに、おいでを……」

と、半四郎をよびに来た。

半四郎が、近江虎正につきそわれて出向くと、

「よかった、よかった」

林彦蔵は上きげんで、

「軍目付の平山弥兵衛様のお口ぞえで、半十郎は御奉公がかなうことになったぞ」

「すりゃ、まことで……」

半四郎が歓喜の表情をうかべ、

「かたじけのうござります。うれしゅうござります」

叫ぶようにいった。

半四郎の両眼からは、ふつふつと熱いものがふきこぼれんばかりであった。

それもこれも半四郎が、

（木村半十郎に、なりきっているから……）

なのである。

「うむ、うむ……よかった。よかったなあ」

つりこまれて、林彦蔵も眼をうるませたほどなのだ。

その夜。

林彦蔵の妻・以佐が、彦蔵の居間へあらわれ、こういった。

「あの……木村半十郎どのの、ことでございますが……」

「半十郎が、どうした？」

「いかがありましょう」

「何が？」

「おるいどのと……」

「るい？」

「似合いの夫婦《めおと》ではございませぬか？」

「ふうむ……」

彦蔵は、おどろいた。

おもってもみなかったことである。

(女とは、そうしたことに、すぐ気づくものなのか……)

であった。

「先刻、おるいどのに、それとのう、半十郎どののことをいい出してみましたら……ぽっと、顔をあからめまいて……」

「るいが、か?」

「はい」

「ふうむ……」

彦蔵は、うなった。

亡き母親ゆずりの、ふくふくとした軀つきの妹は、とりたてて美女というわけでもないが、大きなくろぐろとした眸《ひとみ》がいつもうるんでいて、気だてのやさしいむすめなのである。

「るいが、のう」

「似合いか、と……」

「なれど、半十郎は長柄《ながえ》足軽《あしがる》として奉公をする。大事な妹だ。いますこし、よいところへ嫁入らせたい」

「それなれば、半十郎どのが、これより身を立てればよいのではございませんか」

「なるほど」

「おちからぞえをしてあげて下され」

「ふうむ……」

よくよく考えてみると、

(似合いでないこともない)

と、彦蔵はおもった。

いかにも若者らしい精悍な半十郎の、それでいて、何やら人なつかしげなやさしさを、彦蔵はおもいうかべて見て、

(あの男なら、妹をたいせつにしてくれるやも知れぬ)

おるいも、十八歳になった。

この当時のむすめとしては、結婚の適齢期なのである。

(ふうむ……これは、よい縁やも知れぬな)

義弟にしても、

(うれしい男だ)

であった。

「ま、そのはなしは、いますこし、おれにも考えさせてくれ」

「はい。それはもう……」

「るいめが、顔をあからめたと、な？」

「はい、はい」

「ふうむ。いつまでも子どもだとばかり、おもうていたが……」

「まあ……るいどのの、あの胸のあたりのふっくらとしたさまをごらんなされ。もはや、りっぱな女でござりますよ」

近江・坂本城下で林彦蔵夫婦が〈木村半十郎〉こと井笠半四郎について語り合っている。その同じ夜のことだが……。

これも近江の国・甲賀郡・柏木郷にある甲賀頭領の山中大和守俊房の屋敷では、主の山中俊房が、伴忍びの頭領・伴太郎左衛門と密談をかわしていた。

坂本は晴れていたが、甲賀の里には雪がふりしきっている。

まるで、小さな城のような山中屋敷の、奥深い区域にある山中俊房の〈居住区〉の内の、暗い、せまい部屋で、二人の甲賀頭領は向い合っていた。

炉に、ちろちろと火が燃えている。

山中俊房は、すっぽりと頭巾《ずきん》をかぶり、例のごとく面《おもて》を見せぬ。

もう二十年も前から、山中俊房を知っている伴太郎左衛門なのだが、

(むかしと、すこしも変らぬ。声も身のこなしも……さすがに大和守様だ)

ひそかに、敬服をしていた。

身のうごきは三十の若さをそなえていながら、その渋くて落ちついた声音《こわね》は、二十年も前から、六十の老翁をおもわせる山中俊房なのである。

伴太郎左衛門は、すでに四十をこえていた。

井笠半四郎が三十七歳の壮年に達していることをおもえば、小さな体軀の太郎左衛門の風貌にも、おのずから、中年の苦味《にがみ》が加わったことは当然であろう。

姉川戦争があってのち、山中俊房の説得に応じ、太郎左衛門は独立の〈忍びばたらき〉をやめ、山中俊房と手をむすんだ。

そのときからいままで、二人は何事にも、ちからを合わせ、ひたすら、織田信長一人のために活動をつづけてきた。

姉川戦争の直後に、山中俊房は、配下の忍びたちの人数の不足をなげいていたものだが、そのときよりも十余年を経たいまは、当時は少年にすぎなかった山中忍びの子弟たちも成長し、忍びとしての修行をつみ、ひとり前の忍者としてはたらいてくれるようになった。

スケールは山中忍びにくらべて小さくとも、これは伴忍びにもいえることであった。

伴太郎左衛門の配下は、いま、三十名をこえている。

両家の忍者たちは、かたく結合しているから、双方を合わせると百名をこえる忍びたちが活動をつづけていることになるのだ。

太郎左衛門は、折にふれて、

（ああ……いままで、半四郎がわしの手もとをはなれずにいてくれたら……）

ふっと、そうおもうことがある。

五年前の春の或日に……。

伴太郎左衛門は、二人の下忍びをしたがえ、牛の背にゆられながら、安土城の山つづきの道を警戒していたことがある。

そのとき、すこしはなれた畑道へあらわれた百姓ふうの男が、こちらを見て、急に立ちどまり、笠をかたむけるようにして小水を放つのが見えた。

そして、その男は来た道を引き返し、何処かへ消え去った。

(あの男は、半四郎ではなかったか……?)

と、いまも太郎左衛門はおもってみるのだ。

顔は笠にかくれて見えなかった。

軀つきに、見おぼえがあったわけでもない。

それなのに、

(やはり、半四郎にちがいない)

年を経るごとに、太郎左衛門は確信を深めつつあった。

忍びの頭領としての、するどい直感ばかりではなかった。

なんといっても、井笠半四郎は幼年のころから、太郎左衛門の父・伴宗行にそだてられ、宗行亡きのちは、家をついだ太郎左衛門から、

(まるで、わが弟のように……)

愛され、成長して行ったのである。

それだけに、太郎左衛門の眼をあざむくことは、できなかった。

（もしや……？）

と感じつつも、太郎左衛門が五年前のあのとき、井笠半四郎を見逃したのは、半四郎を裏切者として成敗することを、ためらったからであった。

傍についていた下忍びは、それと気づかなかった。

遠去かって行く半四郎を見まもっていた太郎左衛門へ、

「あの男、何者でござります？」

と、問いかけはしたが、太郎左衛門はかぶりをふって、

「別に……」

と、こたえておいた。

いま、太郎左衛門は、自分ひとりが半四郎を見つけ出したとき、

（ひそかに、助けておいてやろう）

そう考えている。

しかし、そのときに配下の忍びで、半四郎の顔を見知っている者が傍にいたら、見のがすことはできぬ。

伴家にそむいて出奔し、杉谷忍びの生き残りの於蝶と共に、伴忍びの中畑喜平太を殺害した半四郎なのである。

きびしい甲賀忍びの掟によって、半四郎を、たちどころに討ち取らねばならない。

（なれど、おれひとりが半四郎めを見つけたときは……）

頭領の太郎左衛門みずから、その掟にそむくつもりでいる。

それは、伴太郎左衛門の半四郎にかたむけている愛情が、なみなみではないことをしめしていた。

同じ甲賀の頭領でも、山中大和守俊房なら、そのような常《つね》の人のような愛のこころを敢然と捨てて、裏切者を成敗するにちがいなかった。

(今度、もし半四郎を見つけたら、ひそかに手もとへ引き取りこの戦乱の世がしずまるまで、いずれかに隠しておこう)

と、太郎左衛門はおもう。

日本全国におよんだ戦乱は百年もつづき、いまはようやくに、

(行手が見えてきた)

のである。

十一年前に、太郎左衛門が武田信玄のためにしていた忍びばたらきをやめ、山中俊房のすすめをうけ入れ、織田信長ひとりに的をしぼったことは、

(間ちがいではなかった)

のである。

いま、伴太郎左衛門は、

(あの折、大和守様のさそいにのり、信長公のおんためにはたらくようにしたことは、まことによかった)

つくづく、そうおもう。

織田信長が、日本の天下人《てんかびと》として君臨することは、

（もはや、間ちがいはない）

と、こころあるものならば、だれもそう考えていよう。

なるほど、まだ武田勝頼がいる。

中国の大勢力である毛利輝元がいる。

しかし、これまでの織田信長のしてきたことをふり返って見るにつけ、

（武田も毛利も、信長公の敵ではない）

と、伴太郎左衛門は確信している。

（あと、三年か……）

と、太郎左衛門は見ている。

三年後には、織田信長が日本中の大名たちを傘下におさめ、日本は完全に戦火が絶えることになるであろう。

そうなれば、山中俊房はもちろんのことだが、

（わしだとて、甲賀の一頭領ではすまなくなるだろう）

太郎左衛門は、そうおもっていた。

たとえ小さくとも一国一城をあたえられ、平和の世の一大名として太郎左衛門は新しい歩をすすめることになる。

それは、織田信長も承知していることなのだ。

信頼がふかい山中俊房から、信長は伴太郎左衛門のことをよくきかされて、太郎左衛門にも、忍びの活動のための費用を惜しみなくあたえてくれる。

信長は、山中俊房に、

「太郎左衛門につたえておけ。恩賞を、たのしみにしておれ、とな」

と、いったそうな。

(それなれば、半四郎の生きる道も見出せよう)

戦乱の世が終れば、それに付随していた人びとの憎悪も、恨みも、殺し合いも、自然に溶けてゆくにちがいないのだ。

なにも、手もとへおこうというのではない。

平和の世に、井笠半四郎の生きる道は、

(いくらでもある)

はずであった。

それにしても、

(半四郎を見つけ出すことが、できるであろうか……?)

それが、気がかりだ。

おそらく半四郎は、いまも杉谷忍びの於蝶と共に、武田勝頼の下にいて、忍びばたらきをつづけているにちがいない。

（よせ。むだじゃ）

と、いいたい。

太郎左衛門が見ても、いまや、織田信長は山中・伴両家の忍びばたらきたちによって完全にまもられ、その情報網は、

（おそらく、日本随一）

と、見てよい。

山中と伴の忍びたちは、甲斐にも潜伏し、中国にも散っている。

そこから絶え間もなく送りとどけられる情報により、織田信長は安土に居ながらにして、諸国の動静を知ることができるのである。

いま……。

山中大和守俊房と伴太郎左衛門の前に、くりひろげられている巻物には、何が書き記してあるか……。

これを見たら、さすがの織田信長も呼吸《いき》をのむにちがいなかった。

その巻物には、信長に従っている多くの大名たちや、武将の名が書きつらねてある。

そして、その大名・武将たちのもとへ、山中・伴の忍びたちが一人、二人と入りこんでいる。

いうまでもなく、それぞれの家来になりきって入りこんでいるのだ。

それは、たとえば織田信長の〈子飼い〉ともいうべき人びとのところにまで入りこん

でいる。

柴田勝家、羽柴秀吉とて例外ではない。

近江・坂本の城主・明智光秀のもとへも、山中忍びが一名、家来となって入りこんでいるのだ。

信長は、これを知らぬ。

知らなくてもよい。山中俊房と伴太郎左衛門は、忍びの頭領として、当然なすべきことをしているにすぎないのであった。

「つい、先ごろのことじゃが……」

と、いいさして山中俊房が、眼前にひろげられた巻物の一カ所を、細長い手ゆびで指し示した。

そこに〈明智日向守光秀〉の名が書き記され、その下に、〈馬廻衆《うままわり》・生熊弥介《いくまやすけ》〉と、朱色の筆でしたためられてあった。

この朱色の名前が、諸国へ潜入している山中忍びなのである。

それが一名のところもあるし、二名、四名のところもある。

明智家には、生熊弥介一名であった。

馬廻衆というのは、文字どおり大将の馬のまわりを警固する役目のことで、つまり一種の近衛兵ともいうべきものだ。

それだけにしっかりした、力量のすぐれた人物がえらばれることになる。

山中忍びの生熊弥介は、いま、その馬廻衆の一員として明智光秀に奉公しているわけであった。

そして……。

明智家の内情は、生熊によって山中俊房の耳へとどけられ、それを俊房が整理しておき、忍びばたらきの資料にすることになる。

いちいち織田信長の耳へ入れるわけではないが、山中俊房としては、

「万一のことを考えて……」

していることなのだ。

あれほどに、信長から深い信頼をうけている羽柴秀吉のもとへも、馬廻衆になって荒川助七郎という山中忍びが、入りこんでいるのである。

いうまでもなく、これらの山中忍びは、それぞれに、しかるべき伝《つて》をもとめて奉公をしたのだ。

井笠半四郎が明智家へ奉公するためにおこなった方法も、その一である。

生熊弥介は、尼子《あまこ》家の残党というふれこみで、わざわざ山中俊房が遠くへ手をまわし、京都の妙心寺の塔頭《たっちゅう》・退蔵院《たいぞういん》の僧で通玄《つうげん》というものの紹介により、明智家へ奉公させたのであった。

僧・通玄も、山中俊房の息がかかった忍びの一人なのである。

通玄は、もう三十年も前から、正式の修行をして僧侶になりきって、退蔵院にいるの

だ。

この時代の、寺院と大名たちの関係はふかい。

通玄から送られてくる情報は、貴重なものなのである。

僧になりすました通玄は、他の忍びたちのように、刀をぬいて闘ったり、飛苦無を投げつけたり、陣地や城の中へ忍びこんだりすることはできない。

なぜなら、僧の修行をし、僧になりきることが、通玄の〈忍びばたらき〉だからである。

〈忍び〉の活動というものは、およそ、こうした長い忍耐の上につちかわれたものが、本来のものなのである。

はなばなしく敵と闘ったり、飛びはねたり、追ったり追われたりすることのみでは、とうてい完全な〈忍びばたらき〉はできぬ。

〈忍び〉ということは、敵地へ忍びこむことを意味するのではない。

それは、忍者の〈忍耐〉をさすのである。

ところで……。

僧・通玄の紹介によって明智家へ奉公した生熊弥介は、ここ八年ほどの間にめきめきと頭角をあらわし、戦場へ出るたびに、その目ざましい活躍ぶりを明智光秀から賞せられていた。

「のう、太郎左殿よ」

と、山中大和守俊房が、伴太郎左衛門によびかけた。

「つい、先ごろのことじゃが……」

「はい？」

「明智家にいる生熊弥介から、妙なことを申してまいってな」

「妙な……？」

「さよう。この正月六日に、日向守様が坂本の御城にて、連歌と茶の湯の会を、もよおされたそうな」

「それは、例年のことであろう」

「いかさま」

うなずいて山中俊房が、

「そこへな、旅の老僧がひとり、たずねてまいったという」

「ほう……」

「生熊弥介は、本丸の居館《やかた》の詰所にひかえていて、ふっと、小用に立ったのじゃそうな」

「なるほど」

「用を足して、いささかのんだ酒のほてりをさますつもりで弥介がの、雪がつもっている中庭に沿うた廊下へ出て行くと……その、中庭の向うの渡廊下を、奥御殿の方へ案内されて行く旅僧を見た、というのじゃ」

「ふうむ……」

「なんとのう気にかかったらしく、弥介は、諸方の城門をかためている足軽たちにさぐりを入れてみたというが……いっかな、わからぬ。まだ城内にいるのか、それとも去ったのか、それもわからぬという」

「仏門にも、いろいろと知り人の多い日向守様ゆえ、別に、あやしむこともないのでは……」

「ま、それはそうなのじゃが……なれど、太郎左殿。その旅僧が、いつ来ていつ去ったか……城の門をまもっている士《もの》たちが口を合わせたように、知らぬというのは、ちょっと妙な気がせぬでもない」

「ははあ……」

「また生熊弥介も、そのことが気にかかったゆえ、わざわざ知らせてまいったものとおもう」

例によって……。

山中大和守俊房の考え方は、臆病なほどに緻密をきわめている。

針ひとすじの傷も、事としだいによっては、

(取り返しのつかぬこと)

になるからであった。

「いま、ひと息なのじゃ」

と、俊房は嘆息をもらし、

「いまここで、右大将（信長）様の御身に、間ちがいなどあっては、これまでの、われらが苦心も水の泡となってしまうゆえ……」

太郎左衛門にも、俊房の胸底にひそんでいる不安が、よくわかっている。

それは、どういうことなのか……。

織田信長は、尾張の国の小さな武将の家に生まれ、父・信秀亡きのち、清洲の城主となった。

そのときから、二十六年を経た今日、四十八歳の若さをもって、天下統一を成しとげようとしている。

これまでにのべたことだが、信長の運のよさというものは、実に、破天荒《はてんこう》のものといってよい。

その好運の波に乗って、信長は猛烈果敢に進撃しつづけて来た。

その一方では、

（これが信長か……？）

とおもうような、巧妙な外交と治政の両面をも押しすすめ、忍ぶべきときは凝と耐えてきてもいる。

だが、織田信長が無双の英雄となるまでには、それまでの世の人びとが、見たことも聞いたこともないほどの、恐ろしいちからをふるってきている。

信長は、若いころに、伯父の織田信光や、弟の信行をも謀殺した。

これは、親族や肉親の勢いが、強くなることをおそれたからだともいうし、烈しい猜《さい》疑《ぎ》のこころを押え切れず、伯父や弟を生かしておいては、

（いまに自分が危くなる）

と、考え、すぐさま殺害してしまったともいわれている。

またとなき心強い同盟者である徳川家康の長男で、しかも自分の愛むすめの夫でもある三郎信康をも、

（武田家と通じたから……）

と、うたがいをかけ、これを切腹せしめた。

強大な独裁者である信長は、めったに家臣たちの意見をとりあげないし、他人の進言をも好まぬ。

それでいて、他人の告げ口などを、すぐに信じてしまうところがある。

いや、信じるというよりも、たとえば、

「だれだれが、殿にそむこうとしております」

と、きかされた場合、その真相をつきとめるよりも、

（たとえ、いささかのうたがいでもあるのなら、討ち取ってしまったほうが、めんどうでなくてよい）

ずばりと、断行してしまったのやも知れぬ。

何事にも、

(おもい切って、仕とげる)

このことであった。

それでなくては、いかに好運にめぐまれても、その運の波へ身を乗せて行くことはできなかったろう。

自分のために粉骨してはたらき、成績をあげる家臣たちは、どしどし出世させる。

その一方で、たとえ、いささかの失敗をした家臣たちには、容赦なく罰した。

信長の家来たちは、これまでに何人、切腹させられたり、追放にあったりしたろう。

こんなこともあった。

いつであったか、信長が安土の城を留守にしたとき、侍女たちが「鬼の居ぬ間のせんたく」とばかり、酒をのみ、舞ったり唄ったりして、遊んでいると、そこへ突如、信長が帰城して来た。

「けしからぬ女どもめ」

信長は激怒した。

「いまの、この戦乱の世をなんと心得ているのだ。男がおらぬ城は女が守り、いざともなれば敵と戦わねばならぬ。主人の留守をさいわい、酒のんで遊ぶとは、まことにけしからぬ。余人の見せしめにしてくれる」

と、信長は、遊んだ侍女たちの首をはね切ってしまったというのだ。

それでいて、たとえば羽柴秀吉の妻ねねが、秀吉の浮気がやまぬのをなげいていると、

「そなたは、あの、はげねずみ（秀吉）には、もったいない女房どのだ。それを粗略にあつかうとは、秀吉も、実に困った男である。よし、よし。わしからあの男によくよく、いいきかせてつかわそう」

などと、まことにやさしい手紙をあたえたりしている。

要するに信長は、自分が気に入った相手なら、どこまでもちからになるが、いったん見はなしたが最後、冷酷きわまるあつかいを平然としてのけるのであった。

小谷城でほろびた浅井長政の跡つぎで、まだ幼かった万福丸《まんぷくまる》を捕えたときも、これをなんと、

〈串刺しの刑〉

に処した。

いかに戦国のならいであるとはいえ、万福丸は、わが妹のお市が生んだ、信長自身の甥なのである。

「泪をのんで殺すというのならそれもよい。それならそれで、また仕様もあるはず。串刺しにして、さらしものにしなくてもよいではないか……」

と、信長の家来たちの中にも、蔭では、眉をひそめていた者もすくなくなかった。

いずれにせよ、

「この殿様にそむいたら、大変なことになる」

のである。

十年ほど前に、京都で織田信長に目通りをゆるされたポルトガルの宣教師ルイス・フロイスは、故国へ送った手紙に、信長のことを、およそ、つぎのように書き送っている。

「信長公は、三十七、八歳に見える。背丈が高く、色白の細い顔だちで口も小さい。それでいて鼻が異常に隆《たか》く、眼光はするどい。高い声を出して語り、非常に武技を好み、性格は粗野《そや》である」

また、

「正義と慈悲の業をたのしむくせに、傲慢で、名誉心が強い。何事にも規律にしたがうことを好まないが、その戦略はするどく、巧妙であり、諸人から異常に敬《うや》まわれている。人びとは至上の君主に対するがごとく、これに服従している」

ともいっている。

また、そのころの、ある人は、信長を評してこういった。

「信長公は天下を取るであろうが、長生きはできまい。これまでに、あのような無惨なふるまいをしつづけてきた人物が、無事でいられるわけはない」

信長には大勢の人びとの恨みと憎しみが、かかっている。

その中の一人に杉谷忍びの於蝶がいる、ことにもなるのだろうが、他の人びとの恨みは、於蝶などよりも、もっとすさまじいものがあるといってよい。

山中大和守俊房の不安も、実は、そこにあるのだ。

山中俊房は、小谷落城の折に、虎御前山の信長本陣を襲撃した、どこかの忍者のことを忘れてはいない。

あの夜の本陣は、大混乱におちいった。

もしも信長が当夜、本陣にいたら、どうなっていたか知れたものではないのである。

(おそらく、杉谷忍びの生き残りであろう)

と、山中俊房は見ていた。

甲賀の杉谷屋敷の内部もさぐらせて見たが、

「荒れ果てているのみでござります」

との報告があった。

島の道半の隠れ家は、まだ発見されずにいる。

また、武田家につかえる忍びたちも、ここまで、追いつめられれば、必死になって、

(なにを仕出かすか、知れたものではない)

のである。

故信玄以来、武田家の忍者の活動は天下に知られている。

山中俊房が今日のように、忍びの陣容をあらため、整備成長させるまでは、むしろ武田忍者の活動のほうが団結力が強いだけに、まさっていたともいえよう。

「どうも、坂本の城へあらわれた旅の老僧というのが、気にかかってならぬ」

と、山中俊房は酒を口にふくみつつ、

「明智家へ、いま一人、たれぞ入れこませておこうかな」

つぶやいた。

生熊弥介が忍びばたらきの成果をあげるためにも、もう一人、味方がいた方が万事によろしい。

「なれど、明智日向守様に、それほど気をつかうこともありますまい」

伴太郎左衛門は、その点、安心をしている。

なんといっても、いまの織田信長の信頼絶大な家臣は、羽柴秀吉に明智光秀の二人。

それに、織田家の老臣筆頭の柴田勝家《かついえ》だと評判が高い。

また、それは事実であった。

明智光秀は、信長に対して、忠実きわまる家臣であった。

信長の、いかなる命令も、どのような無理も一心に引きうけ、はたらきつづけてきた。

また信長も、そうした光秀を高く評価し、将軍・足利義昭につかえていた光秀を譜代《ふだい》同様のあつかいにし、近江の坂本城主という重要な地位に引きあげ、近江の志賀・高島の二郡をあたえ、のちに光秀の丹波の国平定の功績に対し、

「日向守にあたえよう」

と、去年八月に、光秀へ丹波一国をもあたえ、さらに、丹波・亀山の城主とした。

だから明智光秀は、二つの城の主なのである。

伴太郎左衛門が、山中俊房の不安心さを、

（明智様にかぎって……）

と、打ち消したのも当然であった。

これまでに、明智光秀については、何の怪しむべき報告もなされていない。

今度の旅僧の件についても、生熊弥介は、

「別だん、どうということもござりますまいが……念のために」

と、頭領・山中俊房へ知らせてよこしたのだ。

「いずれにせよ、いまは、甲州攻めにそなえて、忍びたちも手いっぱいのところにござる」

伴太郎左衛門は、そういった。

「む……それもそうじゃ」

山中俊房も、これには一言もない。

織田信長は、おそくも来年の夏までに、大軍をひきいて甲斐の国へ進撃し、徳川家康と協力して、

「武田勝頼の息の根をとめてくれる」

と、決意している。

それでなくては、こころおきなく、中国の毛利家と戦うことができないからであった。

「武田勝頼が、新しい城を築こうとしているそうな」

と、山中俊房がいった。

古府中から近江・坂本の井笠半四郎をたずねて来た於蝶も、半四郎に、この築城について、語っている。

だが、早くも、古府中に入りこんでいる山中忍びから、このことが山中俊房の耳へとどけられていたのである。

武田家は、信玄以来の伊那忍者がきびしく眼を光らせて大勢いるから、とうてい、武田の家来として入りこむわけにはゆかない。

山中忍びは、古府中の城下の町人《まちびと》になって住みついているらしい。

「築城にかかるのは、いつごろでありましょうかな」

「さて、冬のうちは……」

「となると、今年の四月ごろから取りかかったとして、およそ一年」

「ふ、ふふ……」

山中俊房が、うすく笑った。

「一年で、どのような城ができるかな。城ともいえぬ城であろう」

「いかさま」

二人が、武田勝頼の築城を一年と見ているのは、何も新築の完成が一年後だ、といっているのではない。

つまり、いずれにせよ築城工事は一年をこえることはない。

その間に、織田・徳川の聯合軍が、

「雪崩を打って……」

甲州へ攻めこむであろう、と、いっているのだ。

二人とも、武田の新しい城を問題にしていない。

勢力のおとろえた武田勝頼が、いま新しい城を築くというのは、大変なことであった。

領民たちは、これを助けねばならぬ。

牛や馬をさし出し、労働力をさし出し、食糧を、木材を、さし出さねばならぬ。

おそらく甲州の領民たちは、塗炭《とたん》の苦しみをなめることになるであろう。

山中忍びの報告によると、領民たちは、武田勝頼を、

「うらむ」

というよりは、いまは、

「憎んでいる」

そうな。

父・信玄は、内政にちからをそそぎ、領民を愛して、ほとんど築城工事など、おこなっていない。

領民たちは、よろこんで信玄に協力し、それがまた武田軍のゆたかな戦力となったのである。

ところが勝頼の代になってからは、やたらに戦争をつづけていても、敗戦ばかりだから、出費が増えるばかりで、得るところは何もない。

戦費は、すべて領民の肩へかかってくる。

領民たちが亡き信玄の威徳をしのび、勝頼を憎みはじめたのも、うなずけることだ。

この夜。

山中大和守俊房と伴太郎左衛門は、甲州攻めのときの手配りについて、早くも打ち合わせをおこなった。

同時に……。

間もなく、京都でおこなわれる織田信長の馬揃《うまぞろえ》に、談合を移した。

〈馬揃〉とは、観兵式のようなものである。

織田信長は、天皇おわす日本の首都において、

「わが軍の威容を見よ」

とばかり、はなばなしいデモンストレーションをおこなうのである。

日時は、二月二十八日の巳の刻に内定している。

信長の宿所は、京都の四条西洞院にある本能寺《ほんのうじ》だ。

信長は二年ほど前に、京都へ出て来たときの宿所として、本能寺を経営することになった。

付近の民家などは他所へ移させ、四方に掻上《かきあ》げの堀をめぐらし、その内側には高さ六尺余の土居《どい》を築いてある。

出入りの木戸には、それぞれ番所をつけ、本能寺の仏殿、客殿のほかに、自分が宿泊

するための立派な殿舎を建てた。

こんもりとした森にかこまれた本能寺は、まるで、

「小さな城」

にも見えたという。

その本能寺の警衛。安土から京都へ入るまでの通すじの警備など、二人は綿密に打ち合せをした。

談合が終ったとき、夜が明けていた。

「太郎左殿、共に、芋粥など食べようではないか」

「けっこうですな」

「雪も、どうやら、熄《や》んだようじゃな」

「はい」

「ときに、太郎左殿」

急に、山中俊房が緊張の面もちとなったので、

「……?」

伴太郎左衛門が、いぶかしげに俊房を見上げた。

「おぬし、な……」

「は……?」

「これより当分の間、右大将様の御身に、いつもいつも、つきそっていてはくれぬか」

太郎左衛門は俊房を凝視した。

「他の者にては、気がかりじゃ。ぜひにも、おぬしに、つきそってもらわぬと、安心ができぬ」

俊房は、ふりしぼるような声になり、

「いまここで、信長公の御身に間ちがいあっては、元も子もなくなる。いや、これはわれらのかけひきのみで申すことではないのじゃ。おもうても見よ。太郎左殿。いまここに信長公が御他界になるようなことにでもなれば……天下は闇じゃ。信長公に代って天下をおさめ、戦乱の炎《ほむら》を打ち消すことができる大名が、ほかにいようか」

と、いいきった。

伴太郎左衛門は、しばらく黙考したのちに、

「よろしゅうござる」

力強く、こたえた。

いまさらに太郎左衛門は、山中大和守俊房が、織田信長の天下統一にかけている情熱の深さに、ふれたおもいがした。

「引きうけてくれるか、太郎左殿」

「不肖ながら……」

「たのむ。たのみ申す」

と、山中俊房が太郎左衛門の腕をつかんだ。

背丈がすらりと高い、痩身の俊房だが、その掌《て》は、やわらかく肉づきが厚い。

「ほんらいなれば、この役目は、わしがすることなのじゃが……」

「いや、それはなりますまい」

山中俊房が、いつも信長の傍をはなれずにいたら、配下の百名におよぶ忍びたちの報告をうけ、指揮をとることがむずかしくなる。

太郎左衛門とて、同様ではあるが、山中・伴両家が協力して事に当る体制が、すでにととのっている現在、総指揮を山中俊房にまかせておけば、別に支障はないのである。

俊房は、自分がどこにいても安心ができる〈絶対〉の警護者を、信長の身辺につけておきたかった。

(先ず、右大将の御身は大丈夫)

という人物は、いま見わたしたところ、伴太郎左衛門よりほかにいなかったのである。

その役目を、同じ甲賀の頭領である太郎左衛門にたのむ、ということは、いかに、山中俊房が、

〈織田信長の暗殺を……〉

恐れていたかがわかる。

「よかった、ほんとに、よかった……」

俊房は感激の態であった。

この頭領が、これほどまでに感情のあらわれを露骨にした姿を、太郎左衛門は知らな

い。

さて……。

このときから三日ほどして、近江の坂本では、井笠半四郎が林彦蔵にともなわれ、坂本城中へおもむいた。

軍目付の平山弥兵衛に引見された半四郎は、その場で〈長柄足軽〉として奉公することをゆるされた。すでに平山は、このことを上役から重臣たちへも、うまく通しておいてくれたらしい。

林彦蔵の口ぞえが効を奏したと見え、軍目付は、

「わしも目をかけておくゆえ、しっかりと奉公せよ。はたらきぶりを見て、他の役目へ引き上げるように、いまから考えておく」

と、いってくれた。

軍目付・平山弥兵衛は、林彦蔵とも遠い縁つづきらしく〈木村半十郎〉の半四郎に、はじめから非常な好意を見せてくれたのである。

明智家の長柄足軽は、十余組に別れている。

井笠半四郎は、そのうちの、〈辻九平次《つじくへいじ》組〉へ、入ることになった。

辻九平次は、半四郎の組をたばねる〈頭《かしら》〉であって、これら十余組を指揮するのは、

〈長柄大将〉

とよばれる中山孫十郎信有《のぶあり》であった。

明智軍の長柄足軽は、織田信長のそれと同様に、三間柄《げんえ》の長槍をつかう。

戦闘の場合は、この長槍を押し立て、三尺置きに一列となり、

「やあ!!」

「おう!!」

「えい!!」

「おう!!」

の掛声を合せ、突撃するのである。

敵にぶつかると、長槍で突くよりも先に、槍を大上段にふりかざし、敵を打ちつけ、叩きなぐる。

騎馬武者にぶつかったときは、一列に並び、片ひざを立てて待ちかまえ、敵が目の前に来たとき、いっせいに槍の穂先をあげ、敵の馬を突くのだ。

そのとき、槍の石突を地面へ喰い込ませておかぬと、敵の人馬を突き通せない。反動で、こちらの槍がはね飛ばされたり、もぎり取られたりしてしまう。

それだから、長槍には鉄条がはめこまれているし、石突もけら首も頑丈につくられていた。

こうした足軽たちの武器の製造にも、織田信長は、いちいち細かな指示をあたえてい

るらしい。

半四郎は、いよいよ長柄足軽としての奉公が決まると、近江虎正こと〈千貝の虎〉の家を出て、坂本城・三の丸の足軽長屋へ引き移ることになった。

長柄足軽の長屋は七棟からなっている。

〈頭〉の辻九平次は、城下に家をもっているけれども、他の足軽はいずれも、長屋に住んでいた。

独身者の棟と、家族もちの棟とに別れていて、半四郎から見ると、高天神の小笠原長忠の足軽長屋よりも、さすがに規模が大きい。

明日は、城内の足軽長屋へ移るという前後になって……。

「しばらくでござる」

旅の商人がひとり、刀鍛冶の家にあらわれた。

島の道半の息子の、十蔵であった。

「ちょうど、よいところへ来てくれたな、十蔵どの」

と、半四郎はよろこんだ。

十蔵は、於蝶がいっていたように、これまで徳川家康の動静をさぐっていたらしい。

「於蝶どのに、そうきいていた」

と、半四郎がいうや、十蔵は、

「ここへ来たのですか？」

「いや、む……ま、そうだ」

半四郎は、顔をあからめた。

「すこしも知らなんだ」

十蔵が、にやりと見て、

「それはさぞ、たがいになつかしゅうござったろう」

「もう、よい」

そこで半四郎は、於蝶のたのみによって、首尾よく、明智家へ奉公がかなったことを告げ、

「古府中へもどったら、そのように於蝶どのへ、つたえてもらいたい」

「心得申した」

「これからの連絡《つなぎ》は、この家の千貝の虎どのがしてくれるそうだが、なれど、なんといっても虎どのは忍びの者ではないゆえ、あまり、めいわくもかけられぬ」

「いかさま」

「ともあれ、坂本城内のありさまを、おぬしにつたえておこう。おれは、これまでに数度、城内へ忍びこみ、あらましの様子はさぐったが、くわしくは知らぬ」

いいながら半四郎は、坂本城・内外の絵図面を描き、十蔵に説明をした。

そして、これからの自分が居住することになる長柄足軽の長屋の位置も、図面にして見せた。

十蔵が直接に、長屋へ忍んで来てもよいように、二人は入念に打ち合わせをした。

「ときに……おやじどのは？」

十蔵の問いに、

「そのことよ」

半四郎が、ひざを乗り出した。

あの日。

旅の老僧の姿で、坂本城から去った上野作左衛門の後をつけて行ったきり、島の道半は、まだもどって来なかったのである。

「ふうむ……なるほど」

「十蔵どのはなんとおもう？」

「おやじどのが、それほどに気を入れて、後をつけて行ったというのは、やはり、ただごとではないようにおもわれます」

「やはり、な」

「もしやすると、おもしろいことになりそうな……」

「古府中へもどったら、そのことも於蝶どのへつたえておいてもらいたい」

「承知した。もしやすると、おやじどのは、中国まで、その旅僧の後をつけて行ったのやも知れぬ。われらの足はこびとちがい、常人の足はのろく、にぶい。後をつけるのもめんどうなことです」

こういって十蔵は、さも可笑しげに笑い出した。

十蔵の探索によると……。

徳川家康は、近いうちに、

「高天神の城をうばい返すことに成功する」

ものと見てよい。

七年前に、武田軍の猛攻をうけて、ついに降伏した高天神城主・小笠原長忠は、現在〈小笠原弾正信興《だんじょうのぶおき》〉と名をあらため、武田勝頼につかえている。

勝頼は、家臣の岡部丹波守を高天神の城代に任じ、守備をまかせていたが、徳川軍の攻撃は、去年の秋ごろから、いよいよ本格的なものになってきていた。

いまは、七年前と立場が逆になってしまっている。

徳川家康は、ここ数年の間に、長篠城をはじめ、諸方の城や砦を武田からうばい返し、今度は、高天神を包囲するかたちとなった。

武田勝頼も、なんとか高天神と自分との連繫を持続させようとして、沼津の海へ軍船をくり出したり、牧野原まで出撃したりしたが、家康は猛然と迎え撃ち、一歩も退かなかった。

いまのところ、駿府（静岡市）の城をはじめ、久能山、江尻、藤枝の田中城などは、まだ武田軍の領有するところとなっている。

勝頼は、まだ東海の地に、その勢力を残しているわけだが、設楽原の大敗以来、武田軍の兵力は非常におとろえてしまった。

しかも、近いうちに織田信長の〈甲州攻め〉がおこなわれるとあっては、

「うかつに兵力を割《さ》けない」

のである。

東海の地にある武田の基地は、これを守るに精一杯の状態なのだ。

徳川家康は、去年の十月。

浜松の本城を発して横須賀に〈本陣〉をかまえ、高天神のまわりに六つの砦を築き、兵力を集結して、攻撃を仕かけた。

そして、さらに馬伏塚《まむし》まで進出し、ほとんど高天神城を包囲してしまい、安土の信長へも、

「高天神を取り詰め申した」

と、いい送った。

信長は、

「もしも、武田勝頼が後詰めにあらわれたときには、自分もすぐさま出て行くから」

と、返事をよこした。

七年前にくらべ、織田信長も、それだけの余裕がじゅうぶんにもてるようになってきたわけだ。

家康は、勇気百倍している。

高天神は孤立している。

井笠半四郎は、

（もしも、いま、おれが高天神にいたら、どのような忍びばたらきをしていることか……？）

そうおもって、苦笑せずにはいられなかった。

十蔵は、その夜のうちに古府中へもどって行った。

翌朝。

半四郎は、林彦蔵にともなわれ、坂本城へ入った。

先ず、軍目付の平山弥兵衛に会い、それから、長柄大将の中山孫十郎信有に引き合わされた。

体軀堂々たる武士であった。

そこへ、足軽頭の辻九平次が来て、半四郎を引き取った。

他の十九名と共に、半四郎は〈木村半十郎〉として、辻九平次の長柄組へ入ることになったのである。

辻九平次は三十五、六歳に見えた。

九平次は、するどい顔つきをしていて、口数がすくない。

あとで同僚の一人が、半四郎へ、

「いざ戦ともなると、お頭どののはたらきはすさまじいものだ。それだけに、おれたちは骨が折れる。明智家の長柄組の中でも、おれたちの組がいちばん強い。おぬしも、覚悟《きっ》しておけよ」

と、いった。

この同じ棟には、辻九平次組の足軽たちが、他に十四名住んでいる。

それらの人びとにも、半四郎は引き合わされ、

（なるほど……）

と、おもった。

隊長の辻九平次が勇猛の士なので、ふだんから、よほどに鍛《きた》えられているのであろう。

どの顔もみな見事に引きしまって男らしく、筋骨もたくましい。

小柄だが、巌《いわお》のように筋肉のもりあがった九平次であった。

三の丸の足軽長屋のつくりは、高天神城のそれと、あまり変っていない。

半四郎は、六名の足軽と同じ部屋に入れられた。

六名とも独身である。

ひろい土間に、大きな炉が切ってあり、薪も豊富につみ重ねてある。これは明智家の足軽に対する待遇がよいことを、ものがたっている。

土間をかこんで、簡単な板壁に仕切られた七つの板の間の部屋があって、土間に面したところは別に仕切られていない。

「この木村半十郎はな、林彦蔵の縁類にあたる。みなで、よくめんどうを見てやれ」

と、辻九平次が六名の足軽にいった。

高天神のときの同僚とは、

（大ちがいだ）

と、半四郎はおもった。

炉のまわりで、足軽たちは語り合っている。

話題は、近く京都でおこなわれる、織田信長の馬揃についてであった。

「おれたちも、殿につき従って、京へ行くことになるのかな？」

と、一人がいったとき、半四郎はどきりとした。そのことを、これまでに一度も考えて見なかったのである。

# 信長馬揃

織田信長の馬揃となれば、信長の傘下にある大名・武将たちがこれに参加し、歩武堂々の分列行進をおこなうことになる。

明智光秀も、みずからの将兵をひきいて出場するわけだから、長柄足軽の一員として半四郎が明智軍の行動に加わるとなれば、当然、総大将・信長の閲兵をうけることになるのだ。

となれば、信長の身辺を警固する山中忍びや伴忍びの眼も光っているのだから、これはまことに、半四郎にとって危険なことになる。

もしも、半四郎を知っている〈伴忍び〉のだれかに、

（見つけられることも……）

ありえるのであった。

半四郎は、その夜ふけに、足軽長屋の寝床にもぐってから、何度も舌うちをした。

（こんなことでは、まんぞくな忍びばたらきなぞ、できるものではない）

のである。

（於蝶、道半、十蔵。それにこのおれ……これだけの人数で、どのような忍びばたらきができるというのだ）

ばかばかしくなってきた。

しかし、於蝶は賭けている。

来るべき、織田信長の甲州攻めに賭けている。

勝味のない戦争にきまっているけれども、信長は、地理不案内な武田の領国へ入って来るのだ。

しかも、武田忍びと共に闘うことができる。戦さには負けても、信長を討てば、天下はまた、どのように烈しく変転するか、知れたものではない。

しかし一方で半四郎は、於蝶と二人きりで、信長の本陣を襲ったことを、おもいうかべて見た。あのときのことをおもうと、

（やってやれぬことはない）

ような気もしてきて、血がさわいでくるのであった。

（ええ、もう、なるようになれ）

ふてぶてしく、半四郎は覚悟をきめた。

こちらは足軽だし、長槍をかつぎ、陣笠をかぶっているのだから、すぐ近くで見られないかぎり、顔もわからぬし、体つきや姿をがらりと変えて見せることなど、半四郎にとっては、わけもないことであった。

そして、正月も押しつまった或日。織田信長から明智光秀へ使者が来て、

「こたびの馬揃の総指揮を命ず」

との、信長のことばをつたえた。

光秀にとっては、名誉きわまりないことであり、信長の信頼がいかに深いかを、ものがたっている。

二月に入ると、坂本城内が、にわかに、いそがしくなってきた。光秀も数度、安土へおもむき、信長の指図をうけ、馬揃の準備にかかった。

半四郎は、明智光秀の顔をはじめて見た。

家来たちにまもられて、安土の織田信長のもとへおもむく明智日向守光秀には、戦国の武将らしいおもかげが、ほとんど見られなかった。

白いというよりもむしろ灰色に見える顔が、浮腫《むく》んだようにぼってりと肉をつけている。

額が大きくひろく張り出してい、その下に切長の両眼が涼しげであった。かたちのよい細い鼻すじ。一文字に引きむすばれた口元は、光秀の意志の強さをものがたっているようにも見える。

精悍、豪勇の風貌には程遠い光秀であるが、いかにも、あのやかましい信長がたのみにするほどの、賢明で誠実な風格が、前かがみの姿勢で、馬上にゆられて行く姿にも感じられる。

手綱をさばく手のうごきが、優美であった。

体軀も、どちらかといえば小さい。

それでいて、馬にまたがると大きく見える。

ということは、やはり、おのずから馬上に戦陣をめぐり来たった、一軍の大将であるからだろう。

これは、光秀にくらべて数段、風采《ふうさい》が劣っている〈はげねずみ〉の羽柴筑前守が馬上の人になるや、どことなく、

「堂々として見える」

のと同様なのである。

〈豪将〉

でもなければ、

〈勇将〉

でもない。

まさに、

〈智将〉

という表現が、ぴたりとあてはまる明智光秀であった。だが、この時代の大名、武将の中でも、明智光秀のように特殊の風格をもつ人物はすくない。

井笠半四郎も、

(なるほど、な……)

遠くから光秀をながめて、

(さすがに、どこか、ちがう)

と、おもった。

(どこが、どうちがうのか?)

そう反問されると、こたえはすぐに出てこなかったろう。

半四郎ほどの忍びの者が見て、明智光秀の風貌には、ひとくちでいってのけられぬ、何ものかが秘められているようにおもった。

(肚《はら》の底が知れぬ……)

といってしまうと、悪い表現になるけれども、それに近いものを半四郎は感じた。

温和で賢そうな明智光秀を、そのままにうけとれぬ何ものかがある。

もっともこれは、半四郎だけの直感であるから、他の人びとはどうおもっていることか……ともあれ、家臣たちの主人・光秀へ対する評判は非常によい。

ところで……。

井笠半四郎は、京都の馬揃へ参加できなかった。

できなかったことを、くやしがる同僚たちが多い中で、半四郎だけは、

（先ず、よかった……）

ほっとしたのも、当然である。

今度の、織田信長の馬揃は、京都の内裏《だいり》（皇居）の東側を北から南へ八町におよぶ馬場をつくり、この中で、観兵式がおこなわれることになる。

内裏・東門の築地《ついじ》外に、天皇や皇族をはじめ朝臣の観覧席がもうけられ、ことに正親《おおぎ》町《まち》天皇の御座所は、金箔を置いた屋根瓦に、柱は紫色の毛氈《もうせん》をもって包ませ、

「かりそめとは申しながら、金銀をちりばめ……」

と、ものの本に記してあるほどの立派なものであった。

この馬揃に、羽柴秀吉は参加していない。

秀吉はいま、毛利方を一手に押え、中国の経略に奮闘している。

なんとしても、主君の信長が、甲斐の武田勝頼を完全に打ちほろぼしてしまうまでは、秀吉ひとりで毛利軍を牽制しておかねばならぬのだ。

いずれにせよ、馬揃の場所には限りがある。

信長の全勢力をすべて、見せるわけにはゆかぬ。

明智光秀にしても、約三百の将兵を従えて出場するわけで、長柄足軽もつれては行くが、十余組のうち、特別編成の三組ほどが京都へおもむくことになった。

〈頭〉の辻九平次は、組下から三名をえらんだ。

この中に半四郎は入っていなかった。新参者であるし、晴れの馬揃に出場をゆるされなかったのも、当然のことだ。

二月十五日の朝。

明智光秀は将兵をひきいて坂本城を発し、京都へ向った。

馬揃は二十八日におこなわれるのだが、総指揮にあたる光秀は早くから京都へ入り、もろもろの準備に忙殺されることになる。

いつの間にか、春が来ていた。

坂本の城下の西につらなる比叡の山々の雪も溶け、うす紙をはぐように大気の冷えが消えてゆく。

島の道半が、坂本へもどって来たのは、明智軍が京都へ発った翌々日の夜であった。

翌日になると千貝の虎が林彦蔵の家へ行き、

「半十郎めに、伯父の道半がもどったゆえ、安心せよとおつたえ下されますよう」

と、いった。林彦蔵も馬揃には出なかったのである。彦蔵は、この日のうちに半四郎へ、虎の伝言をつたえた。

夜ふけてから、半四郎はひそかに足軽長屋をぬけ出し、刀鍛冶の家へあらわれた。

「虎どのからきいた。明智の長柄足軽に入りこんだと、な」

道半は、待ちかまえていて、

「明日にもまた、中国へ発たねばならぬ」

と、半四郎にいった。

「では、その旅僧は中国へ向ったのか、道半どの」

「いかにも」

うなずいた道半の、子供のような老顔に、興奮の血がのぼっていた。

「中国も中国、備後《びんご》の鞆《とも》の津《つ》にある足利義昭公の館《やかた》へ、まさに入って行くのを見とどけたわい」

「ふうむ……」

半四郎も、胸がとどろきはじめた。

久しぶりに、全身の血がわき返るようであった。

旅の老僧・上野作左衛門は、やはりいまも、足利義昭の密使として活動をつづけていることが、これではっきりしたわけである。

いま、足利義昭は毛利家の庇護を受け、側室の春日局《かすがのつぼね》や、真木島昭光・小林秀孝・畠山昭賢などの侍臣二十余名と共に、鞆の津で暮している。

備後（広島県）鞆の津は、瀬戸内海にのぞむ大駅であって毛利の領国の中でも屈指の商港であり、軍港でもある。

足利義昭は、ここに居館をかまえ、織田信長打倒の計略を練っているのだ。

毛利輝元も、播磨《はりま》の三木城が落ち、織田の勢力が色濃く肉迫してくるのを見ては、

「なんとしても信長を討たねば、われらがほろんでしまう」

というので、いまは本腰を入れて、起《た》ちあがるかまえになった。

足利義昭も必死であった。

毛利の大軍を利して信長を打ち倒し、足利幕府を再興する機会は、いまをおいてないのである。

その義昭の密使・上野作左衛門が、ひそかに明智光秀を訪問したというのは、何を意味するのか……。

すでにのべたごとく、明智光秀と足利義昭の関係はふかい。

義昭は、もしや光秀をそそのかして、信長を、

「裏切って、われらの味方になってくれ」

と、たのんでいるのではあるまいか。

「ともあれ、おもしろくなりそうじゃ。それにしても半四どのよ。このように手が足りのうては、まったく忍びばたらきもしにくいわえ」

島の道半は、こぼしぬいた。

道半の足なら、備後と近江を往復することなど、わけもないことなのだが、それにしても、道半を助ける忍びが一人でも二人でもついていれば、なにもわざわざ、道半が坂本へ報告をしにもどって来ることはないのだ。

「このことを、古府中の於蝶どのへ知らせておかなくてはなるまい。おれが明智へ奉公をする前だったら、わけもないことだったのに、な……」

半四郎が、そういうと、

「まあ、待て」

道半は、酒をなめるようにしてのみながら、沈思した。

「どうだろう、道半どの。千貝の虎どのに古府中へ行ってもらっては……虎どのなら大丈夫だ」

「いや、まことの忍びではない千貝の虎を、このようなことに使ってはなるまい」

「なれど、この場合、どうしようもないではないか」

「いや、待て……ふむ、ふむ。そうじゃ、それでよい」

「どうした？」

「のう。半四どのよ。手不足のときは手不足のように、はたらかねばなるまい。このことは、於蝶どのへの連絡《つなぎ》がつくまで、わしとおぬしの、二人が胸におさめておけばよいのではないか……」

「ふむ」

「わしが明日、古府中へ発ってもよいのだが、そうなると鞆の津へ引き返すに層倍の日数がかかる。その間に、また、あの上野作左衛門や義昭公が、どのようにうごきはじめるか、知れたものではないゆえ……」

「そのことだ。よし、では、道半どののいうとおりにしよう。それにしても、これは何やら、おもしろそうになってきた。道半どのは、なんと見る？」

「まだ、はっきりとはわからぬ。上野作左衛門が果して義昭公の密使として坂本へあらわれたのか……または、旅の老僧になりきり、前もって、明智光秀の胸のうちをさぐりとり、これを義昭公に告げたものか……そうだとすると、義昭公が明智光秀家へはたらきかけるのは、これからのことになる」

「いかにも。ともあれ、今度の馬揃の総奉行を、信長にまかされるほどの日向守光秀ゆえ、義昭公もうかつに手はのばせまい」

「なあに、あの公方《くぼう》さまは、そのようなことは平気じゃ。相手はだれでもかまわぬ。自分を助けてくれるものなれば路傍の乞食《こつじき》でもよいというお人じゃ。そこがこわい。手当りしだいに諸方へ密使を送っては、世の中をめちゃめちゃにかきまわし、その隙に乗じて自分が乗り出そう、というお方ゆえな」

それから二人は、いろいろと打ち合わせをとげた。今度、道半が坂本へもどって来るときは、道半自身が半四郎の足軽長屋へ忍んで行くことにし、半四郎は、くわしく城内や長屋の様子を道半につたえた。

道半は、明朝早く鞆の津へ引き返すが、もしも、鞆に異状がなければ、二十八日の馬揃を見物に、

「京へもどるやも知れぬ」

と、いった。

半四郎は、夜が明ける前に足軽長屋へもどった。同僚たちはよくねむっていて、すこ

しも気づかなかった。

京都における馬揃は、予定のごとくおこなわれた。

ときに、天正九年（西暦一五八一年）二月二十八日である。

五畿内《ごきない》隣国の大名、小名、武将たちを召集し、駿馬《しゅんめ》を天下にあつめた織田信長の馬揃の模様を、信長の家臣・太田和泉守牛一《ぎゅういち》が後年に書きのこした〈信長公記〉は、

「……さても、儀式の御結構、美々しきありさま、筆にもことばにものべがたく、いずれもいずれも晴ならずということなし。

下京《しもぎょう》・本能寺を、信長、辰《たつ》の刻に出でさせられ、室町通りに御上りなされ、一条を東へ、御馬場へ入るの次第。

一番に、丹羽五郎左衛門長秀、ならびに摂州、若州の衆。二番に蜂屋兵庫頭ならびに河内、和泉、佐野の衆。三番に……」

その三番に、明智日向守光秀が加わった。

四番が、信長の長男・織田信忠と次男・信雄《のぶかつ》、三男・信孝《のぶたか》である。

織田信忠は先ごろ、徳川家康の高天神攻撃にさいして、古府中から、

「武田勝頼みずから援軍をひきいて出陣するらしい」

との報に接し、父・信長の命をうけ、軍団をひきいて尾張清洲まで出張《でば》っていたが、勝頼の援軍がついにあらわれなかったので、引き返して、この馬揃に参加することを得たのであった。

織田信忠は、このとき二十五歳。

父・信長ゆずりの隆い鼻すじ、一文字に引きむすばれた唇。そして、信長のするどさとはまったく反対に、あたたかい光りをやどした双眸がくろぐろと大きく、英気颯爽たる青年武将である。

少年時から、父のきびしい督励をうけて育っただけに、信忠は歴戦の勇将であったし、槍の名手でもある。

それでいて、家来たちへのおもいやりが深く、思慮もあり、信長とはくらべようがないにしても、

「まず、織田の後つぎとして、立派なもの」

だといえよう。

こうして軍列がすぎると、諸国から信長に献上して来た名馬が美々しく飾られてつぎつぎにあらわれる。これらの馬につきそう中間衆は、いずれも立烏帽子《たてえぼし》、黄色の水干《すいかん》、白の袴といういでたちだ。

この後に、小姓たち、小人衆の行列があって、いよいよ、織田信長が登場する。

信長は京都をはじめ、奈良や堺からもいろいろ取りよせ、上等の唐綾《からあや》・唐錦・唐縫物など、異国から渡来した珍品をもふくめ、天皇の上覧にそなえ、寄進をした。

太田牛一は、

「まことに、ありがたき御代なり」

と、書きしるしている。

馬揃にあらわれた織田信長のありさまを、太田牛一は、つぎのようにしるしている。

「……御頭巾をかむり、御うしろの方に花を立てさせられ、高砂《たかさご》太夫の御出立か。梅花を折り、くびに挿《さ》し、二月雪衣に落つる心か。その上に蜀江《しょっこう》の御膚《はだ》にめさせられ候御小袖、紅梅に白のだん段々に、きり唐草《からくさ》なり。その上に蜀江の錦御小袖、御袖口には、よりきんをもって、ふくりんをめされ候」

このときの信長が着た小袖は、むかしむかし、異国から海をわたって日本へもたらされた、錦地のうちの一巻だったそうな。

このように見事で貴重な錦地をもとめるために、永岡与一郎（細川忠興）は京都中を懸命にさがしまわり、ついに見つけて大金を投じ、買いもとめて信長へ進上したのだという。

さらに、

「御肩衣《かたぎぬ》は、紅どんすに、きり唐草なり。御袴も同前なり」

とある。

その袴の腰に、天皇からいただいた牡丹の造花をさしこみ、白熊皮の腰蓑をつけまわした織田信長は、のし付の太刀を佩《は》き、猩々皮《しょうじょうひ》の沓《くつ》をはいて馬上堂々とあらわれた。

「はなやかなる御出立。御馬場入りの儀式。さながら、住吉明神の御影向《ようごう》もかくやと、こころもそぞろに、みなみな神感をなしたてまつりおわんぬ」

と、太田和泉守牛一は、なみだをこぼしてよろこんでいる。

あまりの見事さに、信長が、

「神様のようにも見えた」

というわけだ。

この大デモンストレーションを見たものは、太田牛一のみならず、

「もはや天下は、信長公のものだ」

との感慨を、新たにしたにちがいない。

諸国よりあつめられた駿馬の華麗なパレードは、約六時間にわたってくりひろげられた。

信長は、みずから何度も馬を替えて、飛鳥のごとく乗りまわしたので、天皇は感激のあまり、立ちあがられて拍手を送られた。

太田牛一、さらにいわく。

「……貴賤群集の輩《ともがら》、かかるめでたき御代《みよ》に合い、天下安泰にして、黎民烟戸《れいみんかまど》ささず、生前のおもい出、ありがたきしだいにて、上古・末代の見物なり。天皇御叡覧《ごえいらん》、御歓喜なのめならざるのむね、かたじけなくも御綸言《りんげん》。あわせて信長の御面目、あげて計《かぞ》えず。晩におよび、御馬をおさめられ、本能寺に至って御帰宅。千秋万歳珍重々々」

馬揃が終ったのち、織田信長は尚も京都・本能寺にとどまっていたが、

「ぜひとも、いま一度、馬揃を見たい」

と、天皇から御所望があったので、

「では……」

信長は、先日の馬揃のうちから名馬五百余をえらび、三月五日に、二度目の馬揃をおこなった。

はじめのときほどの大規模なものではなかったけれど、今度は、評判をきいた見物人が層倍に押しかけ、宮中からも、天皇、公家の人びとのみか、女御、更衣《こうい》の女官たちまで美しく粧いをこらし、馬場につめかけたものである。

太田牛一は、

「……御幸《みゆき》ありて、御叡覧にそなえられ、御遊興、御歓喜なゝめならず。信長御威光をもって、かたじけなく、かけまくも、一天の君、万乗の主（天皇）を間近く拝みたてまつること、ありがたき御代かなと、貴賤群集の輩《ともがら》、合掌、感じ敬まい申すなり」

と、書きのこしている。

これを読むと、戦争に明け暮れて来た大名や武将のことはさておき、京都の民衆たちの、

「ああ、ようやくこれで、戦さが終りそうだ」

「信長公の威勢の下に、平和が近づいてきている」

「なによりのことじゃ。まったく、うれしい」

「いままで辛抱をしてきた甲斐があったな」

そうした、よろこびの声が、まざまざときこえてくるようなおもいがする。

正親町天皇は、織田信長へ対し、かずかずの進物をたまわったが、特に、馬揃の奉行をつとめた明智光秀にも、馬一匹と香袋をたまわった。

光秀にとって、これは、めずらしいことでない。

学術文芸や礼典に通じている光秀は、信長から京都経営について、これまでにいろいろな役目をつとめさせられている。

天皇や朝臣から、

「たのみにしておる」

と、深い信頼をよせられているし、光秀もまた、朝廷と信長との間に立ち、そのパイプとなって活躍をつづけてきたものだ。

織田信長も、

「こたびは、ようも相つとめた」

と、光秀の奉行ぶりをほめ、太刀一振と鎧をほうびにくれた。

光秀にとっても、また明智家にとっても、これは何よりめでたいことであった。

信長が名実共に天下をとったあかつきには、光秀もまた、近江・丹波の領主から、

「どのような御出世をなさるか、知れたものではないぞ」

などと、馬揃に出場した明智光秀の家来たちは、よろこび合ったのである。

織田信長は、三月十日になって、安土城へ帰還した。

二日おくれて、明智光秀も坂本へ帰った。

光秀は、上きげんであった。

正親町天皇からも、主君の織田信長からも、このたびの奉行ぶりを称讃され、かずかずの褒美までたまわったのであるから、馬揃の盛大、その成功と共に、

〈明智日向守光秀〉

の名は、さらに大きなものとなり、天下も、これをみとめたことになるのである。

坂本城へ帰ってからも、京都の公家をはじめ、諸方の大名や武将たちから、つぎつぎに、祝いの使者がやって来た。

(明智光秀の人気は、大へんなものだな……)

井笠半四郎は、あらためて、そのことを知り、いささか目をみはるおもいがした。

ことに、天皇と朝廷の信頼が大きく、厚いことが、よくわかった。

明智光秀の感動も、なみなみのものではなかったらしい。

いつもは冷静な光秀が、ある興奮にかきたてられたかのように、新らしく、明智家の〈軍法〉をつくりあげ、これを定めた。

軍法は、十八カ条からなっている。

その第七条に、

「戦陣の折、人夫が運搬する兵の食糧は、一人が三斗。遠征の場合は二斗五升。そして人夫の食糧は一日八合宛。これは領主が支払う」

などと、実に細かなところまで書きのべている。

そして、光秀は、

「自分は、まるで地にころがっている石塊《くれ》のような境涯にいて、世に埋もれつくしていたのを、信長公から召し出された上、いまのように城もちの男に立身出世をすることができた。この御恩は忘れられるものではない」

と、織田信長への感謝をのべ、さらに、

「このように、武勇の士《もの》は国家の費《ついえ》であるから、ここにあらためて軍法を定めたのである」

と、むすんでいる。

明智光秀と共に、織田信長の、

「両腕ともなって……」

活躍している羽柴筑前守秀吉は、いま、因州（鳥取県）鳥取城攻撃のための、

〈遠征準備〉

に、取りかかっている。

秀吉は、ここ数年の間、中国遠征の司令官として戦塵を洗いながす間もなく、はたらきつづけてきた。

それも、信長の大きな信頼を、一身に背負っているからだといえよう。

だが今度の、はなばなしい馬揃に手腕を発揮して、派手やかな場所で拍手をあびた明智光秀の前には、羽柴秀吉の活動の影がうすくなったようにさえおもわれた。

それは、三月十八日の夜ふけのことであったが……。

足軽長屋にねむっている井笠半四郎の枕もとへ、微風のごとくながれこんで来た小さな黒い影が屈《かが》みこんだ。

はっと、半四郎が目ざめた。

自分の顔をのぞきこむようにして笑っている島の道半を、半四郎は見た。

「どこで、語り合おうかな?」

と、道半のくちびるが、声を発せずにうごいた。

忍びの〈読唇《どくしん》の術〉なのである。

半四郎は、一寸、考えてから、

「よし。おれが虎どののところへ行こう」

と、こたえた。

うなずいた道半は、たちまちに闇へ溶け、どこかへ消えてしまった。

同僚の足軽たちのいびきが、板張りの仕切りを通してきこえる。

半四郎は、土間へ出た。

闇が、あたたかかった。

坂本の桜花も、いまや散ろうとしている。

半四郎が千貝の虎の家へ行くと、道半は、以前、半四郎が寝泊りをしていた小屋の中で待っていた。

道半は、酒の仕度をしていてくれ、

「先ず、のもう」

といった。

「なにか、起ったのか!?」

「それよりも半四どの、先日の馬揃は、見ものであったぞよ」

「道半どのは、見物したのか？」

「したとも」

「これは……おどろいた」

「それというのも、かの上野作左衛門が、またしてもうごき出したからよ」

備後・鞆の津にいる足利義昭の居館から、上野作左衛門は旅僧となって出発し、京都へのぼった。

鞆にいて、動静をさぐっていた道半は、すぐさま作左衛門の後を追い、京都へ来たというのだ。

旅僧に化けた作左衛門は、あの盛大な馬揃を群集と共に見物し、すぐにそのまま、鞆へ帰って行ったという。

道半も、後をつけて鞆へ引き返した。

そしてまた、いまここに坂本へあらわれたのである。

忍びの者は、一日に四十里を軽がると走る。

それにしても、このところ道半は、中国から近江、京都へかけて縦横に走りまわり、いささかも疲れを見せない。

「鞆にいるときは、なにをしているのだ?」

半四郎がきくと、

「いろいろなことをしている、姿を変えてな。乞食にもなるし、漁師の手つだいもするし……いずれにせよ、義昭公の館から目がはなせぬので、おもうにまかせぬ。一人きりなのでなあ」

半四郎は於蝶からあずかっていた金銀を、道半へわけあたえた。

すでに島の道半は、数回にわたり、鞆の津の足利義昭居館へ忍びこんでいた。

義昭は数名の侍臣、側妾と共に、この館《やかた》で暮している。

もちろん、毛利方の武士たちも、館のまわりを警戒しているわけだが、

「なんのわけもないことよ」

道半は笑って、

「わが家の庭を歩くようなものじゃ」

と、いった。

それほどに広大な居館ではないし、まさかここまで潜入して来る曲者《くせもの》はいない、と考えているのだろうか、警戒といっても、

「ほんの、申しわけのようなものじゃよ」

道半は、そういった。

「半四郎どの。それでな、いろいろと様子もわかってきたわえ」

「と、申されると……？」

「足利義昭公が、明智日向守へ、どのようにはたらきかけているかが、わかってきた」

「ふむ、ふむ」

おもわず半四郎は、ひざをのり出した。

義昭は、やはり明智光秀に、いまがチャンスであることを、上野作左衛門を通じて申し入れているらしい。

信長にそむいて、

「われわれの味方をしてもらいたい」

と、すすめているのだ。

信長はいま、まさに、

「旭日昇天のいきおい」

というわけで、何者も自分にそむくことはないと、安心しきっている。

そして、いよいよ近いうちに、織田信長は大軍をひきい、みずから総司令官となって、

甲斐の武田勝頼を攻めほろぼすべく、出陣するにちがいない。

そのときこそ、

「チャンスである」

と、足利義昭は、明智光秀を、

「そそのかしている」

のである。

すなわち、信長が安土を、京都を留守にして、遠く甲斐の国へ出陣するとなれば、足利将軍の名にかけても、

「うばい返さねばならぬ」

京の都をまもる織田信長の軍備も、手うすになることは必定である。

そのとき、毛利輝元が全力をあげて、京都を目ざしたなら、どういうことになるか
……であった。

甲州攻めのとき、明智光秀は信長と共に出陣するか、または留守をまかせられるか、それはまだわかっていないが、毛利軍の京都進攻と歩調を合せ、いまは信長の片腕といってもよい明智光秀が、

「毛利方へ寝返ったなら、いったい、どういうことになるか。おもうだに、これはおもしろい」

と、島の道半はいう。

「ふうむ」

半四郎も、うなった。

「それで……それで明智光秀は、義昭公の申し入れを、承知したのか？」

半四郎の問いに道半が苦笑し、

「さ、そのことよ。わしはな、鞆の義昭公館の床下や、天井へ忍び入り、義昭公と上野作左衛門が語り合うのを二度ほど、ぬすみ聞いたが……」

「ふむ、ふむ。それで？」

道半が語るところによれば……。

去年のはじめあたりから、旅僧に化けた上野作左衛門は数度、明智光秀に会っているらしい。

去年は、席のあたたまる間もないほどに、明智光秀は諸国を転戦している。

その陣中へ、上野作左衛門はたずねて行ったものと見える。おもて向きは、

「いまは足利義昭公の手もとから離れ、一介の旅僧になり果てまいてござる」

といい、作左衛門がたずねて行く。

これを、ことわる理由はない。

光秀も何度か、

「それなれば、わしのもとではたらかぬか？」

すすめたようである。

もとは、二人ともに足利将軍・義昭のそば近くつかえた者どうしなのである。諸方を、流浪しつづけていた義昭をまもり、苦楽を分ち合った仲であった。

それに光秀は、足利義昭を別に憎んではいない。しかし、

「とうてい、天下をおさめるだけの御器量はない」

と、おもうにいたったことは事実だ。

なればこそ光秀は、義昭のもとから離れて、織田信長の家臣となったのである。

もっとも、はじめのころは、

「わしが信長公に奉公をし、義昭公の間を、うまく取りもちして行きたい」

と、おもっていた。

なにかにつけて信長のいうことをきかず、将軍としての権勢を取りもどすことばかり考え、手当りしだいに諸国の大名へ手紙を出したり密使を送ったりして、

「信長の代りに、早く、京都へ来てもらいたい」

などと、さわぎたてる義昭を、うまくなだめ、義昭の身の安泰をはかろうとした明智光秀なのである。

ところが義昭は、あくまでも信長の下に、おとなしく居て、名のみの将軍であることにがまんができない。

信長を利用したのも、いずれは自分が信長を押しのけ、天下に号令をせんがためであった。

その野心は光秀にもわかる。わかるが、どう見てもむりである。それだけに光秀は、義昭を「あわれな……」と見ているのだ。

そして今年の正月……。

旅僧の上野作左衛門が坂本へおとずれ、信長の甲州攻めを機会に、

「謀叛《むほん》せられよ」

と、すすめたものである。

これには光秀も、おどろいたらしい。

そのときまで、上野作左衛門は武人の世界からはなれている、と、おもいこんでいた。

それは、一介の旅僧として鞆の津へおもむき、旧主人の義昭と会って語り合うことは、

(あるらしい)

と、推察していたけれども、

「実はそれから、いまもって義昭公のおそば近くつかえたてまつる身でござる」

作左衛門が、そう打ちあけたとき、光秀は、

(これは、困った……)

と、おもわざるを得なかったろう。

いまの主人、織田信長は、忠実で力量のある家臣を引き立てることには、いささかのためらいもないが、そのかわりに、わずかな失敗をも決してゆるさぬ、きびしさを合わせそなえている。

もしも、足利義昭の密使である上野作左衛門を、光秀が自分の居城へ引き入れ、いろいろと語り合ったことなどが、信長の耳へ入ったら一大事であった。

こうしたことに、信長は人一倍の〈うたがい〉を抱く。

いったん光秀にうたがいをかけたなら、そのことをいちいちしらべて見るまでもなく、

「めんどうな。日向守に腹を切らせよ」

と命令を下すに決まっている。

それは、過去の信長がしてきた例証がいくらもあるのだ。

明智光秀は、縁類の者や、わずかな家来をつれて織田信長に奉公をした。

以後、目ざましい立身出世をとげるにつれ、新しい家来を多く召し抱えたし、信長も兵を分けあたえてくれたのである。

したがって、光秀と上野作左衛門との関係を知るものは、むかしから光秀につかえていた数人の家臣だけであった。

これらの人びとは、いずれも、主人の光秀と生死を誓い合った男たちであるから、心配はない。

だから、光秀は作左衛門の訪問を、これまでゆるしていたのだ。

けれども、

(よろこんで、ゆるしていた)

わけではない。やはり、信長に対して、

（あまり、作左衛門を近づけぬほうがよい）

と、考えていた。

それでいながら、ゆるしていたのは、やはり光秀のあたたかいこころが、むかしの仲間であった男の訪問を、無下《むげ》にはことわりきれなかったからであろう。

しかし、こうなっては、ためらっているわけにもゆかぬ。

作左衛門は義昭の密使として坂本城へあらわれ、信長を裏切るようにすすめてきたのだ。

「わしの立場を、なんと見るのだ」

光秀は、作左衛門をむしろ叱った。

「なるほど、わしは義昭公を憎んではおらぬ。なれど義昭公はあれほどに信長公へ逆《さか》らわれ、戦さまでも仕かけたゆえ、信長公の怒りを買い、ついに……ついに、このような仕儀《しぎ》と相成ったること、おぬしも、よくよく、わきまえていよう。

わしはいま、信長公の御恩をこうむり、かく身を立てることができ、忠義をつくしている。なんで主人にそむくことができよう。

なるほど、毛利の大軍を後楯にして、義昭公が京の都をわがものにせんとねがうおこころは、よくわかる。なれど、たとえば……もし、たとえばじゃ。毛利軍が信長公を討ちほろぼし、天下を取ったるあかつきには、またしても義昭公は毛利方と紛争《いさかい》を起されるにちがいない。

義昭公は、そうした御人《おひと》じゃ。このことはおぬしも、よくわかっていよう。義昭公がもし、いままでのことを水にながし、信長公へわび、ふたたび、信長公の庇護のもとに京へお帰りになりたい、と、かように申されるのなれば、また、わしにも仕様がある。

それどころか、わしに謀叛をおすすめなさるとは……」

あきれ果てたように光秀が、

「そのことを耳にした上からは、作左衛門殿。二度と、わしがもとへまいられては困る」

と、いいわたした。

だが、鞆の津の居館で、このことに、またしても話がおよんだとき、上野作左衛門は、足利義昭へ、

「……なれど、日向守殿は、上様の御身を深く気づかわれておられます。これは、たしかなことで……」

といった。

それを島の道半は、天井裏に潜みかくれ、きいていたのである。

「もっともじゃ、もっともじゃ。われらも光秀がことを忘れることはない」

足利義昭も感動して、

「あきらめてはならぬぞよ、作左」

「は……」

「光秀がことをじゃ」

「では、尚も謀叛を……」

「さよう。京の都のことをよく知り、天皇、朝廷の御信頼も厚く深い光秀を味方に引き入れることは、取りも直さず、日の本の天子の御信頼を、われらが受くることになるではないか。このことが天下をつかみとるには、もっともたいせつなことなのじゃ。あれほどに、あばれ者の織田信長でさえ、このことを決して忘れてはおらぬ」

「はい、はい」

「光秀を、あきらめてはならぬ、よいか」

と、足利義昭は上野作左衛門をはげまし、

「手だては、いかようにもあろう」

「なれど日向守殿は、二度とあらわれるなと申されまいた」

「大丈夫じゃ。われらと光秀の胸と胸は通い合うておる。光秀とても戦国の武人じゃ。このまま信長に奉公をしていたのでは、一生、あたまがあがるまい。それよりも……」

「それよりも？」

「むかしのままに、われらがもとへ帰ってくれれば、管領《かんりょう》の職にもつけようし、官位も昇ろうというものじゃ」

「それは、まさに……」

「光秀とて、毛利の大軍が津波《つなみ》のごとく京の都へ押し寄せるであろうことを、おもいおよばぬわけではない。われらはそうおもう。光秀とて、きっと迷うておるにちがいない」

「さようでござりましょうか？」

「そうじゃとも」

「それがしが坂本へまいり、上様の御本心を打ちあけましたことを、日向守殿は、織田信長にもらすようなことはござりますまいか？」

「ない」

と、義昭は断定的にいった。

「なるほど……」

井笠半四郎は、道半からそれをきいて、

「それにしても他愛のない……」

つぶやいた。

「半四どのも、そうおもうか？」

「そうではないか、道半どの。おもうても見なされ」

半四郎は、こうおもう。

織田信長が甲州攻めに出かけた留守をねらい、毛利軍が京都へ攻めのぼって来る……

などということは、すでに信長が百も承知のことではないか。

「いかにも」

と、島の道半が、

「そこにぬかりのあるような大将なれば、よも天下はとれまい」

「義昭公が、いかにたきつけたとて、毛利方も、そのことはじゅうぶんに承知をしているはずだ」

「さようさ、鞆の津にいてわかったことじゃが……義昭公を庇護してはいても、いまの毛利方は、あまり身を入れて義昭公のいいぶんをきかぬらしい」

「こうなっては、義昭公がいてもいなくとも、毛利家にとってはおなじことだといってもよい。いずれにせよ、織田と毛利は、雌雄を決せねばならぬのだものな」

「そのことよ。なれば義昭公は鞆の津にいても、このごろはじりじりといらだち、きげんが悪いそうな」

「だからこそ、上野作左衛門などをひそかにつかわし、明智光秀をそそのかしたりするのだ」

道半も半四郎も、そうした足利義昭のさそいに、光秀が乗りかかって行くはずもない、と考えている。

「先ず、こうしたわけなのじゃが……半四どの、どうだろうな?」

「どうだろう、とは、何が……?」

「わしがこの上まだ、鞆へもどって、義昭公の身辺をさぐるほうがよいか、それとも

「……？」

「さて、この上、さぐって見たところで何も出まい」

「やはり、そうおもうか？」

「おもいます。義昭公のやることなど、織田信長には見通しのことだ。明智光秀が、まことに義昭公と通じ合っているのなら、これはおもしろいが……いま道半どのからきくところによれば、なんのことはないようにおもう」

「ふむ……」

島の道半は、しばらく沈思したのちに、

「よし、では、引き返すまい。このまま、この坂本にいようわえ」

「そうして下さるか」

「うむ。われらの手も足りぬ。これからは半四どの。おぬしと於蝶どのとの連絡《つなぎ》を、わしがつけねばならぬ」

「甲州攻めのときも、近くにせまっていることゆえ……」

「そのとおりじゃ」

「では道半どの。これで帰る」

「気をつけてな」

「近いうちに、またやって来る」

「わしは、この小屋に寝泊りすることにしよう」

「そのほうがよい」

半四郎は、城内の足軽長屋へ帰って行った。

道半が、坂本へ帰って来てくれたことは、何よりも、こころ強いことである。

なんといっても手不足で、おもうような〈忍びばたらき〉ができないのは事実だ。

ここへ道半がもどってくれれば、甲斐の武田家にいる於蝶と、いろいろ打ち合わせをすることができる。

ところで……。

三月に入ると、徳川家康の高天神城攻撃は、いよいよ猛烈なものとなった。

そして、ついに高天神は落ちた。

武田の大軍を迎え、手も出せずに高天神城を、敵の手にわたしてから七年目にして、徳川家康はようやく、この城をうばい返したのである。

ときに家康は四十歳であった。

武田勝頼も、一万六千の軍勢をひきいて伊豆へあらわれ、高天神を救援しようとしたらしいが、小田原の北条氏政が三万余の兵をもって三島まで出て来たので、救援をあきらめ、古府中へ帰ってしまったのだ。

高天神落城につづいて、小山や相良《さがら》の武田方の城が落ちると、遠州における武田の勢力は、まったく消え果ててしまったことになる。

徳川家康は意気軒昂たるものがあった。

そして、この年の六月。

羽柴筑前守秀吉は、二万の大軍をひきいて姫路を発し、因州・鳥取城を攻撃に出陣して行ったのである。

文春文庫

忍《しの》びの風《かぜ》（二）

定価はカバーに
表示してあります

2003年2月10日　新装版第1刷
2010年3月20日　　　　第7刷

著　者　池《いけ》波《なみ》正《しよう》太《た》郎《ろう》
発行者　村上和宏
発行所　株式会社 文藝春秋

東京都千代田区紀尾井町 3-23　〒102-8008
TEL 03・3265・1211
文藝春秋ホームページ　http://www.bunshun.co.jp
落丁、乱丁本は、お手数ですが小社製作部宛お送り下さい。送料小社負担でお取替致します。

印刷・凸版印刷　製本・加藤製本　Printed in Japan
ISBN978-4-16-714282-7

（　）内は解説者。品切の節はご容赦下さい。

池波正太郎
**おれの足音**　大石内蔵助（上下）
吉良邸討入りの戦いの合間に、妻の肉づいた下腹を想う内蔵助。剣術はまるで下手、女の尻ばかり追っていた〝昼あんどん〟の青年時代からの人間的側面を描いた長篇。（佐藤隆介）
い-4-7

池波正太郎
**剣客群像**
夜ごとに〈辻投げ〉をする美しい女武芸者・留伊のいきさつを皮肉にスケッチした「妙音記」のほか、「秘伝」「かわうそ平内」「柔術師弟記」「弓の源八」など全八篇を収める。（小島　香）
い-4-87

池波正太郎
**忍者群像**
戦国時代の末期、裏切りや寝返りも常識になっていた乱世の忍者の執念を描く「首」のほか、「鬼火」「やぶれ弥五兵衛」「寝返り寅松」「闇の中の声」など忍者小説全七篇の力作群。
い-4-18

池波正太郎
**仇討群像**
仇討は単なる復讐ではなく武士世界の掟であった。その突発的事件にまきこまれた人間たちののっぴきならない生きざま。討つ者も討たれる者も共にたどるその無残で滑稽な人生を描く。
い-4-20

池波正太郎
**その男**（全三冊）
主人公、杉虎之助は微禄ながら旗本の嫡男。十三歳で、大川に身を投げ、助けられた時が波瀾の人生の幕開けだった。幕末から明治へ、維新史の断面をみごとに剔る長篇。（佐藤隆介）
い-4-23

池波正太郎
**旅路**（上下）
夫を殺した近藤虎次郎を〝討つ〟べく、彦根を出奔した三千代。封建の世に、武家社会の掟を犯してまでも夫の仇討に執念を燃やす十九歳の若妻の女の〝さが〟を描く時代長篇。
い-4-28

池波正太郎
**夜明けのブランデー**
週刊文春連載の正太郎絵日記。映画、ルノワールやユトリロら画家たちへの想い、酒と食などにまつわる四十のショート・エッセイと、それを彩る絵筆の妙とを二つながら楽しめる。
い-4-40

（　）内は解説者。品切の節はご容赦下さい。

池波正太郎
**秘密**
はずみで家老の子息を斬殺し、江戸へ出た主人公に討手がせまるが、身を隠す暮らしのうちに人の情けと心意気があった。再び人は斬るまい……。円熟の筆で描く当代最高の時代小説。
い-4-42

池波正太郎
**ル・パスタン**　Le passe-temps
仮病を使ってでも食べたかった祖母の〈スープ茶漬け〉、力のつく〈大蒜うどん〉、欠かせない観劇、映画、田舎旅行。粋人が百四のささやかな楽しみを絵と文で織りなす。オールカラー収録。
い-4-50

池波正太郎
**池波正太郎の春夏秋冬**
画文にこめた映画の楽しみ、心許す友と語る小説作法や芸談。往時を懐かしみ、老いにゆれる心をみつめる随筆。ファン必見の年賀状や豊子夫人の談話も収録し、人生の達人の四季を味わう。
い-4-51

池波正太郎
**鬼平犯科帳　一**
「唖の十蔵」「本所・桜屋敷」「血頭の丹兵衛」「浅草・御厩河岸」「老盗の夢」「暗剣白梅香」「座頭と猿」「むかしの女」の八篇を収録。火付盗賊改方長官長谷川平蔵の登場。　（植草甚一）
い-4-52

池波正太郎
**鬼平犯科帳　二**
「蛇の眼」「谷中・いろは茶屋」「女掏摸お富」「妖盗葵小僧」「密偵」「お雪の乳房」「埋蔵金千両」の七篇。江戸の風物、食物などが、この現代感覚の捕物帳に忘れ難い味を添える。
い-4-53

池波正太郎
**鬼平犯科帳　三**
「麻布ねずみ坂」「盗法秘伝」「艶婦の毒」「兇剣」「駿州・宇津谷峠」「むかしの男」の六篇を収める。〝鬼平〟と悪人たちから恐れられる長谷川平蔵が、兇悪な盗賊たちを相手に大奮闘。
い-4-54

池波正太郎
**鬼平犯科帳　四**
「霧の七郎」「五年目の客」「密通」「血闘」「あばたの新助」「おみね徳次郎」「敵」「夜鷹殺し」の八篇を収録。鋭い人間考察と情感あふれるみずみずしい感覚の時代小説。　（佐藤隆介）
い-4-55

（　）内は解説者。品切の節はご容赦下さい。

池波正太郎
## 鬼平犯科帳　五

〝鬼平〟長谷川平蔵にも危機が迫ることがある。間一髪のスリルに心ふるえる「兇賊」をはじめ、「深川・千鳥橋」「乞食坊主」「女賊」「おしゃべり源八」「山吹屋お勝」「鈍牛《のろうし》」の七篇を収録。

い-4-56

池波正太郎
## 鬼平犯科帳　六

「礼金二百両」「猫じゃらしの女」「剣客」「狐火」「大川の隠居」「盗賊人相書」「のっそり医者」の七篇。鬼平の心意気、夫婦のたたずまいなど、読者におなじみの描写の筆は一段と冴える。

い-4-57

池波正太郎
## 鬼平犯科帳　七

「雨乞い庄右衛門」「隠居金七百両」「はさみ撃ち」「搔掘のおけい」「泥鰌の和助始末」「寒月六間堀」「盗賊婚礼」の七篇。いつの時代にも変わらぬ人間の裸の姿をリアルに映し出す。

い-4-58

池波正太郎
## 鬼平犯科帳　八

巨体と髯面を見込まれ用心棒に雇われた男の窮地を救う「用心棒」のほか、「あきれた奴」「明神の次郎吉」「流星」「白と黒」「あきらめきれずに」を収録して、ますます味わいを深める。

い-4-59

池波正太郎
## 鬼平犯科帳　九

〝隙間風〟と異名をとる盗賊が、おのれの人相書を届けてきた。平蔵をコケにする「雨引の文五郎」。他に「鯉肝のお里」「泥亀」「本門寺暮雪」「浅草・鳥越橋」「白い粉」「狐雨」を収録。

い-4-60

池波正太郎
## 鬼平犯科帳　十

密偵として働くことになった雨引の文五郎に裏切られた平蔵の心境は如何。盗賊改方の活躍を描いた「犬神の権三」のほか、「蛙の長助」「追跡」「五月雨坊主」など全七篇を収録。

い-4-61

池波正太郎
## 鬼平犯科帳　十一

同心木村忠吾が男色の侍に誘拐される「男色一本饂飩」、平蔵が乞食浪人に化ける「土蜘蛛の金五郎」、盗んだ三百両を返しにゆく「穴」など全七篇を収録。　（市川久夫）

い-4-62

（　）内は解説者。品切の節はご容赦下さい。

池波正太郎
**鬼平犯科帳　十二**
盗賊となった又兵衛との二十数年ぶりの対決を描く「高杉道場・三羽烏」のほか、「いろおとこ」「見張りの見張り」「密偵たちの宴」「二つの顔」「白蝮」「二人女房」の全七篇を収める。
い-4-63

池波正太郎
**鬼平犯科帳　十三**
盗賊の掟を守りぬいて、〝真〟の盗みをする盗賊が、畜生働きの一味を成敗する「一本眉」のほか、「熱海みやげの宝物」「殺しの波紋」「夜針の音松」「墨つぼの孫八」「春雪」を収録。
い-4-64

池波正太郎
**鬼平犯科帳　十四**
密偵の伊三次が兇悪犯に瀕死の重傷を負わされる「五月闇」に、「あごひげ三十両」「尻毛の長右衛門」「殿さま栄五郎」「浮世の顔」「さむらい松五郎」の六篇を収録。　（常盤新平）
い-4-65

池波正太郎
**鬼平犯科帳　十五**
特別長篇　雲竜剣
二夜続いて腕利きの同心が殺害された。その手口は、半年前、平蔵を襲った兇刃に似ている。あきらかに火盗改方への挑戦だ。初登場の長篇「雲竜剣」の濃密な緊張感が快い。
い-4-66

池波正太郎
**鬼平犯科帳　十六**
出合茶屋で女賊の裸をむさぼる同心の狙いは？　妻を寝とられた腹いせに放火を企てた船頭が、闇夜に商家へ忍び入る黒い影を見たとき……。巷にしぶとく生きる悪に挑む鬼平の活躍。
い-4-67

池波正太郎
**鬼平犯科帳　十七**
特別長篇　鬼火
もと武士らしき男がいとなむ〝権兵衛酒屋〟。その女房が斬られ、亭主は現場から姿を消す。謎を探る鬼平に兇刃が迫る。「むうん……」平蔵の唸り声がした。力作長篇「鬼火」の迫力。
い-4-68

池波正太郎
**鬼平犯科帳　十八**
大恩ある盗賊の娘が狙われている。密偵の仁三郎は平蔵に内緒で非常手段をとった。しかし、待っていたのは死であった。盗賊上がりの部下を思いやる「一寸の虫」ほか佳篇全六作。
い-4-69

（　）内は解説者。品切の節はご容赦下さい。

池波正太郎
**鬼平犯科帳　十九**
幼児誘拐犯は実の親か？　卑劣な犯罪を前にさすがの平蔵にも苦悩の色が……。ある時は鬼になり、ある時は仏にもなる鬼の平蔵の魅力を余すところなく描いた、著者会心の力作六篇。
い-4-70

池波正太郎
**鬼平犯科帳　二十**
「か、敵討ちの約束がまもれぬなら、わたした金を返せえ！」女から敵討ちを頼まれて逃げ回る男に、平蔵が助太刀を申し出て意外な事実が判明。「げに女心は奇妙な」と鬼平も苦笑。
い-4-71

池波正太郎
**鬼平犯科帳　二十一**
同心大島勇五郎の動静に不審を感じた平蔵が、自ら果敢な行動力で兇盗の跳梁を制する「春の淡雪」を始め、部下への思いやりをしみじみと映し出して〝仏の平蔵〟の一面を描く力作群。
い-4-72

池波正太郎
**鬼平犯科帳　二十二**
特別長篇　迷路
火盗改長官長谷川平蔵が襲われ、与力、下僕が暗殺された。平蔵の長男、娘の嫁ぎ先まで狙われている。敵は何者か？　生涯の怪事件に遭遇し、追いつめられた鬼平の苦悩を描く長篇。
い-4-73

池波正太郎
**鬼平犯科帳　二十三**
特別長篇　炎の色
夜鴉が無気味に鳴く。千住で二件の放火があった。火付盗賊改方の役宅では、戦慄すべき企みが進行していた。——長谷川平蔵あやうし！　今宵また江戸の町に何かが起きる！
い-4-74

池波正太郎
**鬼平犯科帳　二十四**
特別長篇　誘拐
風が鳴った。平蔵は愛刀の鯉口を切る。雪か？　闇の中に刃と刃が噛み合って火花が散った——。「鬼平犯科帳」は本巻をもって幕を閉じる。未完となった「誘拐」他全三篇。　（尾崎秀樹）
い-4-75

池波正太郎
**蝶の戦記**　（上下）
白いなめらかな肌を許しながらも、忍者の道のきびしさに生きてゆく於蝶。川中島から姉川合戦に至る戦国の世を、上杉謙信のために命を賭け、燃え上る恋に身をやく女忍者の大活躍。
い-4-76

（　）内は解説者。品切の節はご容赦下さい。

池波正太郎
**火の国の城**（上下）
関ヶ原の戦いに死んだと思われていた忍者、丹波大介は雌伏五年、傷ついた青春の血を再びたぎらせる。家康の魔手から加藤清正を守る大介と女忍び於蝶の大活躍。（佐藤隆介）
い-4-78

池波正太郎
**忍びの風**（全三冊）
はじめて女体の歓びを教えてくれた於蝶と再会した半四郎。姉川合戦から本能寺の変に至る戦国の世に、相愛の二人の忍者の愛欲と死闘を通して、波瀾の人生の裏おもてを描く長篇。
い-4-80

池波正太郎
**幕末新選組**
青春を剣術の爽快さに没入させていた永倉新八が新選組隊士となった。女には弱いが、剣をとっては隊長近藤勇以上といわれた新八の痛快無類な生涯を描いた長篇。（佐藤隆介）
い-4-83

池波正太郎
**雲ながれゆく**
行きずりの浪人に手ごめにされた商家の若後家・お歌。それは女の運命を大きく狂わせた。ところが、女心のふしぎさで、二人の仲は敵討ちの助太刀にまで発展する。（筒井ガンコ堂）
い-4-84

池波正太郎
**夜明けの星**
ひもじさから煙管師を斬殺し、闇の世界の仕掛人の道を歩み始める男と、その男に父を殺された娘の生きる道。悪夢のような一瞬が決めた二人の運命をしみじみと描く時代長篇。（重金敦之）
い-4-85

池波正太郎
**乳房**
不作の生大根みたいだと罵られ、逆上して男を殺した女が辿る数奇な運命。それと並行して平蔵の活躍を描く鬼平シリーズの番外篇。乳房が女を強くすると平蔵はいうが……。（常盤新平）
い-4-86

高瀬昌弘
**鬼平犯科帳人情咄**
私と「長谷川平蔵」の30年
松本幸四郎（白鸚）から中村吉右衛門まで。永遠のテレビ時代劇「鬼平犯科帳」を32年間撮影してきた監督がつづる撮影秘話。池波正太郎との交友録から、各主役脇役のエピソードが満載。
た-54-1

（　）内は解説者。品切の節はご容赦下さい。

白石一郎
**玄界灘**

蒙古襲来——船団九百艘、軍勢三万数千が東松浦の浜を急襲、住民は皆殺しにされた。復讐に燃える男が波立つ玄界灘へ船を乗り出し敢然と立ち向かう。表題作他全八篇収録。（細谷正充）

し-5-20

白石一郎
**怒濤のごとく**（上下）

清に圧迫され滅亡の危機が迫る明王朝を救わんと一人の男が立ち上った。その名は「国性爺合戦」で知られる鄭成功。日中混血の成功は抗清復明の旗のもと孤独な戦いを続ける。（縄田一男）

し-5-21

白石一郎
**横浜異人街事件帖**

「人生意気に感じるのもよいが、ほどほどにしておけ」——義侠心にあつく、悪には情容赦ない岡っ引の衣笠卯之助。維新前夜の横浜を舞台にくり広げられる痛快熱血事件帖。（細谷正充）

し-5-23

白石一郎
**海のサムライたち**

日本人よ、海に熱くなれ。かつてこの島国には海のサムライたちがいた。古代の海賊王・藤原純友から、蒙古襲来、織田水軍、山田長政……英雄たちの生涯を、愛惜をこめて描く。（川勝平太）

し-5-24

白石一郎
**航海者**
三浦按針の生涯（上下）

過酷な航海の果て、一六〇〇年日本に漂着したイギリス人の航海長ウイリアム・アダムスは、家康に目をかけられ、関ケ原の合戦に貢献、三浦按針を拝名する。その数奇な生涯。（古川　薫）

し-5-25

白石一郎
**生きのびる**
横浜異人街事件帖

南京人による犯罪が急増する横浜で、応援に乗り込んだ与力・立花源吾の首が奉行所前にさらされた。下手人と目された張竹芳を追って、卯之助と正五郎は上海へと向かった。（杉本章子）

し-5-27

白石一郎
**島原大変**

寛政四（一七九二）年、大噴火とそれに続く地震と津波によって、島原藩の城下町は壊滅した。大自然の猛威に戦《おのの》く人々を活写した表題作ほか全四篇を収録。（西木正明）

し-5-28

（　）内は解説者。品切の節はご容赦下さい。

北　重人
## 夏の椿
柏木屋が怪しい。田沼意次から松平定信へ替わる頃、甥の定次郎が殺された原因を探る周乃介の周囲で不穏な動きが――。確かな時代考証で江戸の長屋の人々を巧みに描く。（池上冬樹）
き-27-1

久世光彦
## 逃げ水半次無用帖
幻の母よ、何処？　過去を引きずり、色気と憂いに満ちた絵馬師・逃げ水半次が、岡っ引きの娘のお小夜と挑む難事件はどれも哀しく、美しい。江戸情緒あふれる傑作捕物帖！（皆川博子）
く-17-3

柴田錬三郎
柴錬立川文庫（一）
## 猿飛佐助
真田十勇士1
猿飛佐助は武田勝頼の落し子だった。戸沢白雲斎に育てられ、忍者として真田幸村の家来となり、日本中を股にかけての大活躍。美女あり豪傑あり、決闘あり淫行ありの大伝奇小説。
し-3-1

柴田錬三郎
柴錬立川文庫（二）
## 真田幸村
真田十勇士2
家康にとって最も恐い敵は幸村だ。佐助をはじめ霧隠才蔵、三好清海入道たちが奇想天外な働きで徳川方を苦しめる。後藤又兵衛、木村重成も登場して、大坂夏の陣へと波乱は高まる。
し-3-2

柴田錬三郎
## 徳川三国志
駿河大納言忠長、由比正雪、根来衆をあやつり、三代将軍家光を倒そうとする紀伊大納言頼宣と、伊賀忍者を使って必死に阻止する松平知恵伊豆守。壮麗なる寛永時代活劇。（磯貝勝太郎）
し-3-12

城《じょう》野《の》　隆
## 一枚摺《いちまいずり》屋《や》
たった一枚の一枚摺のために親父が町奉行所で殺された！　何故、一体誰が？　浮かんできたのは大塩の乱。幕末の大坂の町を疾走する異色の時代小説。第十二回松本清張賞受賞作。
し-46-1

杉本章子
## おすず
信太郎人情始末帖
おすずという許嫁がありながら、子持ちの後家と深みにはまり呉服太物店を勘当された信太郎。その後賊に辱められ自害したおすずの無念を晴らすため、信太郎は賊を追う。（細谷正充）
す-6-7

（　）内は解説者。品切の節はご容赦下さい。

杉本章子
**水雷屯《すいらいちゅん》**　信太郎人情始末帖
妾宅で手形を奪われた信太郎の義兄・庄二郎。その後妾も行方不明に。頼った占いでも多事多難の相「水雷屯《すいらいちゅん》」が。信太郎は義兄の窮地を救えるのか？　好評シリーズ第二弾。（清原康正）
す-6-8

杉本章子
**間諜　洋妾《らしゃめん》おむら**（上下）
生麦事件に揺れる幕末。売れっ子芸者のおむらは薩摩藩士の恋人のために洋妾《らしゃめん》となり、英国公使館に潜入した。果しておむらは間諜（＝スパイ）として英国の動向を探ることができるのか？
す-6-9

杉本章子
**狐釣り**　信太郎人情始末帖
信太郎の幼馴じみ、元吉が何者かに刺された。その背後には、せつない恋と大きな「狐」のたくらみが……。闇に潜む巨悪のからくりを解き明かす、大好評のシリーズ第三弾！（阿部達二）
す-6-11

杉本章子
**きずな**　信太郎人情始末帖
子供を授かった信太郎とおぬいに救いの手を差し伸べたのは他ならぬ信太郎の父、卯兵衛だった。そして周囲の人びとにもそれぞれ転機が訪れていく。好評シリーズ第四弾。（吉田伸之）
す-6-12

高橋克彦
**だましゑ歌麿**
江戸を高波が襲った夜、当代きっての絵師・歌麿の女房が殺された。事件の真相を追う同心・仙波の前に明らかとなる黒幕の正体と、あまりに意外な歌麿のもう一つの顔とは？（寺田　博）
た-26-7

高橋克彦
**おこう紅絵《べにえ》暦《ごよみ》**
筆頭与力の妻にして元柳橋芸者のおこうが、嫁に優しい舅の左門とコンビを組んで、江戸を騒がす難事件に挑む。巧みなプロットと心あたたまる読後感は、これぞ捕物帖の真骨頂。（諸田玲子）
た-26-9

高橋三千綱
**剣聖一心斎**
千葉周作が、二宮尊徳が、遠山金四郎までが、ことごとく心服したという驚くべき剣客、中村一心斎。しかし、本人は剣の道など何処吹く風と、今日も武田信玄の埋蔵金探しに、東奔西走!?
た-34-2

## 文春文庫　時代小説

（　）内は解説者。品切の節はご容赦下さい。

**暗闇一心斎**　高橋三千綱

「あい、あむ、はっぴい」この言葉を毎日唱えるのだぞ。日本一強い剣豪・一心斎が帰ってきた!?　勝小吉が呆れ、男谷精一郎が憧れ、鼠小僧を顎で使う一心斎、今度の企みは一体何だ。

た-34-3

**狼奉行**　高橋義夫

出羽の雪深き山里に赴任した青年は深い失意の日々を送るが、策略をかわし苦難に耐え、逞しい武士に変貌を遂げていく。感動と共感の直木賞作品。「厦門《アモイ》心中」「小姓町の噂」併録。（赤木駿介）

た-36-1

**風魔山嶽党**　高橋義夫

時は秀吉の天下統一前夜、北条家に仕える小次郎は〝草〟と呼ばれる陰の者。胸に秘めたる大願あれど策謀の渦に翻弄されて……。恋あり野望あり、画期的伝奇時代小説。（佐藤賢一）

た-36-3

**眠る鬼**　鬼悠市風信帖　高橋義夫

歴代藩主の菩提寺に静かに暮らす鬼悠市は浮き組の足軽だが、奥山流の遣い手である鬼には、もう一つ隠された役目がある。藩の重役加納正右衛門から下された密命は——。連作時代小説。

た-36-5

**武闘の大地**　高橋義夫

「われ東洋一の武術家たらん！」との大望を胸に秘め、日清戦争後の中国、天津の日本人租界に、若き柔術家が上陸。英国人レスラーや梅花拳士との試合に勝ち有名になるが……。（島内景二）

た-36-6

**天保世なおし廻状**　高橋義夫

大坂・曽根崎新地の顔役甚助の弟分仙吉は、大塩平八郎の書状を江戸へ運ぶ途中、東海道・日坂峠で何者かに襲われ、書状を紛失してしまう。江戸に出た仙吉は必死に書状の行方を追う。

た-36-7

**海賊奉行**　高橋義夫

関ヶ原で敗れ、南海に逃がれた西軍の残党たちが、国内のキリシタンや、フィリピンのエスパニア勢を糾合して、打倒徳川を企てた。陰謀粉砕の密命を受け一人の剣士が海へ飛び出した。

た-36-8

（　）内は解説者。品切の節はご容赦下さい。

高橋義夫
**かげろう飛脚**
鬼悠市 風信帖
日本海沿いの北国・松ヶ岡藩の鬼悠市は、藩で最も格の低い浮組の足軽である。養子の柿太郎と竹林に暮らし、精緻な鳥籠を作る日々。しかし一朝事あらば、鬼が舞い、剣が唸る。
た-36-9

高橋義夫
**猿屋形**《ましらやかた》
鬼悠市 風信帖
東北日本海沿岸にある小藩、松ヶ岡藩、歴代藩主の菩提寺の竹林で暮らす足軽の鬼悠市は、奏者番加納正右衛門の命を受けるや、奥山流の剣を振るう隠密の鬼と化す。シリーズ第三弾。
た-36-10

高橋義夫
**どくろ化粧**
鬼悠市 風信帖
今回は強敵出現！　殿の亡き弟君の御首級《みしるし》が盗まれたというのだ。狂信的な邪教集団が蠢いているようだ。密命を受けた鬼は江戸へ向かい真相を探るが、江戸藩邸は頼りにならない……。
た-36-11

高橋直樹
**闇の松明**《たいまつ》
崩れゆく名門武家におこる小さな波乱を、側近の城士の目から語る「尼子悲話」等、戦国の将卒の生と矜持を、さわやかな哀感をこめて描き出す短篇集。表題作ほか全四篇。（寺田　博）
た-43-3

高橋直樹
**戦国繚乱**
黒田如水の陰謀に散った宇都宮家。キリシタン大名大友宗麟、父との壮絶な抗争。生涯不犯を通した上杉謙信亡き後の、壮絶な跡目争い……。乱世の波間に沈んだ男たちの物語。（寺田　博）
た-43-4

高橋直樹
**霊鬼頼朝**
平治の乱、壇ノ浦、平泉、鶴岡八幡宮の悲劇は四代にわたる源氏の血のなせる業なのか。なぜ鎌倉幕府は三代にして絶え、北条氏が権力を握るのか。武士の棟梁としての源氏の宿命を描く。
た-43-5

出久根達郎
**安政大変**
幕末の江戸。安政の大地震をめぐり、ナマズで一儲けしようとする小悪党、夜鷹に思いをよせる井戸掘り職人、逼迫した攘夷の志士など庶民の悲喜劇と人情の交錯を描く連作。（山本博文）
て-5-9

## 文春文庫　時代小説

（　）内は解説者。品切の節はご容赦下さい。

半村 良
### 暗殺春秋
研ぎ師・勝蔵は剣の師匠・奥山孫右衛門に見込まれて暗殺者の裏稼業を持つようになる。愛用の匕首で次々に悪党を殺すうち次第に幕府の暗闘に巻き込まれ……痛快時代小説。（井家上隆幸）
は-2-15

広瀬仁紀
### 新選組風雲録
洛中篇・激闘篇・落日篇・戊辰篇・函館篇

江戸から京へ流れてきた盗人の忠助は、ひょんなことから新選組副長の土方歳三直属の密偵となる。池田屋事件、蛤御門の変から函館まで歳三とともにあった。もう一つの新選組異聞!!

ひ-4-4

火坂雅志
### 黒衣の宰相
徳川家康の参謀として豊臣家滅亡のため、遮二無二暗躍し、大坂冬の陣の発端となった、方広寺鐘銘事件を引き起した天下の悪僧、南禅寺の怪僧・金地院崇伝の生涯を描く。（島内景二）
ひ-15-1

火坂雅志
### 黄金の華
徳川幕府は旗下の武将たちの働きだけで成ったわけではない。江戸を中心とした新しい経済圏を確立できたこともまた大きい。その中心人物・後藤庄三郎の活躍を描いた異色歴史小説。

ひ-15-2

火坂雅志
### 家康と権之丞
家康の七男にあたる権之丞は小笠原家へ養子に出された。実の親に捨てられた思いのある権之丞は、キリスト教に入信。その上あろうことか大坂城へ入城し、父と闘うことに。（末國善己）
ひ-15-3

森村誠一
### 悪の狩人
非道人別帳［一］

養父殺しの罪で晒された美貌の娘が闇にまぎれて殺害された。江戸市中に起こる様々な怪事件の奥に見え隠れする巨悪とは？同心・祖式弦一郎が悪の連鎖に挑む、シリーズ第一作。

も-1-12

森村誠一
### 毒の鎖
非道人別帳［二］

乳母奉公に上がった女房が年季明けに殺された。下手人探索に当たった弦一郎と半兵衛達は、以前江戸に跳梁し、同心らを嘲笑うかのように権力の陰に消えた辻斬りと再び対決する。

も-1-13

## 文春文庫　最新刊